J.H. HALE.

FADE TO BLACK

UN ROMANZO DI

J.H. HALEN

FADE TO BLACK

FADE TO BLACK

J.H. Halen

jhhalen.com

Copertina a cura di Trixia M.L.
www.instagram.com/jh_halen/
https://www.facebook.com/JHHalenOfficial/

Trixia M. L., conosciuta in rete con lo pseudonimo J.H. Halen, è nata nel 1998 nelle Filippine, ma è cresciuta sul suolo italiano dove vive attualmente con la famiglia e ha conseguito i suoi studi. Nel 2014 inizia a pubblicare le sue opere con l'username "jh_halen" su Wattpad.com, ma i suoi lettori sono abituati a chiamarla semplicemente "Jo". "King's Heaven" è il suo romanzo d'esordio. "Fade to Black" è il suo debutto nel mondo dei romanzi fantascientifici.

Alice: "Per quanto tempo è 'per sempre'?
Bianconiglio: "A volte, solo un secondo."
−Lewis Carroll, "Le avventure di Alice nel paese delle meraviglie",
1865

UUID: 314a3580-944b-11e8-b6d7-17532927e555

Questo libro è stato realizzato con StreetLib Write
http://write.streetlib.com

Indice dei contenuti

PREFAZIONE

Contesto Storico e ambientazione

Isola del Madagascar (Rinominata Isola degli Schiavi) e Regno di Sonenclair (Isola artificiale), anno 2109.

Terza Guerra Mondiale: un soldato con accesso al Pentagono (l'anima che l'ha scelto come tramite si chiama Noah, Signore dei Mezzosangue che vuole conquistare il mondo) attiva il protocollo Double A-C (America Against China). La Cina, a causa del protocollo attivato, subisce un attacco missilistico da parte dell'America. Le varie alleanze continuano la guerra mentre delle navi soprannominate "le Arche dell'Alleanza" portano i civili sopravvissuti nell'isola di Madagascar.

L'ascesa di Edmund Sonenclair come dittatore in un Totalitarismo perfetto porta un gruppo di volontari, capitanati dai Generali Wexor, Gallagher e Greystone, a ribellarsi dando inizio alla IV Guerra Mondiale.

La sconfitta dei Generali afferma la Dittatura di Edmund Sonenclair, e la nascita della Monarchia dei Sonenclair.

Il popolo sopravvissuto ora è diviso in due: i Nobili di Sonenclair e gli Schiavi SenzaNome. Fra questi ultimi nasce un'organizzazione di infiltrati, con il preciso scopo di aiutare la parte del popolo sconfitto.

Grazie all'ingegno e alla ricerca dei migliori professionisti rimasti in vita, Sonenclair è un Regno molto avanzato tecnologicamente.

Cacciatori di Mezzosangue

Umani con forze sovrannaturali, uniti in un Ordine (Ordine degli Hellreis, Cacciatori di Mezzosangue, Templari del Creatore o Hellreis) con lo scopo di proteggere l'umanità dai Mezzosangue.

Possono essere sia di genere maschile sia femminile. I cacciatori sono scelti in base alle loro attitudini, al loro carattere e alla loro morale da Lord Herz, un'entità superiore che è a capo dell'Ordine.

Anime Eccelse

Anime dei cacciatori reclutati da Lord Herz, morti nel tentativo di uccidere Noah e i suoi Mezzosangue.

Legame

Quando un Cacciatore di Mezzosangue ottiene la benedizione di Lord Herz, ha la possibilità di legare la propria anima a quella di un'altra persona. In qualsiasi vita, e in qualsiasi dimensione, il cacciatore ritroverà l'anima a cui ha deciso di legarsi per l'Eternità, anche se la persona che incontrerà non lo riconoscerà. Infatti, solo il cacciatore mantiene i propri ricordi.

Tramiti

Comuni mortali o Cacciatori di Mezzosangue che ospitano un'Anima Eccelsa.

Lord Herz

Entità superiore a capo degli Hellreis. È il messaggero di Dio, detto "il Creatore". Comunica con i cacciatori in tre modalità: attraverso il Libro delle Anime, custodito in una sala accessibile ai tramiti delle Anime Eccelse; il Santuario, luogo fisico dove Lord Herz si manifesta come statua dalle sembianze umane; Attraverso i sogni e il pensiero. Esiste dall'inizio dei tempi. Ha il compito di guidare i Cacciatori di Mezzosangue nella loro missione.

Mezzosangue

Mostri dalle fattezze umane con la capacità di uccidere e nutrirsi delle anime delle persone. Sono un pericolo per l'umanità e rispondono agli ordini di Noah. I corpi privi di anima si trasformano in Mezzosangue.

Solitamente cacciano durante la notte in quanto la loro pelle è sensibile al giorno. Si nascondono in luoghi bui e umidi.

Teoria delle Scelte Assolute

Passato, Presente e Futuro sono dimensioni perfette collegate tra loro dalla linea del tempo. Ogni essere umano è legato alla propria di mensione attraverso le scelte che compie.

Maggiore è il legame della persona con la popolazione, maggiore è la sua influenza sulle dimensioni del Passato, del Presente e del Futuro.

Una Scelta Assoluta può creare una dimensione del Futuro imperfetta. A seconda della dimensione, il Creatore dà la possibilità all'uomo di correggere l'errore.

PROLOGO

Avete presente il mondo che conoscete?

Dopo la catastrofica III Guerra Mondiale, caratterizzata da bombe, alcune delle quali atomiche, e attacchi missilistici che sterminarono più della metà della popolazione, e per questo ribattezzata con "Guerra dei Morti" (iniziata il 24 Aprile 2020 e finita l'anno stesso), il mondo non conobbe più la parola "vita": le persone che rimasero (si stima fossero mezzo milione), erano sparse nelle terre ancora pulite, ossia il Sud Africa, l'isola di Madagascar e la parte occidentale dell'India; in poche parole quelle che erano state risparmiate, per casi fortunati, dai bombardamenti.

Il resto del mondo era diventato il cimitero di miliardi di vite e la casa di strane creature, mutate in maniere orribili a causa dei gas rilasciati dalle bombe.

Dopo questa guerra ce ne fu una seguente, la IV Guerra Mondiale, iniziata nel 1 Febbraio 2025 e finita nel 2026, causata dai Ribelli, capitanati dai Generali James Greystone, Oliver Wexor e Marcus Gallagher, per sconfiggere la dittatura di Edmund Sonenclair. Il nomignolo di Edmund era "Capo di Buona Speranza" poiché, oltre al fatto di essere nato in Sud Africa da un padre francese e una madre sudafricana, fu grazie a lui che il popolo rimanente riuscì a risollevarsi da terra e tentare di ricominciare da capo.

Edmund sapeva parlare in pubblico ed era una figura

di riferimento per tutti coloro che erano stati sopraffatti dalla guerra. Riuscite a immaginare due guerre consecutive senza la possibilità di riprendersi? Il risultato della IV Guerra Mondiale fu spaventoso e lo è tuttora: Edmund vinse nel momento in cui scovò il nascondiglio dove i tre generali avevano nascosto le bombe rimanenti dalla guerra precedente e li usò contro Ribelli, che furono costretti a indietreggiare, lasciando sulla loro strada trecento milioni di persone. I cinquanta milioni Ribelli rimasti si rifugiarono nell'isola di Madagascar, dove oggi risiediamo.

Ora chiunque sia stato un Ribelle durante la IV Guerra Mondiale è costretto a diventare merce di scambio tra i nobili di Sonenclair, così come i loro discendenti, ossia schiavi.

Edmund Sonenclair odiava il pensiero di dividere la sua "casa" con così tanti morti, così riunì ogni ingegnere di tutti gli ambiti sopravvissuti alle guerre e li convinse, con la promessa di ricompensarli con onore e fama, a creare nell'arco di pochi anni una piattaforma sull'oceano, un'isola "artificiale", su cui oggi sorge il Regno di Sonenclair: in continua espansione, è situata nell'Oceano Indiano, ribattezzato anche questo con "Oceano di Sonenclair", ed è collegata all'isola di Madagascar e ai Vecchi Continenti da due lunghi tunnel con binari.

"Così per il resto dei giorni. Lunga vita al regno di Sonenclair. Lunga vita alla pace. Lunga vita alla rinascita dell'uomo!"

Era TUTTO di Sonenclair.

È tutto di Sonenclair.

C'è soltanto una cosa che non è di sua proprietà.

Esiste un'organizzazione sconosciuta a tutti, tranne ai suoi membri, nata dopo l'ultima guerra, che si chiama "G.W.G.O.", acronimo di Greystone Wexor Gallagher Organisation, e si nasconde sottoterra, proprio in mezzo all'isola di Madagascar.

Siccome gli Schiavi Senzanome di Sonenclair sono considerati oggetti del Regno, poco più di inutili giocattoli, l'organizzazione allena molti giovani, di età compresa tra i dieci e venticinque anni, a diventare "infiltrati", per aiutare l'isola degli Schiavi a rafforzarsi, crescere e, soprattutto, sopravvivere.

Ci sono più di diecimila schiavi infiltrati nel Regno di Sonenclair, con il compito di raccogliere informazioni da passare all'infiltrata sistemata all'entrata. Nessuno sa niente degli infiltrati, se non i capi dell'organizzazione.

Non ci battiamo per vendetta, seguiamo gli ideali per cui è nata l'organizzazione.

Uno, aiutare il popolo sconfitto, a costo della vita e della morte; due, non mostrarsi a livello dei Nobili, esseri inferiori di umiltà e cuore; tre, mai e poi mai dare inizio a nuove guerre, sia contro i Nobili, sia con noi stessi.

Io mi chiamo Everly Greystone, ho diciassette anni, sono nata durante la notte del 25 Dicembre del 2091 e sono la discendente del figlio del Generale James Greystone.

Per tutti gli schiavi io sono una semplice domestica, mentre per tutti i membri della G.W.G.O., e mia sorella, io sono un'infiltrata. Chiamatemi pure spia, se vi aggrada di più.

Ed ecco come sono cresciuta: in mezzo alle menzogne, come una macchina da guerra, un robot senza pietà, una persona senza cuore.

CAPITOLO 1

L'ARRIVO NEL REGNO DI SONENCLAIR

Everly

Mi stendo sul letto della mia stanza, una minuscola cabina completamente grigia con il letto contro il muro e la scrivania con pile di libri su cui solitamente studio dall'altra parte, dopo aver indossato una veste scura come richiesto dal protocollo di transizione degli schiavi, e guardo il soffitto: giusto qualche giorno fa, mio padre, il Generale Armànd Greystone, nipote di James Greystone, mi ha svelato che, tra tutti gli infiltrati, mi è stata assegnata una missione di rilevante importanza.

Con la morte di Re Gregorio e la ascesa al potere di Re Gregorio II, i gemelli Nikolai e Maximilian, pronipoti di Edmund Sonenclair, sono i prossimi in linea di successione al trono.

Il Principe Maximilian Adam di Sonenclair ha annunciato che prenderà uno schiavo ed è, sicuramente, un'occasione d'oro per l'organizzazione.

Sono stata scelta come infiltrata n.14762 e il mio addestramento si è intensificato da allora.

Il mio compito è semplice: svolgere con onore la mia missione.

La mia missione? Sottomettermi, sedurre e uccidere il Principe senza essere sospettata, quindi per cominciare dovrò assicurarmi la fiducia della famiglia reale, e con questo essere nominata "Primis Slavus", ossia lo schiavo con dei privilegi.

Essere un Primis è ritenuto un onore per ogni schiavo di Sonenclair: possono avere una famiglia nel regno, continuando comunque a servire i nobili, ed essere degni di fiducia. In più possono ambire alla lotteria "Elite Slavus": avviene ogni Capodanno, ed è riservata ai Primis Slavus. Consiste nell'estrarre un numero tra i "Primis" e chi viene estratto diventa un Elite, con la possibilità di diventare un Nobile e ottenere un lavoro.

Questa divisione in classi sociali non serve a molto: puoi essere un Primis Slavus, o un Elite Slavus, puoi addirittura diventare un Nobile, ma sarai per sempre macchiato per il semplice fatto di essere stato uno schiavo.

Il Regno di Sonenclair ha un centro di smistamento.

Gli scienziati e gli ingegneri, gli stessi ad aver collaborato per la costruzione dell'isola di Sonenclair, hanno ideato un macchinario in grado di individuare le predisposizioni di ogni persona: ci sono tutti i lavori inimmaginabili e possibili, dai più umili come aiuto cuoco, giardiniere, barbiere e altri, a quelli più prestigiosi come attori, cantautori, scrittori e registi e chi più ne ha più ne metta.

Anche l'organizzazione ne ha costruito uno, all'insaputa del Regno di Sonenclair: quando mi misero in testa il casco per leggermi dentro avevo dieci anni e venni identificata come "Infiltrata". Da quel giorno ho passato la maggior parte del mio tempo a studiare schemi tattici e ad allenarmi in palestra e in combattimento.

Sento bussare alla mia porta e in pochi secondi mi metto a sedere, prima di alzarmi e stare sull'attenti. Non appena la porta automatica si apre, vedo la mia gemella Evelyn, con in mano un piccolo pacco. Lei era stata smistata come sarta. Di certo la sua postazione non le permette di esprimere tutta la sua creatività, ma non può che sottostare agli ordini della società, governata teoricamente dai Trafficanti di Sonenclair, un gruppo di Nobili con il compito preciso di mandare avanti l'isola e il traffico degli Schiavi.

Evelyn si avvicina, mi abbraccia con forza, e io non posso fare altro che ricambiare.

Sta piangendo e capisco perfettamente il perché: da quando siamo nate, ossia diciassette anni fa, non ci siamo mai allontanate per più di qualche ora.

Porto la mia mano robotica sulla sua schiena, e ogni volta guardo mia sorella rabbrividire.

A causa dei gas liberati nell'aria dopo i vari bombardamenti, le mutazioni genetiche pre e post parto sono aumentate notevolmente: io sono nata con una mano non sviluppata interamente mentre Evelyn è stata fortunata. Tutti i peli del suo corpo sono rosa.

Io sono nata anche con un'abilità: riuscire a creare il fuoco dal nulla. Il mio corpo riesce a produrre una quantità di calore e di gas dalle ghiandole sudoripare nel palmo delle mie mani che, associati a un veloce sfregamento per creare una scintilla, soprattutto ora che ho una mano bionica, danno vita a un fuoco che non mi brucia esteriormente, ma mi consuma le energie.

«Ti ho portato una cosa» mi dice all'improvviso, e apre il pacco.

Contiene due guanti senza dita in pelle, cuciti finemente tanto da sembrare solo un unico pezzo di materiale.

Sorrido gentilmente e li prendo entrambi per indossarli. Con ogni probabilità non mi daranno il permesso di portarli con me nel regno di Sonenclair, nessuno schiavo deve portare effetti personali.

«Non mi permetteranno di portarli» dico impassibile mentre li provo. Sono perfetti, sono anche molto belli. Vedo la chioma rosa di mia sorella scuotersi e quando tira fuori un permesso da parte della famiglia Reale, stento a crederci.

"Il Re di Sonenclair, Gregorio II di Sonenclair, discendente di Edmund Sonenclair, padre dell'umanità sopravvissuta, Capo di Buona Speranza, dichiara di concedere allo schiavo di poter introdurre nel regno di Sonenclair degli effetti personali, solo rispettanti il regolamento:

-Tutti gli effetti personali insieme non devono superare cinque chilogrammi;

-L'oggetto non deve essere pericoloso per i Nobili di Sonenclair;

-L'oggetto non deve essere dannoso per le strutture del Regno di Sonenclair;

-L'oggetto non può rappresentare nessun simbolo della Ribellione.

Se anche solo un effetto personale verrà considerato pericoloso o non rispettante le regole stabilite, lo schiavo subirà un processo.

Re Gregorio II"

«Cosa porterai con te? Questi guanti ti servono per controllare il tuo fuoco. Grazie a papà ho avuto la possibilità di entrare nel magazzino dell'organizzazione e prepararti questi. Saranno molto...»

Evelyn continua a illustrare i suoi guanti ininterrottamente prima di vedere la mia mano alzarsi per chiedere la parola. Solo allora si zittisce e mi guarda.

«Porterò i guanti Evelyn, ok? Non c'è bisogno che me li vendi in questo modo» la rassicuro.

Evelyn abbassa lo sguardo, in qualche modo imbarazzata dalle mie parole.

«È solo che...» riprende a parlare, «ai tuoi occhi nessuno è riuscito a farsi compiacere. Non hai mai lasciato nessuno avvicinarsi a te, nemmeno me, mentre io vedo le altre sorelle avere un legame così forte e affiatato. Ti voglio così tanto bene e sono sempre stata dalla tua parte, ma per una volta... potresti mostrarmi che ci tieni a me? Non so quando potrò rivederti.»

Le sue parole mi feriscono, ma io non lo lascio intravedere.

Non posso nemmeno farle capire che non ci tengo.

Passo la mano robotica tra i suoi capelli ondulati e cerco di proferire qualcosa.

«Quando tutto questo finirà, quando io porterò a termine la mia missione, vivrai come una principessa, o come una regina, e sarai per sempre felice. Farò di tutto per mantenere questa promessa.»

«E tu, Everly?»

Mi guarda negli occhi e quello sguardo mi consuma peggio del mio fuoco.

Abbasso il viso e mi allontano, dirigendomi verso mio padre che in quel momento era comparso sullo stipite della porta insieme a delle guardie per portarmi via.

Non ci riesco, non posso prometterle che sarò felice anch'io insieme a lei.

Mi sento così vuota e così devo rimanere per completare la mia missione.

Nessuna emozione, solo morte e gloria.

«Sei pronta, infiltrata?» mi chiede mio padre, camminando di fianco a me. Con la coda dell'occhio lo guardo e vedo che sta tenendo il mento alto e cammina con la postura degna dei generali più temuti dell'organizzazione.

Passiamo davanti alla sala d'addestramento e vedo uno dei miei compagni, Dymitri, combattere con una delle nuove reclute sotto l'attenta sorveglianza del Generale Olaf Wexor, figlio del Generale Oliver Wexor. Dymitri era il mio sostituto in caso mi fossi ritirata: è forte, muscoloso, bello, carismatico, attraente grazie ai suoi profondi occhi verdi e alla sua folta e lunga chioma che tiene perennemente legata in una coda bassa.

Ma oltre a essere "Mr. Bello" è anche "Mr. Letale".

«Signorsì Generale Greystone» rispondo, riportando gli occhi davanti me.

Non penso che mio padre mi dirà altro se non un augurio. Non è di sua abitudine dimostrare affetto. Forse ho preso da lui.

«Porta onore all'Organizzazione. Contiamo su di te» dice, freddo. Non appena metto piede nel treno che mi porterà al Regno di Sonenclair, mi giro e lo guardo. Il suo viso, nonostante la malformazione dell'angolo sinistro della bocca, è ancora severo. Pure i suoi occhi sono duri, e io annuisco semplicemente. Non che mi aspettassi qualcosa di più.

La cabina del treno non ha finestre, solo un sistema di filtrazione per l'aria, quindi non posso vedere nulla al di fuori di essa; sul soffitto pende una lampada al neon e io posso ben constatare che nell'angusto spazio ci sono un letto singolo, un cesto con viveri sufficienti per un giorno, e una porta che conduce a un bagno.

Il treno comincia a muoversi e dopo una buona mezz'ora inizio a sentire i vari sballottamenti della mia cabina sbattermi contro le pareti. Mi sdraio sul letto e chiudo gli occhi.

Mi risveglio qualche ora dopo, a causa di un suono allarmante del motore. Il treno è vecchio, dovrebbero cambiarlo.

Fin quando non aprono la porta, ripasso a mente il mio piano per diventare una Primis: l'organizzazione ha scelto me per sedurre il Principe, e io non so nemmeno cosa significhi stare a contatto con un uomo senza spaccargli la faccia o spezzargli le gambe durante un combattimento.

Quando finalmente sento il treno fermarsi e vedo la porta aprirsi mi rimetto in piedi e cammino fuori.

Mi ritrovo in una stanza completamente bianca, che sembra splendere di luce propria. Alla guardia, un trafficante mi guarda e mi chiede di alzare le mani. Gli mostro i guanti, sfilandoli dalle mie mani. Me li tocca per assicurarsi che non ci siano armi nascoste. Poi mi chiede di allargare le braccia e io obbedisco, formando una "T" con il corpo.

Quando finisce noto che dietro di lui sono presenti altre guardie, questa volta vestite con i colori del regno di Sonenclair, il porpora e l'argento, che mi fissano.

Il trafficante mi guarda e, senza farsi notare, mi allunga nuovamente i guanti e con la bocca mima la parola "Infiltrata".

Ecco il primo infiltrato, come me, nel Regno di Sonenclair.

Era così ovvio posizionare uno di noi all'entrata.

«Può passare. È pulita. Portatela dalla famiglia Reale» grida poi alle guardie che prontamente si mettono ai miei lati e mi scortano fino a una piccola piattaforma su cui saliamo. Mi fanno inginocchiare ai loro piedi e non capisco. La piattaforma si alza e percorre tutto un lungo corridoio fino a giungere a una porta, con una velocità assurda che mi costringe ad aggrapparmi alle loro caviglie.

Quando raggiungiamo il Regno non ho più il fiato. L'aria si era avventata su di me con così tanta forza da non permettermi il respiro, e non ero riuscita nemmeno a guardarmi attorno per avere delle informazioni sul canale.

Guardo in alto e tossisco. Poi lo noto: il bassorilievo dello stemma della famiglia reale, un'aquila avvolta dalle fiamme che, possente, tiene il becco puntato verso l'alto, sul portone attraverso il quale sarò condotta direttamente all'interno del castello.

Nel momento in cui varco la soglia del portone, una signora vestita di un abito lungo, attillato, bianco, ed elegante, dai corti capelli verdi e gli occhi neri, mi fa cenno di seguirla dopo avermi guardata dal basso verso l'alto.

Una guardia si mette al mio fianco e io inizio a camminare verso la donna.

«Come ti chiami, schiava?» mi chiede, prima di aprire la porta di una stanza. Quei corridoi scuri e illuminati solo da un lungo tubo di neon bianco fissato al soffitto sono i sotterranei.

«Sono una schiava senza nome» rispondo, con voce impassibile, portando le mie mani dietro di me. La donna si gira verso di me, prima di sporgersi di lato e ordinare alla guardia di chiudere la porta non appena entro insieme a lei.

La stanza è piccola, molto illuminata, arredata con mobili tutti di bianco, così come le pareti e il computer.

«Come ti chiamavano nell'isola degli Schiavi?» insiste lei, sedendosi su una sedia dietro la scrivania. Poi scosta i capelli all'indietro mostrandomi con chiarezza l'acronimo dell'organizzazione tatuato sul suo collo, mascherato da dei fiori.

«E tu?» le domando io. «Come ti chiamavano?»

La vedo sorridere e battere le mani. Sa chi sono.

«Mi chiamavano Xhyreis» risponde. «Ora rivelami il tuo nome.»

Alzo il mento verso l'alto e la guardo con sguardo fiero. Devo mostrarle che sono in grado di recitare: «Elizabeth» inizio. «Elizabeth Wexor.»

Annuisce compiaciuta e inizia a digitare sul computer.

«È stato tuo padre, il Generale Greystone, a darti la falsa identità?»

Sentirlo nominare mi smuove e mi riporta alla memoria che lui per me è e sarebbe rimasto solo il Generale Armànd Greystone.

«Sì» sospiro e mi avvicino a lei per vedere lo schermo. È un sito su cui sta registrando la mia entrata. Deve essere per il governo.

«Ha fatto bene a scegliere il nome della figlia del Generale Wexor» continua a dire. «Pur sapendo che la figlia di Wexor è morta in grembo a sua madre.»

«Ma questo il Re non lo sa» replico io. Non può davvero farmi saltare la copertura. È un'infiltrata quanto lo sono io.

«E sarà bene che non lo scopra» mi ricorda prima di stampare un foglio e consegnarmelo.

«È il permesso per vivere nel Regno, e il tuo certificato di sanità» mi dice, guardandomi con occhi attenti. «È soprattutto il primo passo per diventare una Primis.»

CAPITOLO 2

L'INCONTRO CON IL PRINCIPE EREDITARIO

Everly

Non appena vengo scortata nella sala del trono, la mia attenzione viene catturata dal soffitto molto alto dove pendono decine di lampadari argentei, brillanti, prima di essere costretta a inginocchiarmi sul tappeto rosso alla fine della lunga scalinata che porta ai troni del Re, della Regina e dei Principi.

Sento che le guardie mi prendono le mani e le legano dietro di me con una corda ruvida che mi ferisce i polsi.

Potrei sciogliere il nodo in pochi secondi, ma devo mostrarmi sottomessa per poter essere libera di fare ciò che devo, una volta finite tutte le "formalità".

«Abbassa lo sguardo per terra, schiava!» mi ordina una delle guardie, spingendo la mia testa in avanti, e io obbedisco.

Non devo perdere il controllo, ma sento già le mie mani bruciare.

Inspiro ed espiro lentamente, trattenendo il mio fuoco.

«Siamo al cospetto di sua altezza reale Re Gregorian II, discendente del Capo di Buona Speranza, e la sua sposa, sua altezza reale Regina Maria Rebecka» li presenta un ufficiale prima di portarsi al lato di una porta automatica che si apre pochi secondi dopo.

Li sento camminare fino a sedersi al trono e mi chiedo tra me e me "Dove sono i Principi?".

Passano pochi attimi prima che io senta l'ordine del Re di presentarmi. A quel punto mi alzo e mostro il mio viso.

Il Re è d'aspetto molto vecchio, ma non ha nessuna malformazione. Sul capo porta una corona con tante vette che puntano verso l'alto che gli allunga il viso, e indossa abiti sontuosi. Nei suoi occhi c'è una strana luce.

La Regina invece è la personificazione della perfezione: è di molti, fin troppi, anni più giovane d'aspetto del Re. Ha dei lunghi capelli biondi raccolti in una treccia laterale, la pelle ambrata e gli occhi scuri. Il suo corpo è vestito di un abito voluminoso e dorato, mentre sul capo porta una ghirlanda di rose d'oro. Di fianco ai loro troni, due posti sono vuoti.

«Mi chiamavano Elizabeth Wexor, discendente del Generale Oliver Wexor» pronuncio, tenendo il mento basso, poi continuo con il "discorso di sottomissione". «Vi prego di donarmi un nome degno della vostra presenza.»

Il Re scoppia a ridere e batte le mani.

Si sta prendendo gioco del popolo caduto, ma è quello che vuole l'organizzazione.

«Eccellente!» grida. «Stupefacente! Gli schiavi che mandano la prole di uno dei Generali Caduti! Non esiste modo migliore per chiedere benevolenza!» esclama, tra le sue risate sommesse e i sorrisi imbarazzati della Regina.

«Fate entrare il Principe!» ordina il Re, alzando la mano

di scatto.

Giro il volto leggermente in direzione della porta e vedo comparire un uomo alto, vestito con l'uniforme delle guardie, solo molto più raffinata ed elaborata. È moro, con la perfezione ereditata dalla madre e la postura regale dal padre.

Una vittima perfetta.

«Principe Maximilian Adam di Sonenclair.» Il Re mi guarda con occhi divertiti e con tono ancor più beffardo, prima di continuare con:

«Il tuo padrone.»

Abbasso il viso ancor di più, mostrando la mia alta sottomissione.

«Per l'amor di Dio, una bambina!» esclama il Principe. Riporto gli occhi su di lui e leggo il disgusto stampato sul suo viso.

Bambina? Posso spaccargli la mascella, spezzargli tutte le ossa del corpo e lui... mi chiama bambina?

Ingoio l'acidità delle parole che vorrei riversargli addosso e rimango zitta.

«Beh, non parla?» continua il Principe.

Non posso far saltare la mia copertura per il mio orgoglio. Sarebbe da stupidi. Mantengo le labbra serrate.

«Mostrami le mani, bimba» mi ordina e io alzo lo sguardo verso la guardia che mi libera.

Non appena sento i polsi slegati, porto le mani davanti a me e tendo le braccia.

Alzo gli occhi verso Maximilian e noto che sta scendendo gli scalini. Dopo qualche secondo si ferma a un metro da me.

«È una mano artificiale quella, bimba?» mi domanda e io annuisco. Vorrei tirargli uno schiaffo, la sua voce è irritante, ma preferisco risparmiarmi l'esecuzione.

Si avvicina ancora di un passo e porta un ginocchio per terra. Io lo guardo e lui sorride, perfido.

«Portatela nella mia stanza.» Si rivolge alle guardie con freddezza, tenendo gli occhi fissi su di me.

Per quanto non voglia ammetterlo, il Principe è davvero perfetto.

Abbasso gli occhi mentre si alza, e sento le guardie prendermi per rimettermi sui miei piedi e trascinarmi con loro.

Dopo essere usciti dalla Sala del Trono, mi ritrovo con i miei "chauffeur" lungo i corridoi del palazzo.

Le mura sono immacolate, e il bianco è spezzato solo da quadri che rappresentano scene dell'epoca prebellica.

Ogni pochi metri ci sono delle porte automatiche che conducono alle varie stanze del castello.

Alla fine del corridoio entriamo in un ascensore e io ho la possibilità di vedere lo Skyline del Regno di Sonenclair: è vastissimo, più vasto di quanto potessi mai immaginare, e riesco anche vedere la cupola che protegge il regno.

Nel momento in cui l'ascensore finisce la sua salita, capisco che siamo nel punto più alto del castello, la Torre Magna.

Una guardia apre l'unica porta presente e mi getta dentro, chiudendomi nella stanza.

Cado per terra, e cerco di rialzarmi subito, ma sento un rumore nell'oscurità che mi costringe a rimanere ferma.

Avverto il pericolo, mi sta guardando con occhi maliziosi.

Il mio cuore sta per esplodere, così cerco di calmarmi e rallentare il battito.

«Ehi, bimba...»

Sento la voce del Principe muoversi velocemente nel

buio.

All'improvviso una candela diffonde una flebile luce dietro di me. Mi volto lentamente e noto che un letto a baldacchino, con tende scure legate e coperte nere ordinate, è illuminato. Un secondo dopo sento un fruscio e, quando riporto lo sguardo davanti a me, vedo i raggi della luna filtrare nei vetri di una grande finestra.

«Si mostri, la supplico» sussurro, respirando lentamente.

Grazie alle poche luci posso constatare che la stanza è enorme: qui dentro può viverci una famiglia intera.

Mi alzo e vago per la stanza, evitando le parti buie. «Non hai paura?» mi chiede la voce del Principe e io scuoto la testa, avvicinandomi all'unica parete illuminata dalla luce della luna, dove vedo appesa una sua fotografia ingrandita. Si mostra regale, possente, nella sua uniforme.

«Dovresti.»

Lentamente noto la figura di un'ombra nera sovrastare la mia, poi vedo due ali, con apertura di almeno tre metri, coprire interamente l'unica fonte di luce.

Mi giro lentamente verso il Principe e sono sbalordita, sia dal suo profilo, che dai suoi occhi, gialli e brillanti.

Nella sala del trono, dove diamine nascondeva tutto ciò?

Indietreggio contro il muro e, non appena sbatto contro esso, vedo la figura di Maximilian avvicinarsi a me con pochi passi.

Istintivamente sfrego le mani con l'intenzione di accendere il mio fuoco ma mi trattengo. Non posso essere scoperta.

Non appena però Maximilian vede i miei palmi sfregare, con un colpo secco di ali mi sbatte contro il muro.

Tossisco per l'urto e cerco di rialzarmi velocemente, ma lui è più agile di me e mi solleva per il collo.

Il panico si impossessa di me come non lo faceva da tempo e stringo le mani sul suo polso più che posso, conficcando le unghie nella sua carne, implorando pietà con lo sguardo.

Se non mi lascerà andare sarò costretta a proteggermi, non servo a nulla da morta.

Fortunatamente allenta la presa, emettendo un gemito di dolore, e si tira indietro. Tenendosi il polso con l'altra mano, mi guarda e semplicemente mi ordina: «Inginocchiati!»

Capisco che la battaglia è finita, quindi eseguo il suo ordine e abbasso lo sguardo.

Lui si avvicina, mi alza il viso e scruta nei miei occhi in cerca di qualcosa, ma io rimango impassibile. Ho già combinato un disastro.

«Mostrami la tua abilità. Posso sentire l'odore di mutazione a chilometri di distanza e il tuo... è veramente forte.» Impreco nella mia mente e lentamente accendo il mio fuoco. Le prime scintille illuminano le nostre persone, fino a quando le fiamme non avvolgono interamente le mie dita e io posso guardare con chiarezza il suo viso e l'enorme cicatrice che gli sfregia il volto.

Ora potrebbe usare questa mia capacità contro gli altri e, soprattutto, su di me.

«Sei molto potente, vedo.» Insinua la sua mano tra i miei capelli scuri e li pettina con le dita. «Ma pur sempre una bambina che non è ancora capace di controllarsi. Quanti anni hanno visto i tuoi occhi?»

Mi mordo la lingua con forza quando mi dice che sono senza controllo e rispondo con un: «diciassette.»

«Come non detto: bimba» dice, prendendosi gioco di me prima di diventare serio. «Ecco le regole. Starai sempre al mio fianco: che io sia a letto con un'altra o in palestra ad allenarmi. Dormirai solo se lo deciderò io. Mi soddisferai, se necessario, ma dubito che avrò bisogno di questo da un corpo come il tuo. Obbedirai a ogni mio ordine e soltanto a me. Un'ultima cosa: devi rivolgerti a me con "padrone". È tutto chiaro, bimba?»

Ingoio l'acido che hanno provocato le sue dannate regole e abbasso gli occhi sul pavimento prima di chiuderli e mormorare.

«Sì, padrone.»

CAPITOLO 3

IL GEMELLO DEL PRINCIPE

Everly

Guardo Maximilian alzarsi e accendere le luci.

La stanza è completamente nera e le uniche note di colore siamo io, lui e il suo ritratto.

Non oso alzare gli occhi verso di lui e mi rimetto in piedi lentamente.

Sento che mi fa male il fianco per il colpo ed è fastidioso, ma so anche che a breve sparirà il dolore.

Rimango ferma e aspetto un suo ordine mentre cammina verso l'enorme porta finestra: le sue ali ondeggiano e gli fanno da strascico.

Perché il Principe di Sonenclair non era di sangue puro? La Regina non sembrava una mutazione.

All'improvviso sento la porta della stanza aprirsi. Abbasso subito lo sguardo.

«Esci da qui, Nikolai. Sai perfettamente di non essere il benvenuto nella mia stanza» dice Maximilian e, alzando leggermente lo sguardo, lo vedo allargare le ali. Sembra voler minacciare il nuovo arrivato.

«E io faccio finta di crederci ancora. Volevo solo vedere la schiava» risponde l'altro, ignorando il fratello.

Il presunto Nikolai si avvicina a me e mi alza il viso. Chiudo gli occhi, non voglio essere richiamata ancora per la mia poca sottomissione. Dopodiché lo sento accarezzarmi la guancia e sussurrarmi: «Apri gli occhi. È un ordine.»

Non lo faccio. A quel punto, sento Maximilian sbuffare prima di dirmi:

«Aprili.»

Con riluttanza alzo le palpebre e davanti a me vedo... una persona che assomiglia a Maximilian, ma con alcuni lineamenti molto diversi, senza le ali e senza quei suoi spaventosi occhi gialli. È esattamente il Principe che ho incontrato nella sala del trono.

«Non puoi ucciderla, lo sai vero?» esclama Nikolai, rivolgendosi a suo fratello.

Sono della stessa altezza e stazza, hanno gli stessi occhi ma di colore diverso; pure i capelli sono acconciati ugualmente.

«È mia» dice lui guardandolo. «Farò di lei ciò che più mi aggrada.»

«È la legge. Non puoi ucciderla e invece guarda: le hai quasi spaccato la testa e sul collo ha dei lividi in formazione» lo rimprovera Nikolai, puntandomi. «Perché non la mandi direttamente al Colosseum?»

Il Colosseum è un'arena dove i Nobili si divertono a scommettere e vedere gli schiavi combattere tra di loro fino all'ultimo respiro. Solitamente vengono iscritti quelli più potenti, quelli che sicuramente daranno, ma non c'è un limite di età.

Una battaglia ha la possibilità di durare anche più di un giorno, ma gli schiavi vengono aiutati a uccidersi a vicenda quindi raramente dura più di trenta o quaranta minuti.

Porto la mano sulla mia tempia e sento qualcosa di viscido bagnarmi le dita. È il mio sangue.

Vedo Maximilian sbuffare, dare le spalle a noi due e uscire dalla porta finestra, prendendo il volo.

Sento Nikolai sospirare per poi girarsi verso di me. Abbasso subito gli occhi

«Siediti sul letto. Vediamo cosa posso fare per te» mi ordina mentre cammina verso l'armadio e tira fuori una valigetta del pronto soccorso.

Senza tentennamenti, faccio quello che mi chiede.

Nikolai si avvicina nuovamente a me e inizia a medicarmi.

«Comunque, io sono Nikolai, il gemello di Maximilian. Ti ha già dato un nome?»

Scuoto la testa leggermente e lo guardo. Non penso che "Bimba" lo sia, almeno.

«Allora come ti chiamavano?» mi chiede ancora, prima di appoggiare un panno tiepido sulla fronte.

«Elizabeth» rispondo trattenendo il respiro e mordendomi il labbro per il dolore.

«Mi scuso per il comportamento di mio fratello. È sempre stato così» lo protegge Nikolai, sorridendomi con dolcezza. Quando finisce di pulire via il sangue, deve aver notato che la ferita si è già rimarginata perché corruga la fronte visibilmente sorpreso e non dice niente.

Non lo guardo per più di qualche secondo prima di osservare le sue mani.

«Perché non era insieme alla famiglia reale oggi?» gli domando, curiosa.

«Ti prego, non darmi del lei. Ho rinunciato al titolo di Principe per fare il medico un paio di settimane fa. Teoricamente sono ancora un Principe per una settimana. Praticamente sono diventato medico di corte» mi spiega lui, mentre con delicatezza prende una crema e la spalma dove sicuramente è presente un livido scuro.

"Beh, che tempismo" penso sospettosa.

Quando termina, lo scruto.

«Tu perché porti dei guanti? Sei una mutazione? Puoi dirmelo, mantengo il segreto di Maximilian da anni.»

Nikolai mi rassicura e io sfrego le mani per mostrargli delle fiamme sui palmi. Se nessuno sa delle "caratteristiche" molto evidenti del Principe, sta dicendo la verità.

Mi guarda le dita con un'espressione meravigliata.

«È impressionante. Riesci a irradiare il fuoco da tutto il corpo oppure lo fai solo dalle mani?»

«Solo dalle mani» rispondo e congiungo i palmi per spegnere i fuochi.

All'improvviso Nikolai si prende la testa fra le mani e ringhia.

«Va tutto bene?» gli chiedo, scossa. Quando mi guarda, i suoi occhi non sembrano quelli di poco fa. Sono più luminosi, le iridi sono di uno strano colore tendente al rosso. Nel momento in cui riprende a respirare con affanno e batte le ciglia, sembrano ritornare normali. Appena si calma, raccoglie velocemente gli oggetti che ha utilizzato, ripone la valigetta nell'armadio e mi rivolge nuovamente la parola.

«Beh, è stato un piacere conoscerti Elizabeth, ma ora devo andare. Se avrai bisogno di me, io alloggio nelle camere della parte ovest del castello. Chiedi pure a mio fratello» dice, sorridendomi, poi prende la mia mano nella sua e mi bacia il dorso.

«Ti ringrazio per avermi medicata» rispondo, cercando di accennare un sorriso. Quello che è appena successo è davvero inquietante.

Lo guardo uscire fuori dalla stanza e un secondo dopo sento le ali di Maximilian.

Mi alzo dal letto e mi giro verso di lui, tenendo il viso abbassato per non guardarlo.

Sento che si avvicina a me e quando mi ritrovo con il viso a pochi centimetri dal suo petto, le parole che escono dalla sua bocca sembrano volermi accarezzare.

«Spogliati. Nel bagno ci sono dei vestiti per te da indossare. Poi vai a dormire. Domani usciremo presto. Troverai dei vestiti anche per questo. Prima che io mi svegli, dovrai essere già pronta. È chiaro, bimba?»

Non appena si allontana, mi chiedo quando mi darà un vero nome.

Mi dirigo verso l'unica porta che non ho ancora visto aperta e dietro ci trovo un bagno enorme.

La torre quindi deve essere un sostegno per un appartamento intero.

Il bagno è composto dai servizi, una cabina doccia e una piccola piscina. Sul soffitto, sopra quest'ultima, vedo installato un sistema per una cascata d'acqua.

Mi guardo ancora attorno prima di vedere una poltrona con dei vestiti piegati appoggiati su di essa a cui mi avvicino.

Sollevo i capi per la notte e noto che sono fortunatamente della mia taglia: una camicia in seta grigia con i pantaloncini abbinati.

Do un'occhiata anche al completo per domani e vedo un paio di pantaloncini in jeans scuri, una canottiera bianca e una giacca nera di pelle. Di fianco a questi vedo del semplice intimo in cotoneAi piedi della poltrona noto degli stivaletti pesanti.

All'improvviso ripenso a Evelyn, ai vestiti che cuciva

per me e alla sua incredibile e folta chioma rosa.

Dopo essermi rinfrescata, mi vesto senza più pensare a nulla e ritorno in camera.

Non appena rimetto piede dentro, noto Maximilian sdraiato e sembra in dormiveglia, in posizione fetale su delle coperte nell'angolo più lontano dal letto.

Perché non ha sistemato me in quell'angolo e non ha tenuto per sé il letto?

Senza svegliarlo mi sistemo sopra le lenzuola e chiudo gli occhi solo per riposarli. Devo rimanere completamente sveglia.

CAPITOLO 4

L'ARENA DEGLI SCHIAVI

Everly

Durante la notte non ho sentito nulla, solo il rumore del mio respiro. Il giorno seguente mi alzo prima del sorgere del sole.

Sicuramente dobbiamo uscire quando ancora c'è buio. Se nessuno nell'isola degli schiavi è a conoscenza del segreto del Principe allora significa che il Re ha tenuto nascosto a tutti la verità.

Dopo aver sistemato il letto, cammino verso il bagno e, prima di varcare la porta, lancio uno sguardo furtivo a Maximilian che dorme profondamente in quel piccolo angolo, con le sue ali a fargli da coperta.

Entro nella stanza e inizio a rinfrescarmi.

Indosso i vestiti preparati per me e una volta pronta, esco fuori e noto che Maximilian si è già alzato e sta indossando una maglietta che allaccia sotto l'attaccatura delle ali.

Quando si gira verso di me, trascino il mio sguardo a terra, subito dopo aver notato una maschera che gli copre l'intero volto, e sento i suoi occhi squadrarmi dalla testa ai piedi.

«Indossa questa e andiamo» mi ordina e mi porge una maschera uguale alla sua, prima di affacciarsi alla porta finestra sospirando.

Sta seriamente pensando di farmi saltare nel vuoto?

Mi avvicino a lui, mentre mi copro il viso, e quando sono a un passo distante, mi prende con veemenza per il polso dalla parte della mano naturale.

«Non bruciarmi, bimba» mi dice e apre le porte. «Oppure ti farai molto male.»

Senza lasciarmi tempo di metabolizzare le sue parole, corre e si butta giù dal terrazzo con me al suo seguito.

Precipitiamo, trattengo il fiato. Il vento graffiante che mi sferza il viso con forza m'impedisce di urlare.

Stiamo ancora cadendo quando alzo lo sguardo verso di lui e vedo un angelo dell'oscurità guardarmi con i suoi occhi gialli brillanti. Ride per prendersi gioco di me e poi inizia finalmente a sbattere le ali.

Non sembra fare nessuna fatica a tenermi sospesa per aria mentre io ritorno a guardare in basso, verso il regno di Sonenclair.

Gli edifici sono tutti costruiti con acciaio e le scritte al led bastano a illuminare le strade. Dall'alto riesco anche a vedere il Colosseum, una riproduzione molto più resistente del Colosseo italiano dell'antica civiltà prebellica. Quando lo sorvoliamo vedo che le gradinate sono piene. Le grida sono attutite da una tettoia trasparente. Nell'arena ci sono degli schiavi che stanno combattendo per la propria vita.

Quando Maximilian inizia ad abbassarsi di quota, abbiamo passato il Colosseum da almeno tre minuti. Non appena atterriamo sul tetto di un edificio, mi chiedo perché mi abbia portata qui.

«Siamo arrivati» mi annuncia e cammina verso l'unica entrata presente. Non appena preme un pulsante che apre la porta scorrevole noto che è un ascensore molto ampio. «Dopo di te» mi invita a entrare prima di lui. Poi lo vedo premere dei pulsanti e sulla parete compare l'ologramma del numero selezionato, prima di iniziare a fare il conto alla rovescia dal piano da cui siamo partiti.

L'ascensore inizia a scendere, e nel frattempo mi stringo i polsi, giocherellando con il mio fuoco senza farglielo notare. Sono nervosa. Non mi è mai capitato di essere così agitata senza motivo.

«Cosa c'è? Non ti senti bene, bimba?» mi chiede all'improvviso Maximilian, sempre tenendo le spalle rivolte verso di me.

Spengo il mio fuoco e riporto le braccia lungo i fianchi, senza stringere i pugni.

«Sto bene, padrone» rispondo, senza far trapelare il nervosismo dalla mia voce.

Per il resto della discesa rimango in silenzio con lui.

Quando si aprono le porte automatiche vedo oltre le ali di Maximilian che il luogo in cui ci troviamo è pieno di mutazioni.

Inizio a camminare dietro il Principe, che a ogni suo passo costringe qualcuno a spostarsi per dargli spazio, e sento gli occhi di tutti su di me oltre a dei commenti.

«Ha portato una ragazza!»

«Angelus è qui con quella!»

«Chi è lei?»

«Guarda la mano!»

Evito di guardarmi in giro e, quando Maximilian apre la porta di un'altra stanza, entro senza farmelo ordinare: le pareti sono rosse, al centro c'è una poltrona reclinabile, come quella dei dentisti, e una sedia alta; contro le mura ci sono degli scaffali e degli armadietti di varia altezza del medesimo colore; sul soffitto ci sono delle luci al neon bianche utili a illuminare bene la stanza.

«Siediti e toglieti la maschera. Tra poco arriverà il tatuatore» mi informa e io eseguo l'ordine. So che devo essere marchiata come schiava del Principe e sono a conoscenza del fatto che lui sceglierà il tatuaggio.

Sono la prima schiava del Principe, per questo sono la più importante, ed è anche per questo che non può uccidermi con le sue mani. È la legge di Sonenclair.

«Padrone, ho il permesso di parlare?» gli chiedo con tono di voce pacato.

«Sì» risponde mentre si guarda attorno.

«Che tatuaggio sceglierà?»

Lo guardo mentre si avvicina a me e, non appena si toglie la maschera, appoggia l'indice sotto il mio labbro inferiore e con il pollice tira quest'ultimo.

«Ti farò tatuare una serratura e il mio nome all'interno del labbro. Poi mi tatuerò una chiave con il tuo nome sul pollice con cui ti sto tenendo ora» mi spiega lui, con voce suadente. Avrei dovuto aspettarmelo: potrò aprire bocca solo con il suo permesso.

Respiro lentamente e dopo qualche secondo sento entrare qualcuno nella stanza e richiudere la porta a chiave.

«Mio Principe, è qui con la sua prima schiava?»

Maximilian si sposta per permettere al nuovo arrivato di vedermi: è una mutazione. Ha la pelle scura, gli occhi viola e sul collo ha delle branchie che si alzano e si abbassano ritmicamente. Indossa un paio di jeans e una maglietta bianca a maniche corte che gli lascia scoperte le braccia piene di squame nere. Ai piedi non porta scarpe.

«Valthasar, è un piacere rivederti» dice Maximilian stringendogli la mano. «Devi fare un piccolo lavoro per me, due tatuaggi e, se sei in grado, qualcosa per l'aggroviglio di capelli che ha in testa» continua, indicandomi.

Lo guardo e trattengo la voglia di lanciargli un'occhiataccia.

«È una mutazione, Principe?» chiede Valthasar mentre si dirige verso un armadio.

«Sì» risponde Maximilian appoggiandosi al muro e tenendo gli occhi fissi su di me.

«Perfetto, allora non avrete bisogno di ritornare per un ritocco. Userò un inchiostro adatto per le mutazioni. Solitamente un umano deve ritornare per farselo ripassare a causa della saliva che cancella l'inchiostro e del labbro che si rigenera. Questo inchiostro invece sarà permanente» spiega il tatuatore, sedendosi su uno sgabello vicino a me.

«Preferisco addormentarti completamente. Non userò su di te un metodo usato per gli umani» continua lui mentre prepara una siringa. «Non sentirai nulla.»

Guardo l'oggetto, poi Valthasar e infine Maximilian prima di annuire e sentire l'ago perforarmi il braccio. In pochi secondi perdo i sensi.

Al mio risveglio sento l'interno del labbro inferiore bruciare così tanto da farmi lacrimare nell'immediato.

«Tutto bene, bimba?»

Sento la voce di Maximilian come se mi arrivasse da lontano. Quando mi giro verso di lui vedo che mi sta porgendo un fazzoletto nero e che Valthasar non c'è più. Lo afferro e asciugo i miei occhi, distogliendo lo sguardo dalla cicatrice che gli percorre il viso. Mi spaventa più delle sue iridi gialle.

Poi lo vedo afferrarmi lentamente come prima, con l'indice sotto e il pollice sopra il mio labbro inferiore e questa volta, abbassando lo sguardo verso la sua mano, noto il tatuaggio di una chiave e finalmente vengo a conoscenza del mio nome tatuato vicino all'oggetto: Everly.

È il mio vero nome. Coincidenza, vero?

Non dico nulla, non sembra esserne a conoscenza.

«Ti piace?» mi chiede.

Sussurro un "sì" e lui abbassa la mano per riprendere le nostre maschere dal ripiano.

«Guardati allo specchio. Ti ha sistemato i capelli» continua a dire prima di mettersi la maschera e coprire il suo viso, nascondendo così la cicatrice.

Mi sposto verso uno specchio a figura intera e vedo che la mia lunga e folta chioma scura è stata sfoltita in un taglio medio e scalato fino alle spalle.

«Forza bimba, andiamo» mi chiama Maximilian e sentirmi chiamata ancora in quel modo mi dà sui nervi. Ora che ha scelto il nome per me, perché deve continuare a chiamarmi con quel nomignolo?

«Adesso andiamo al Colosseum» mi informa e, dopo essermi messa la maschera, lo seguo nuovamente fuori dalla stanza e dentro l'ascensore che ci riporta sul tetto.

Mi prende nuovamente per il polso e ci libriamo in aria, diretti verso il Colosseum.

Quando atterriamo noto che siamo all'entrata posteriore e non a quella principale.

«Bene, bene. Guarda chi si vede: Angelus che si presenta al Colosseum! Qual buon vento la porta qui?» lo saluta un uomo oltre la porta attraverso una fessura dove si vedono solo i suoi occhi felini e bianchi.

Angelus... lo chiamano così? Non sanno che è il Principe?

Perché Valthasar lo conosceva?

«Voglio assistere a un combattimento insieme alla mia schiava» risponde Maximilian, tirando fuori dalla tasca una carta di credito.

«Parteciperà?» chiede l'uomo, guardandomi.

«No» dice prontamente, stringendo la carta e ho come l'impressione che stia facendo attenzione a non spezzarla.

Sento l'uomo ridere e guardarlo. «Vi hanno dato una Schiava che non sa combattere? Quale ingiustizia!» esclama, fintamente dispiaciuto.

«La ragazza sa combattere» sbotta Maximilian, con voce irritata.

«Allora perché non la fa combattere? L'iscrizione costa poco, solamente dieci syl» lo provoca lui. Sento che sta ghignando, si sta prendendo gioco di lui.

Stringo i pugni.

«Ha per caso paura di perdere una scommessa?» continua l'uomo e a quel punto, a muso duro, Maximilian fa un passo in avanti e ringhia.

«Va bene» dice con tono rabbioso. «La ragazza combatterà.»

«Allora prego, dieci syl e la sposterò nel prossimo combattimento.»

Guardo Maximilian allungare la carta di credito verso la fessura e digitare su un pannello il suo codice prima di vederlo fare un passo indietro e lasciar aprire le porte automatiche.

"Mi farà combattere..." realizzo in pochi secondi. "Non gli interessa se morirò subito. Pensa solo al suo fottutissimo orgoglio."

CAPITOLO 5

IL CARNEFICE

Everly

Vedo le porte del Colosseum aprirsi e due persone, una donna e un uomo apparentemente umani, uscire per portarsi ai miei lati. Sono a malapena vestiti: lei indossa un reggiseno in pelle dura e un paio di pantaloncini dello stesso materiale; lui dei pantaloni di pelle, leggermente più chiari rispetto a quelli di lei, e lunghi fino al ginocchio; ai piedi nessuno dei due porta calzature.

Inizio a camminare insieme a loro e non guardo indietro verso Maximilian.

Se sarò fortunata lo vedrò dopo, quando uscirò dal Colosseum ancora viva, magari senza un braccio o una gamba.

Mi scortano lungo un corridoio buio e quando alzo lo sguardo verso i miei accompagnatori, noto che i loro occhi emanano una strana luce verde neon, e allora capisco che sono mutazioni. Quale sia la loro abilità, oltre ad essere inquietanti, è un mistero.

Quando si fermano mi prendono entrambi per un

braccio e mi spingono in una stanza prima di chiudere la porta dietro di me. Dentro non c'è nessuno, solo una panchina su cui mi siedo.

Sapevo di schiavi che venivano comprati solo per il Colosseum, ma non sapevo che anche il Principe facesse uso di vite per il proprio gioco.

Forse si è sempre registrato con nomi diversi per comprare gli schiavi.

All'improvviso vedo la porta aprirsi e Maximilian fa capolino velocemente nella stanza. Si avvicina a me e mi afferra per le spalle.

«Non morire» mi ordina semplicemente e io lo fisso negli occhi, rischiando di annegare in un mare d'oro colato. Maximilian in questo momento, con questa maschera addosso, è Angelus.

«Certo, a meno che non mi mettano contro un gruppo di schiavi addestrati appositamente a uccidere» rispondo sarcasticamente, sfidandolo con lo sguardo. A quel punto mi leva la maschera, e anche lui si toglie la propria, permettendo alla sua vistosa cicatrice di inquietarmi ancora.

«Ti sto parlando come Principe e padrone, anche se mi chiamano Angelus. Resta viva ed evita di usare la tua abilità» continua a dire lui, fissandomi con occhi minacciosi.

Lentamente mi abbassa il labbro inferiore con il pollice tatuato.

«Mi servi ancora» sussurra prima di sistemarmi la maschera, perché non cada durante il combattimento, e allontanarsi. Dopo essersi rimesso in piedi, esce dalla stanza e mi lascia sola per qualche minuto, tempo sufficiente per le guardie di prendermi e portarmi davanti al cancello che mi condurrà direttamente dentro l'arena.

Stringo i pugni e sento le grida entusiaste dei nobili. Quelli dell'organizzazione lo verranno a sapere, è sicuro:

hanno occhi e orecchie dappertutto.

«Signore e signori! Nobili di tutte le età! Vi presentiamo i partecipanti al prossimo combattimento. Al cancello nord, lo schiavo del Nobile Arcibald Arts: Zam il Carnefice!»

Respiro lentamente, almeno non è un gruppo di schiavi. Posso farcela, devo farcela. Ordini del Principe.

È la mia vita.

«Al cancello sud, la schiava del Nobile Angelus Hive: Phyreis!»

Ora mi chiamo pure Phyreis?

Non appena i cancelli si aprono, entro a passi veloci dentro l'arena e il presentatore ripete l'unica regola:

«Si combatte fino all'ultimo respiro!»

Il suono di uno sparo dà il via.

L'arena è enorme, per terra è pieno di sabbia e sento uno strano caldo artificiale farmi sudare parecchio.

Sulle gradinate vedo uno spazio riservato ai Nobili proprietari degli schiavi presenti nell'arena in questo momento e noto Maximilian, grande e possente, con le sue ali magnifiche e la sua maschera nera, di fianco al nobile di Zam, un esserino minuscolo vestito di capi d'argento e gioielli d'oro.

Riporto lo sguardo sul mio avversario e inizio a concentrarmi.

Al centro di addestramento mi avevano sempre ricordato di studiare il mio nemico: Zam è molto alto e robusto a causa dei muscoli, ciò lo rende sicuramente meno propenso ad abbassarsi e a muoversi velocemente. Questo significa anche che giocherà le sue carte sulla forza bruta e sul secondo colpo per immobilizzare il proprio nemico.

Non ha armi con sè, quindi i Nobili si aspettano un

combattimento corpo a corpo.

Devo solamente essere veloce, e abbassarmi parecchio, colpirlo sulle gambe, fargli perdere l'equilibrio e poi... ucciderlo.

Non è la prima volta che spengo una vita, ma è la prima volta che sono costretta a uccidere uno schiavo.

Molto probabilmente pensa come un Nobile perché potrebbero nominarlo come Primis Slavus oppure lo è già, ma in ogni caso è sempre uno schiavo e la cosa non rende tutto più semplice.

Lo sento urlare, è il suo grido di battaglia. Io mi risparmio le corde vocali e la dignità.

Dopo la sua penosa messa in scena, rimane fermo, così come sono immobile io e questo sta a confermare una delle mie teorie. Aspetta che sia il nemico a farsi avanti.

«Forza Zam! È una debole!» grida qualcuno, probabilmente un ammiratore, e getta nell'arena due pugnali vicino a lui. Poi riesco a udire frasi come «cinquanta syl per Zam!» «centocinquanta syl per il Carnefice!» «La ragazzina è morta!»

Quando sento quelle parole lascio che mi scivolino addosso: per prima cosa, io non sono debole; secondo, ho sempre ragione.

Zam sembra sul punto di esplodere con un altro urlo e, dopo aver afferrato i pugnali, inizia pure a correre verso la mia direzione.

Non appena è abbastanza vicino a me, schivo le lame abbassandomi e, mentre evito il suo colpo, con le mani acciuffo una manciata di sabbia che riscaldo con il mio fuoco per rendere i granelli aguzzi e roventi senza farmi notare.

Quando si accorge di avermi mancata, io mi sono già girata verso di lui e ho lanciato la sabbia in direzione dei suoi occhi.

Un'altra mia teoria è vera: essendo di grande corporatura è poco veloce e, consecutivamente, i suoi riflessi sono meno allenati.

Lo guardo mentre grida ancora, questa volta straziato, e noto che si ferisce da solo con i pugnali mentre cerca di pulirsi e non rimanere cieco.

Io lo aspetto, ferma. Ora voglio dare un po' di spettacolo perché ormai ho capito che è un semplice schiavo e non un infiltrato.

Nel momento in cui mi accorgo che ha riacquistato un po' di vista, lascio che si avvicini ancora a me e, questa volta, mi abbasso appena sotto il suo braccio, gli afferro il polso per ustionarlo e lo costringo a mollare la presa su uno dei due pugnali prima di spingerlo in avanti con un calcio sulla coscia per evitare di farmi colpire da lui.

A quel punto afferro il pugnale caduto per il manico e mi rimetto in piedi velocemente per non dargli la possibilità di ragionare sul da farsi.

Zam si tocca il polso ustionato e si contiene dall'urlare.

Al pubblico sembra solo che l'ho strattonato con forza.

Sento la gente urlare a squarciagola, le scommesse sembrano iniziare finalmente a cambiare: ora inizio a sentire il mio nome per numeri elevati di syl.

A quel punto comincio a combattere veramente: è già ferito sul viso e sul polso.

«Forza gigante di lardo» gli dico, sfidandolo.

Prendo altra sabbia e miro la sua faccia dopo aver riscaldato i granelli. Lui cerca di schivare, ma la sabbia riesce ad arrivare al suo viso comunque, provocandolo ancora di più.

Quando si avventa su di me, ignorando il dolore, mi abbasso ancora, scivolando sotto le sue gambe, ed evito finalmente il primo colpo basso che cerca di darmi. Poi gli faccio dei tagli molto profondi su entrambi i polpacci e sui legamenti delle ginocchia con due movimenti veloci e duri.

Il sangue inizia a sgorgare velocemente e la sua corsa ora è rallentata. Mi alzo, guardo le mie ginocchia arrossate con tracce di sangue per essermi abbassata tanto sulla sabbia e quella semplice visione mi ricorda come Evelyn, mia sorella, si ostinava a ricucirmi le ferite dopo gli addestramenti. Il dolore ormai è un'abitudine vitale per me.

Riporto lo sguardo su Zam e lo vedo zoppicante. Non riesce più a continuare: è davvero l'ora di finirlo? Se non viene curato immediatamente dai medici di Sonenclair, le probabilità di vederlo reggersi su due piedi calerà in picchiata.

Prendo il pugnale dalla parte della lama e prima di tirarlo guardo Maximilian e noto che le sue due iridi gialle sono scomparse dietro la maschera. Ha abbassato lo sguardo.

Riporto gli occhi su Zam e alzo il braccio con il pugnale in mano in alto, pronta a scagliarlo sul mio avversario.

«Fermi!»

Guardo in alto in direzione della voce che è riuscita a sovrastare le mille urla degli spettatori e noto che Arcibald, il Nobile di Zam, si sta sbracciando per fermarmi, così abbasso l'arma.

Può interrompermi? Fa parte del regolamento?

«Fermi! Vi prego! Pagherò per la sua vita! Pagherò per la vita del mio schiavo!» urla Arcibald e improvvisamente delle guardie irrompono nell'arena per bloccarmi.

Grida di disapprovazione riempiono il Colosseum e io vengo trascinata al cancello sud per uscire.

Non ho nemmeno il tempo di guardare verso Maximilian.

Ripercorro il corridoio da dove sono entrata e le guardie mi riportano nello stesso stanzino, putrido e sporco di prima.

Ma cosa diavolo è appena successo?

Ho a malapena il tempo di elaborare tutto che Maximilian si precipita dentro la mia stanza con una cassetta per le medicazioni che posa sulla panchina vicino a me.

«Sai usarle queste cose?» Indica la cassetta e mi guarda. Annuisco e capisco che devo curarmi da sola. Ora sì che mi manca la mia gemella.

Cerco le bende e del disinfettante e inizio a bagnarmi le ginocchia. Non brucia e sento già il mio organismo che si sta ricomponendo per guarirsi. Perfetto. Avvolgo delle bende solo per precauzione.

Per tutto il tempo sento gli occhi gialli di Maximilian fissarmi con durezza. Poi, all'improvviso, lui sembra trovare il coraggio di parlare mentre io ormai non sto più pensando allo scontro, ma a cosa invece succederà d'ora in poi.

«Arcibald pagherà un'ingente somma di denaro per aver salvato il suo schiavo, tanto da rischiare il suo nome da nobile e diventare uno schiavo lui stesso, ma è così schifosamente ricco da poter salvargli la vita altre cento volte» mi spiega Maximilian e noto nel suo sguardo una strana rabbia. Riprendo a medicarmi senza aggiungere altro.

Sarò stata addestrata per la sopravvivenza a regola d'arte, ma una parte di me si chiede cosa dovrebbe fare un'infiltrata per far breccia nel suo cuore, quando lui sembra non averne uno. Mi schiarisco la gola e fingo di faticare con la fascia. Il mio obbiettivo è diventare più importante nella sua vita. Devo iniziare da qualcosa di piccolo.

Come sperato, si siede di fianco a me e mi aiuta a maneggiare le bende. Mentre lo fa, noto svariate cicatrici lungo le sue braccia fino ad arrivare alle spalle.

«Padrone, come si è procurato quelle?» gli chiedo indicando le sue ferite, incuriosita.

CAPITOLO 6

LA PROSTITUTA DI SUA MAESTÀ

Everly

«Non t'interessa» mi risponde semplicemente lui, aumentando stranamente la stretta sulle bende. Poi si toglie la maschera e si avvicina con il viso al mio ginocchio.

«Una domanda te la faccio io, ora: dove hai imparato a combattere così?» mi chiede e io sospiro, alzando e abbassando le spalle velocemente, per recitare la mia parte.

«Mio padre, nell'isola degli schiavi. È una tradizione di famiglia tramandata ai figli maschi ma, siccome mia madre non riuscì a dargliene, si accontentò di tramandarlo a me» invento sul momento e cerco di disegnarmi sul viso un sorriso malinconico.

«E sei diventata una bestia. La femminilità l'hai buttata via?» sputa acido, e le sue parole mi feriscono sorprendentemente. Non mi sono mai soffermata sul mio lato "femminile" e ora che ci penso sono più un uomo che una donna. Se non avessi le ovaie sarei decisamente un maschio.

Vorrei riempirlo d'insulti, ma taccio. So che, ora come ora, è l'unica cosa che posso fare.

Istintivamente mi porto con la schiena dritta e inspiro dentro aria per gonfiare il petto.

Lui alza gli occhi verso di me, mentre tiene le mani occupate sul mio ginocchio, e inarca un sopracciglio.

«Ti sto facendo male?» mi chiede, allentando la presa su di me e allora capisco che ha confuso la mia reazione. Comprendo che non c'è nulla da fare così ritorno a schiena ricurva.

«No. Mi chiedevo quanti schiavi Angelus ha già portato qui.» Azzardo una domanda indiretta ma evito di guardarlo. Non voglio incontrare i suoi occhi gialli.

«Sei la prima» confessa Maximilian, facendo un nodo al lembo del bendaggio prima di infilarlo sotto uno strato per bloccarlo. Poi si alza.

«Cerca di non essere già sostituita. Dai, andiamo.»

Prima di poter anche solamente allungare la mano per afferrare la maniglia della porta, un uomo, con capelli verdi e blu molto corti, entra velocemente all'improvviso e blocca l'uscita a Maximilian.

«Angelus, eccoti» esclama. «Ti do millecinquecento syl per la schiava» offre lui, allungando la sua carta a Maximilian.

Non riesco a vedere il viso di quest'ultimo perché sono alle sue spalle, ma il suo profondo sospiro mi fa capire quanto sia infastidito.

«La schiava non è in vendita» risponde bruscamente e lo spinge di lato per poter passare.

«Cinquemila syl per la schiava! Sono tanti soldi per una novellina» propone lui, aumentando l'offerta più del doppio, prima di essere spinto di lato dal Principe.

Io seguo Maximilian e mi trattengo dal rispondere

male a quell'essere disgustoso, ma è normale che ora stia facendo questo: con ogni probabilità, se Maximilian mi vendesse a lui, lo schiavista ricaverebbe il doppio facendomi lottare nell'arena ogni ora, considerato il modo in cui ho ridotto ad uno straccio "il Carnefice".

Nel lungo corridoio non vedo nulla come prima, quindi mi affido a Maximilian che sembra conoscere abbastanza bene questo posto.

Ci allontaniamo velocemente, evitando tutti e, quando riusciamo a uscire, il Principe mi guarda. Senza troppi complimenti, afferra le mie braccia e si circonda il collo, invitandomi ad aggrapparmi a lui. Lui è molto più alto di me, e la mia maschera è giusto davanti al suo collo.

Sento il suo respiro, il suo cuore va a un ritmo molto veloce.

«Phyreis Hive» inizia a dire lui. «Schiava del Nobile Angelus Hive.»

«Angelus è una mutazione» dico, volendo sapere più di quella semplice informazione. «Chi era il padrone di Angelus?»

«Il Principe Nikolai. Angelus non era il suo primo schiavo quindi nessuno si preoccupava di una mutazione qualsiasi» risponde lui e prende il volo.

È vero, il primo schiavo di Nikolai era un certo Rufius, una mutazione tra un essere umano e un lupo, morto per proteggere il suo padrone durante un attacco da parte dell'organizzazione. Un fallimento per la G.W.G.O.

«Gli è stato concesso di diventare un Nobile? E se lei era lo schiavo del Principe Nikolai, come facevano il Principe Maximilian e lo schiavo Angelus a coesistere?» gli chiedo ancora, tenendomi stretta al suo corpo, nonostante ci fosse il suo braccio che si assicurava di non farmi cadere.

«Avanzata tecnologia. Hanno impiantato nel mio sistema nervoso dei recettori che mi permettono di controllare il robot umanoide dalle mie fattezze privo di mutazione, mentre io rimanevo zitto e fermo, come ogni schiavo» conclude la conversazione, e io non posso più chiedere altro siccome mi ha fatto ben intendere di tacere. Opprimerlo con domande di ogni genere è una mossa totalmente sbagliata se voglio conquistarmi la sua fiducia e diventare una Primis. Il fatto che mi abbia rivelato questi minuscoli, ma importanti particolari, mi rende ora un po' più vicina a lui.

Voliamo nuovamente sopra tutto il regno di Sonenclair, che adesso è illuminato dalla solita luce del sole che sorge.

Sotto di noi ci sono già persone in piedi, pronte a ricominciare la propria routine, come da veri nobili: andare a lavorare, occuparsi della famiglia e vivere serenamente.

Sento Maximilian velocizzare il volo e diventare una saetta: sicuramente è preoccupato di non farsi vedere dai cittadini di Sonenclair mentre vola dentro la Torre Magna del castello. Non è solito da parte degli schiavi che diventano nobili rimanere a vivere nella casa del vecchio padrone.

Quando ritocco il pavimento della camera da letto, vedo una ragazza dal corpo mozzafiato seduta sulla trapunta nera. Il suo seno abbondante è coperto da un reggiseno viola molto succinto, facendolo sembrare pronto a scoppiare, e un paio di slip coordinati in colore e taglia. I suoi capelli sono verdi, lunghi e voluminosi, e ha applicato un trucco seducente a valorizzare il viso pallido.

Maximilian si allontana da me, dirigendosi prima verso l'armadio per cambiare maschera e metterne una che gli copre mezzo volto. Poi si avvicina alla donna, tirandola su per il braccio.

Mi metto nell'angolo in cui Maximilian aveva dormito e li guardo. Chi è quella?

«Sei arrivata in anticipo oggi, Brigitta» dice Maximilian, senza abbassare la voce. In fondo sono solo la sua schiava e fa parte delle sue regole: "Starai sempre al mio fianco, che io sia a letto con un'altra o in palestra ad allenarmi".

La ragazza ridacchia, si mette in ginocchio sopra il letto per cercare anche solamente di sfiorargli la bocca con le sue labbra e, non appena lo fa, vedo Maximilian baciarla con foga, bloccandole la testa, insinuando le dita nei suoi capelli per non permetterle di allontanarsi.

Non appena lui allenta la presa su Brigitta, quest'ultima ridacchia e mi guarda.

«La tua schiava deve per forza stare a guardarci?» chiede lei a Maximilian, usando un tono di voce abbastanza irritato e guardandolo con occhi pietosi prima di voltarsi nuovamente verso di me e gridare:

«Esci fuori da qui, schiava!»

Non mi interessa per niente quanto farà la bambina viziata, io devo eseguire solo gli ordini di Maximilian, non della sua dama da compagnia.

«Lei obbedisce solo a me, sono io il suo padrone, quindi evita di guaire come un cane come se ti stesse dando chissà quale dolore» risponde Maximilian e la spinge facendola cadere all'indietro prima di sistemarsi in mezzo alle sue gambe.

Abbasso gli occhi al pavimento dove vedo le coperte di Maximilian. Non voglio guardare.

«Vattene via, Brigitta. Non ho più bisogno del tuo corpo» continua lui e, alle sue parole, alzo lo sguardo verso di loro e noto sul viso di lei un'espressione sorpresa.

«Per oggi? Torno più tardi» risponde Brigitta, mettendosi a sedere mentre Maximilian si allontana da lei.

«No, Brigitta, per sempre. Non tornare. Trova qualcun altro da soddisfare» dice lui e tira fuori dal comodino il suo vestito, dove probabilmente lei lo riponeva a ogni incontro.

Brigitta si alza velocemente, strappa dalle mani del Principe l'indumento per indossarlo e si incammina verso l'uscita. Prima di chiudere la porta dietro di sé mi guarda con un'espressione truce.

Non appena siamo soli, Maximilian si assicura di chiudere a chiave la porta prima di togliersi la maschera e voltarsi verso di me.

«Ora puoi levarla, appoggiala pure sopra il comodino. Dovrai indossarla sempre» mi spiega, mentre levo la mia maschera. «Tutto chiaro?» chiede avvicinandosi a me e io annuisco.

«Rispondimi come si deve, Everly» continua lui e mi afferra per le spalle. Mi spinge contro il muro e io rischio di inciampare nelle coperte.

«Sì, padrone» rispondo e abbasso lo sguardo per non guardarlo in faccia.

«Vai a lavarti. In bagno ci sono una tuta e un paio di scarpe da ginnastica. Indossali e legati i capelli in una coda. Se avrai bisogno di aiuto dovrai solo dire "Padrone" e io arriverò» mi ordina lui e mi alza il viso mettendomi un dito sotto il mento.

Quando riesco a vedere il suo volto, noto nei suoi occhi una strana luce che mi inquieta molto di più della sua spaventosa cicatrice che gli storce mezzo viso e la parte destra delle labbra.

Nel momento in cui si allontana da me, mi dirigo verso il bagno e mi rinchiudo dentro.

Sta giocando con il mio raziocinio e non mi piace per nulla, anche se io sto cercando di fare la stessa cosa con lui.

Forse dovrei chiamarlo, tuttavia devo sedurlo, ma con un corpo pieno di ferite di battaglia dubito che io riesca a scatenare in lui il suo testosterone ora come ora.

La tuta e le scarpe sono appoggiate sulla sedia vicino a un armadio. Quando finisco di pulirmi, mi circondo il corpo con un asciugamano. Non riesco a trattenermi e apro l'armadio scoprendo da dove provengono quei vestiti. Dentro è pieno di magliette, pantaloncini, abiti di ogni tipo e colore. Quindi sono tutti per me? Per la prima schiava del Principe? Maximilian li ha scelti apposta per me?

Chiudo le ante, mi vesto velocemente prima di legarmi i capelli ed esco dal bagno.

Maximilian è seduto sul materasso del letto ora vuoto e noto una piccola montagna di coperte di fianco a lui. Le ha tolte... perché?

Volta la testa verso di me prima di avvicinarsi alla porta per aprirla.

«Forza, andiamo.»

Prende entrambe le maschere, ma non mi porge la mia.

«Non dobbiamo mettere le maschere?» gli chiedo e lui scuote la testa.

«Andiamo in un posto dove tutti sanno del mio segreto.»

CAPITOLO 7

INFILTRATO NUMERO 13769

Everly

Una volta usciti dalla sua camera, entriamo velocemente nell'ascensore e scendiamo nei sotterranei. Poi ci incamminiamo lungo un corridoio buio e stretto.

Quando arriviamo alla fine dell'andito, vedo con un po' di difficoltà la mano di Maximilian spostare un quadrato di marmo e rivelare un pannello su cui digita un codice.

29504. Devo ricordarmelo, potrebbe essere utile. Poi appoggia il palmo sullo schermo e vedo il pannello scannerizzarlo.

Quindi se volessi entrare in questo luogo, avrei bisogno di mozzargli la mano?

Sarà macabro. Molto macabro.

Quando la porta scorrevole si apre automaticamente, la mia vista è quasi accecata dalla stanza ben illuminata che si pone dinanzi a noi in tutta la sua magnificenza.

È una palestra con gli attrezzi e i macchinari più sofisticati e tecnologici che si possano mai desiderare.

Al centro dell'organizzazione, nell'isola degli schiavi, non abbiamo tutta questa attrezzatura per allenarci quindi è preferibile il combattimento corpo a corpo.

In fondo alla sala c'è un uomo, rivolto di spalle, che si sta asciugando il busto dal sudore.

Non appena Maximilian entra, l'uomo si volta verso di noi e inizia ad avvicinarsi con passo deciso e un sorriso stampato sulla bocca.

Il suo volto mi è familiare, ma non riesco a ricordarmi di lui: ha le mascelle ben delineate, gli occhi di un magnifico color ghiaccio e i capelli corvini.

«Ehi, Maximilian, pronto per l'allenamento?» saluta il Principe mentre si porta l'asciugamano attorno alla nuca.

«Sì, Ores» risponde l'altro, accennando a un sorriso.

Continuo a fissargli il volto, cercandolo nei miei ricordi.

«Allora prego, la sala delle simulazioni ti attende» ribatte Ores. «La tua schiava cosa deve fare?» chiede, portando gli occhi su di me.

Sono così sicura di conoscerlo o di averlo già visto da qualche parte.

«Chiamala Everly e dalle un programma» gli ordina Maximilian mentre inizia a incamminarsi verso una porta. «Ho solo una richiesta: lavora sulla sua velocità e sulla sua forza generale.»

«Obbedisco, Principe» dice Ores, inchinandosi prima di guardarmi e camminare verso un'altra porta già aperta. «Everly, seguimi.» Si rivolge a me e io annuisco.

Quando oltrepassiamo la soglia, Ores chiude subito a chiave la porta dietro di noi e si avvicina alla scrivania per prendere un tablet.

La stanza è piccola, non troppo angusta, e i mobili, una

scrivania e una poltrona, sono in acciaio; le pareti sono di una tonalità di grigio molto chiara. La combinazione dei colori è veramente monotona.

«Allora, Everly, come stai?» mi chiede lui. «Tutto bene?»

«Sì» rispondo e mi volto verso di lui. Noto che sta puntando il tablet su di me mentre i suoi occhi sono incollati allo schermo.

Inarco il sopracciglio, infastidita. Cosa sta facendo?

«Io sono Ores di Sonenclair e Orazius Gallagher» inizia a dire lui. «Infiltrato numero 13769. G.W.G.O. e tu sei...»

«L'infiltrata numero 14762» continuo io.

«Sei discendente di Gallagher?» gli chiedo. «Quel Gallagher?»

«Sì, e tu sei discendente di Greystone. Everly Greystone, giusto?»

«Sì.»

Non appena rispondo, allarga le braccia e sfoggia un sorriso a trentadue denti, ma è ciò che mi dice subito dopo che mi sorprende.

«Finalmente una delle mie due figliocce.»

Il suo viso familiare è quello del mio padrino. Avevo sette anni quando mi avevano detto che era morto d'infarto dopo aver saputo del decesso di mia zia, sorella di mia madre, Mirabella.

Vederlo ora conferma i miei dubbi: non avevo mai trovato la sua tomba nel vastissimo cimitero dell'isola degli Schiavi e ogni volta che iniziavo l'argomento, mio padre non voleva parlare.

Doveva essere stato smistato come infiltrato e quindi non poteva dire nulla: è una mutazione senza segni distintivi visibili sul corpo. Più che altro la mutazione è nel suo cervello siccome sa anche comunicare attraverso il pensiero.

«Cosa? Zio O sei tu?» ancora sciocata, mi fiondo tra le sue braccia e lo sento stringermi a sé.

Era come un padre per me visto che quello vero era occupato a lavoro come "Generale Armand Greystone" e non come "Generale Papà".

Ricordo un bellissimo rapporto tra noi due.

«Ci hai messo un po' per capirlo!» esclama lui, ridacchiando e accarezzandomi con velocità la schiena.

«Mi avevano detto che eri morto di infarto!» dico io, sussurrando.

«Quando avevi sette anni» mi ricorda lui. «Ho avuto la mia prima missione a quasi trent'anni mentre tu a diciassette! Devi essere un portento!»

Mi allontano di scatto e lo guardo.

«Come fai a saperlo?»

«Xhyreis, la donna che hai incontrato all'entrata nel regno, è il nostro unico contatto con l'organizzazione. L'ho chiamata giusto qualche giorno fa» mi spiega lui e tutto si fa più sensato. È così ovvio che mi vergogno di non averci pensato.

«Zia Mirabella?» chiedo io. «È qui anche lei?»

L'improvvisa espressione di felicità nel suo volto sparisce e lascia il posto a uno sguardo addolorato che fatico a comprendere. Lo guardo toccare lo schermo touch-screen del dispositivo prima di mostrarmi la foto di una donna in azione in un'arena, con i capelli rasati e vestita con un'armatura. Sul braccio scoperto leggo il tatuaggio "Lois Desolaz".

«Diciamo di sì» risponde Ores e mi porge il tablet.

Lo prendo tra le mani e osservo bene la foto. Zia Mirabella era decisamente diversa da come la ricordo io: nella mia mente ho l'immagine di una donna dai lunghi capelli rossi ondulati e un sorriso dolce stampato sulle labbra. Nella foto che sto guardando ora la guerriera ha un volto pieno di rabbia e odio.

«Perché?» domando tenendo lo sguardo fisso sulla foto.

«Perché è stata uccisa da uno schiavo nel Colosseum» mi spiega Ores, usando un tono di voce basso, come a non voler risvegliare il suo spirito e lasciarlo riposare in pace. «Non abbiamo potuto fare nulla.»

«Zia Mirabella era Destructa, la schiava di Lois Desolaz?»

A questa mia domanda, Ores mi toglie il tablet dalle mani e lo spegne all'istante. Alzo gli occhi su di lui e vedo nel suo volto un'espressione confusa e leggermente irritata.

«Perché non sai queste cose? L'organizzazione avrebbe dovuto istruirti sulle informazioni!» esclama lui, quasi come se fosse ferito dalla mia ignoranza in materia.

«Sono stata istruita! Conosco alla perfezione la mia missione! Non ho ricevuto notizie su altri infiltrati perché non mi servivano. So solo di due infiltrati nel castello, ma pensavo fossero nel governo. Se avessi saputo che uno era il babysitter del Principe forse sarebbe stato meglio, sì» li proteggo io, sostenendo il suo sguardo. «Il Re ha chiesto subito una schiava per Maximilian e io ero l'unica con le caratteristiche giuste e abbastanza pronta.»

«Beh, avrebbero dovuto inviare un infiltrato più istruito di te!» esclama ancora, prima di spalmarsi una mano sul viso. «Mandarti qui senza sapere nulla di nulla! Inaccettabile! Ascoltami bene Everly. Torna più tardi, senza il Principe e ti istruirò io come si deve. Nel frattempo cercherò di contattare tuo padre.»

«Sgridarlo non servirà a nulla» mormoro io. Sapevo di dover chiedere per sapere di più, ma avevo immaginato che mi avrebbero dato più dettagli una volta giunta al Regno. Doveva essere questione di tempo.

«Intanto cercherò di farmi mandare i file delle informazioni che avrebbero dovuto darti sugli infiltrati» conclude lui, dirigendosi verso la porta e aprendola.

Annuisco e lo seguo fuori dal suo ufficio per avviarci nella sala dov'era entrato Maximilian.

Non appena varchiamo la soglia della stanza, noto che è della stessa luminosità della palestra. Poi vedo una vetrata e un pannello di controllo reclinato che ci divide da Maximilian, in piedi al centro dall'altra parte.

«Eccomi, allora sei pronto?» dice Ores, parlando dentro un microfono.

Maximilian annuisce e stringe i pugni lungo i fianchi. Non indossa più né la maglietta né la maschera e, adesso, a torso nudo e con la cicatrice sul viso ben visibile mi sembra ancor più minaccioso.

«Difficoltà?» chiede ancora Ores.

Lui alza le mani e mostra prima un nove e poi solo il pollice della mano destra.

«Livello nove, stage uno? Sei sicuro?»

Quando il Principe dà la conferma, Ores inizia a lavorare sul touch-screen del pannello di controllo prima di premere un pulsante.

«Ricordati che puoi finire la simulazione in qualsiasi momento» lo avvisa Ores. «Accensione in corso.»

«Quindi questa è la famosa sala delle simulazioni» dico io, avvicinandomi a lui non appena allontana le mani dallo schermo.

«Di invenzione di George Reed durante l'era prebellica. Un genio» continua lui.

«L'organizzazione non ne ha ancora uno...»

«L'organizzazione non ha ancora il controllo delle uscite dal regno, e per questo non hanno ancora il materiale. Siamo riusciti a entrare, uscire è difficile, ma non impossibile.»

«In effetti, l'unico posto di loro interesse in cui potrebbero andare oltre il confine di Sonenclair è il resto del mondo distrutto, popolato da mostruosi animali mutati e potenzialmente pericolosi...» deduco io prima di cambiare argomento. «Come funziona la sala?»

«Vedi, l'unica cosa che ci separa dall'essere inghiottiti dalla simulazione e dallo scenario impostato è il pannello di controllo e questa vetrata in diamante. L'energia prodotta nella sala riesce a unire Maximilian, ciò fa sì che quando la simulazione sarà iniziata, proverà tutto come se fosse reale: dolore, felicità, angoscia, paura, anche se è consapevole. Nonostante ciò questa consapevolezza è debole, molto debole. Quando la simulazione terminerà, le emozioni rimarranno mentre le sensazioni scompariranno.»

«Si possono personalizzare le simulazioni?»

«Ovvio: la sala è stata progettata e programmata per creare una realtà virtuale.»

Nel momento in cui nomina la "realtà virtuale" ripenso a tutte le lezioni in cui avevo fantasticato su come vivere in un mondo dove avevo insieme a me Evelyn, mio padre e... mia madre.

«Ti manca molto?» mi chiede Ores dopo avermi sicuramente letto nel pensiero. Drizzo la schiena, gonfio il petto e alzo il mento. Non posso mostrarmi così fragile riguardo a mia madre.

«Non ricordo nemmeno com'era» sbotto io, usando un tono duro mentre guardo Maximilian oltre la vetrata.

«Quei ricordi ormai sono nell'oblio. Se vuoi, dopo proviamo a ripescarli e creare una simulazione per te.»

«Si può fare?»

La speranza di poterla rivedere ormai è palpabile nell'aria. È un desiderio represso da anni. Da piccole, io e mia sorella, vedevamo le mamme nelle sartorie confezionare abiti per le proprie figlie mentre noi due ci accontentavamo di abiti regalati da nostro padre: gli armadi dell'organizzazione non sono proprio il massimo per gli abiti femminili.

Ores mi circonda le spalle con il braccio e mi avvicina a sé. Sorrido: mi era mancato averlo come figura paterna.

«Bimba, con me tutto è possibile!» ridacchia e porta gli occhi su di me. Incrocio il suo sguardo.

«Non ti ci mettere anche tu» lo avverto io e la sua risata si fa più forte.

«Stavo scherzando. Guarda: Maximilian sta iniziando» mi avverte lui, puntando con il mento la vetrata.

Al posto della sala, vedo l'arena del Colosseum; sulle gradinate non ci sono spettatori e il Principe è in piedi con i pugni serrati. Dall'altra parte, esce alla luce dei riflettori il suo nemico.

«Sta combattendo contro se stesso» noto io, allontanandomi da Ores e avvicinandomi al pannello di controllo. Guardo la schermata e vedo le figure dei due: quella di Maximilian è di colore verde mentre quella del nemico-clone è di color rosso. «Perché?» chiedo, girandomi due secondi verso il mio padrino prima di alzare gli occhi verso il Principe e la sua copia: si stanno fissando.

«La vittoria più grande è battere i propri limiti» mormora Ores, tenendo le braccia incrociate al petto.

Vuole combattere i suoi limiti? In che senso?

Guardo il clone di Maximilian e vedo che ha iniziato a volare in alto. Abbassando lo sguardo sullo schermo noto che il programma sta misurando l'altezza che vuole raggiungere il clone: centocinquanta metri.

Nel momento in cui riporto lo sguardo sulla simulazione vedo che il clone ha iniziato a scendere in picchiata, come un missile. Poi forma con le mani una sfera di energia elettrica.

Il Principe intanto rimane immobile.

«Perché non fa nulla?» chiedo tranquilla. È una simulazione, rimarrà vivo.

«Aspetta...» sussurra Ores, tenendo gli occhi fissi. Che diavolo devo aspettare? Due Maximilian stanno per autodistruggersi a vicenda e io devo aspettare?

«Perché sta fermo?» domando ancora a Ores che mi fa cenno di rimanere in silenzio.

«Deve rimanere immobile...» mormora.

Quando riporto gli occhi sulla scena, riesco solo a vedere la sfera di energia a un metro di distanza da Maximilian, poi l'impatto scatena un'esplosione che innalza la sabbia dell'arena e racchiude i due in un manto di polvere.

«Oddio» sospiro e mi avvicino alla vetrata, appoggiando le mani sopra.

Quando la nube inizia a disperdersi, la simulazione ingrandisce la scena e mi permette di vedere il nemico per terra in preda alle scariche elettriche mentre Maximilian è in ginocchio e le sue ali lo coprono per fargli da scudo.

«Ce l'ha fatta di nuovo!» esclama Ores battendo le mani e avvicinandosi al pannello di controllo per spegnere la simulazione. «È sorprendente!»

Con la coda dell'occhio, noto che si prende la testa tra le mani e aggrotta la fronte. Sul suo viso si dipinge un'espressione dolorante. Sembra avere mal di testa.

Ancora scioccata, faccio fatica a credere che le ali del Principe abbiano resistito a un urto così forte.

«Che cosa ha fatto con le ali?» balbetto.

«Ha cambiato la loro composizione, da organica a inorganica, fino a farle diventare di cromo» spiega il mio padrino.

Mi volto nuovamente verso Ores, senza staccare le mani dalla vetrata.

«È in grado di farlo?» domando, ancora sbalordita.

«Per ora, solo quando il suo corpo avverte di essere in pericolo» mi spiega Ores.

«Quindi... state lavorando affinché lui riesca a farlo a comando?»

«Esattamente» conferma mentre la vetrata e il pannello di controllo scompaiono sotto il pavimento, senza lasciare la loro traccia.

«Maximilian è la mutazione più stupefacente che io abbia mai visto» mormora Ores mentre si avvicina a Maximilian, ancora inginocchiato a terra.

«Everly» mi chiama il Principe e io mi metto sull'attenti. «Vieni qui.»

«Maximilian...» lo chiama il mio padrino, abbassandosi vicino a lui.

Lentamente vedo le piume delle sue ali ritornare della loro composizione naturale.

«Non adesso Ores» lo ammonisce il Principe, alzandosi di scatto. «Lasciami respirare.»

Mi avvicino a lui. All'improvviso mi tira per il polso e mi ritrovo in un attimo con il viso a pochi millimetri dal suo petto. Le sue mani mi sciolgono la coda, poi le dita di una mano si insinuano velocemente tra i miei capelli prima di stringermeli e provocarmi un leggero dolore mentre l'altra mi vincola a sé tirandomi per la vita.

«Padrone, si sente bene?» gli chiedo io.

«Sì, sto bene» sospira lui, allentando la presa su di me

per guardarmi in viso. Velocemente lascia andare i miei capelli e abbassa con il pollice il mio labbro, con ogni probabilità per vedere il tatuaggio. Qualsiasi cosa sia successa durante la simulazione, ora lo sta agitando parecchio: sento il suo cuore battere all'impazzata.

«Maximilian, vuoi riprovarci? Magari un livello in meno questa volta?» chiede Ores, toccandogli la spalla. «No» risponde velocemente lui. «Ora voglio solo tranquillizzarmi.»

CAPITOLO 8

IL SEGRETO DEL PRINCIPE

Everly

Sono passate ore da quando Maximilian è uscito stremato e tremante dalla Sala delle Simulazioni.

Lo guardo mentre è sdraiato a petto nudo sul letto, sopra le coperte appena messe, e la mia curiosità cerca di indurmi a fargli delle domande.

«Ho passato i miei primi sei anni di vita nell'isola degli schiavi» inizia a raccontare lui all'improvviso, tenendo lo sguardo fisso verso l'alto.

Mi sorprende sentirlo parlare del suo passato, ma è meglio lasciarlo fare: potrebbe darmi informazioni utili.

Mi alzo dall'angolo dove Maximilian aveva dormito e mi avvicino a lui. Le sue ali si scostano, causando un fruscio che mi fa venire la pelle d'oca sulle braccia, e mi siedo sul letto nello spazio appena creato.

«Da quando sono nato, il Re mi ha sempre visto come una disgrazia, perciò mia madre, per salvarmi da lui, mi ha mandato a vivere nell'isola, sotto la custodia di un signore di nome Armánd Greystone. Almeno questo è quello che mi ha sempre detto.»

Quando sento nominare mio padre, stento a crederci: Maximilian ha conosciuto chi mi ha mandata qui per ucciderlo.

Rimango in silenzio e, per fargli capire che lo sto ascoltando, mi muovo leggermente per sistemarmi meglio.

«So benissimo qual è la situazione nell'isola: la povertà, la malattia, l'ignoranza e l'analfabetismo sono comuni. Mi ricordo una volta che una signora incinta aveva diviso me e un ragazzino mentre ci picchiavamo. Aveva iniziato lui, chiamandomi "pennuto"» racconta ridacchiando mentre porta una mano sul petto e una dietro la nuca.

La sua espressione è tranquilla ora, come se avesse finalmente rimosso il ricordo della simulazione.

«Quando ritornai qui, nel regno, pensavo mi avessero mandato per capire come agire nel caso fossi diventato Re. Mio padre mi prese da parte, e iniziò a coccolarmi, come a darmi il benvenuto. Le sue mani erano dolci, le sue parole mi facevano sentire al sicuro...» Il suo viso si trasforma in una smorfia tormentata e mi fa capire che il ricordo di quel giorno non è particolarmente gradevole.

«Poi cercò di uccidermi. Estrasse una lama, mi graffiò il viso con la punta e ora ho una cicatrice che mi ricorda che lui è peggio di una bestia.»

Lo vedo gonfiare il petto prima di rilasciare l'aria ed espirare. Sta cercando di calmarsi.

«Prima di riuscire a uccidermi, uno schiavo di mia madre, e un altro uomo mi difesero. E fu quello il giorno in cui creai il mio scudo per la prima volta. Quando mi notarono furono così spaventati da allontanarsi da me. Ci vollero tre giorni interi prima di calmarmi e riportare le mie ali allo stato originale.»

All'improvviso si mette a sedere sul letto e mi guarda, con volto duro e occhi severi.

«Non voglio la tua pietà, bimba. Voglio solo che la smetti di guardarmi come se fossi un mostro. Capisco di non avere un aspetto amichevole, e non lo sono nemmeno quindi piantala» mi sgrida e io abbasso lo sguardo. Vorrei tirargli un pugno, spaccargli il naso.

Io non provo pietà per le mie vittime.

Non lo capisco: un minuto prima è calmo e tranquillo, uno dopo ed è come se diventasse un'altra persona.

«Mi dispiace, padrone» mormoro, recitando la parte della schiava intimidita. Stringo la coperta sotto di me, trattenendomi dal picchiarlo.

«Mio fratello, Nikolai, è nato prima di me, per questo gli spettava il trono. Ed era bravo, accidenti se lo era. Dovevi vederlo: sapeva parlare agli eventi quando nostro padre non era presente, era autoritario e giusto. Ma con il passare del tempo, l'odore del potere sembrava renderlo più cattivo: condannava a morte senza ragionare. Poi, all'improvviso, decide di non voler più il suo ruolo, e il diritto alla corona passa a me. Sono stato costretto ad averti» continua lui, con un tono di voce più fermo e deciso. «Se non fosse stato per Nikolai, tu saresti ancora nell'isola a pestare qualcuno per un pezzo di pane.»

«Ha pensato di morire quel giorno?» gli chiedo io per cambiare discorso. Lo sento sospirare prima di rispondermi con:

«Sì. Ero convinto che fosse arrivata la mia ora.»

«Per questo era così scosso dopo la simulazione? Per la paura di morire?»

I suoi ragionamenti non mi tornano: non riesco a capire la sua logica, è come se mi costringesse a leggere tra le righe ma non riesco a farlo.

«No, ero scosso perché la simulazione aveva raccolto le mie paure più profonde» mi spiega lui, tenendosi con il busto alzato, appoggiato sui gomiti. «La paura di morire è qualcosa di superficiale: si avverte sempre quando si è in grave pericolo. I traumi che scatenano le paure più profonde invece sono così nascosti che...»

«Che?»

Mi fissa negli occhi, come irritato dalle mie continue domande.

«Ti segnano, ti cambiano e, in un certo senso, ti fortificano» risponde Maximilian. «La prossima volta almeno non sarò così turbato. Saprò come controllarmi» dice ancora, poi guarda fuori dalla porta-finestra: il cielo è verde scuro, presto sarà nuovamente nero per accogliere la sera. Le ore di luce sono così poche tutto l'anno. Un brontolio allo stomaco mi avverte di aver bisogno di mangiare qualcosa. Mi porto istintivamente la mano alla pancia e Maximilian si gira verso di me.

«Giusto, tu devi avere fame» mormora prima di prendere in mano un tablet dal comodino.

«Lei non mangia, padrone?» gli chiedo, con un tono tranquillo e la risposta che ricevo è lui che sbatte il pollice contro le altre dita della mano per dirmi "chiudi la bocca".

«A proposito, tu devi anche andare da Ores. Mi ha detto di accompagnarti per poterti dare il tuo programma di allenamento e mostrarti come svolgerlo.»

«Lei si sente bene, padrone?»

«Sì» mi risponde, alzandosi velocemente, rischiando di urtarmi con le ali. Prende le nostre maschere e mi porge la mia. «Andiamo. Passiamo prima da Ores, poi andiamo nelle cucine.»

Usciamo nuovamente dalla stanza e ripercorriamo ancora la strada per ritornare alla palestra.

Non mi stupisce l'odio del Re verso suo figlio: Maximilian è una mutazione, la pecora nera dal sangue di un Re. La domanda più importante è: perché il Re ha accettato di rendere Nikolai medico di corte quando sul trono non vorrebbe mai Maximilian essendo lui una mutazione?

C'è qualcosa che non quadra: l'organizzazione doveva aver saputo da alcuni infiltrati che il Re aveva accettato la richiesta di Nikolai. Quindi, quando Maximilian era stato costretto dal Re di avere uno schiavo, avevano deciso di mandare me per eliminare l'ultimo discendente di Sonenclair che ambisce al trono, cosicché un altro infiltrato possa commettere un regicidio e porre fine alla monarchia assoluta dei Sonenclair. È questo il piano?

Eppure Maximilian sa quali sono i problemi sia nell'isola degli schiavi, sia qui nel regno: potrebbe essere un bravo sovrano, potrebbe abolire la schiavitù, magari è nei suoi piani trasformare la monarchia assoluta dei Sonenclair in una monarchia parlamentare oppure, nel miglior caso, in una democrazia.

Sospiro: avrò le mie risposte tra poco.

Guardo Maximilian digitare nuovamente il codice per entrare nella palestra e quando la porta automatica ci lascia entrare, Ores è seduto su una panca con il tablet in mano.

«Ehi, ragazzi» ci saluta senza togliere gli occhi dallo schermo, e alzandosi per camminare verso di noi: ha una strana espressione sul viso che mi preoccupa.

«Maximilian, puoi lasciarci soli se vuoi» dice Ores rivolgendosi al Principe. Quest'ultimo sbuffa e si gratta la nuca.

«E cosa dovrei fare mentre stupri la mia schiava?» chiede Maximilian, prendendo dalle mie mani la mia maschera, e in pochi secondi vedo mio zio Ores avvicinarsi a lui a muso duro. Nel momento in cui sono faccia a faccia, mi rendo conto della parità che c'è tra i due. Ora non sono più Principe e nobile, ora sono solo due mutazioni pronte a dare sfogo al loro testosterone.

«Chiudi quella boccaccia, Max, e vedi di non parlare di nuovo in quel modo» sputa velenoso Ores, e gli punta il dito addosso.

Faccio un piccolo passo indietro: se vogliono sfogarsi, io non voglio essere tirata in mezzo.

Uno a zero per Ores.

Maximilian ghigna, come a prenderlo in giro, e gli abbassa la mano. «E il tuo darmi del 'lei' dov'è finito?» gli chiede, sarcastico.

Uno a uno, palla al centro.

«A fanculo finché non ritorni a portarmi rispetto» risponde Ores. «Soprattutto finché non inizi a trattare Everly come si deve.»

Due a uno per Ores.

Il Principe alza gli occhi al cielo e incrocia le braccia al petto, infastidito. Sembra anche annoiato.

«È la mia schiava.»

«Che tu non volevi» gli ricorda Ores. «Ricordati i tuoi ideali e non lasciarti trasportare dal sangue di tuo padre che è dentro di te.»

Nel momento in cui Maximilian sente parlare del Re, fa un respiro profondo e dà le spalle a entrambi, camminando velocemente verso le panche.

Tre a uno. Colpito e affondato.

«Vedete di fare in fretta» ordina Maximilian prima di afferrare dei pesi da trenta chili l'uno da mettere alla sbarra.

Mentre il Principe si mette sdraiato sulla panca, mio zio mi trascina nel suo ufficio e chiude a chiave.

«Mi insegneresti quella cosa che hai fatto con Maximilian? Ne avrò bisogno in questi giorni» dico con il pollice puntato dietro di me, scherzosa.

Mi hanno sorpresa le sue parole: Ores sa dove e quali punti colpire e non mi stupisce vederlo ancora vivo dopo tutto quello che ha detto.

Mi aspettavo una rissa.

Ores mi guarda, distogliendo lo sguardo dal tablet.

«Ossia, rimproverarlo come un bambino di dieci anni?» ribatte, sorridendo.

«Già, non vado molto d'accordo con i poppanti» dico io, avvicinandomi a lui.

«Senti Everly, c'è qualcosa che non quadra con tuo padre. Forse sono solo io, ma mi è sembrato molto strano» inizia a raccontare lui, aprendo un'applicazione sul tablet.

«Che cosa è successo?» lo guardo, incrociando le braccia al petto.

«Mi ha praticamente detto, in termini diversi, di stare alla larga dalla tua missione.»

«Che cosa?»

«Già. La cosa mi preoccupa: la parte meno strana è che mi ha dato i dettagli della tua missione. Non ci posso credere, mandarti qui veramente per sedurre Maximilian, ottenere la sua fiducia, diventare una nobile e poi ucciderlo. Ne sei capace, Everly? Uccidere?»

Quando mi chiede se sono capace di ammazzare, sospiro e guardo la mia mano robotica.

Ho ucciso tante persone, tutte morte per avere l'approvazione da parte di mio padre e, in un certo senso, anche per sfidare Dymitri.

Non riesco tutt'ora ad accettare che lui sia il miglior combattente all'organizzazione.

«Non è la prima volta» rispondo io, stringendo le dita della mano robotica in un pugno.

«Oddio» sospira prima di guardarmi. «Quante volte?»

«Ho perso il conto.»

«Ti hanno fatto veramente uccidere delle persone per allenarti» ripensa lui, ad alta voce, prima di accendere il computer, digitare una password e aprire un cassetto.

«Non capisco perché ne stai facendo un dramma ora. Lo avrai fatto anche tu» gli ricordo, appoggiandomi con le mani sulla scrivania per guardare lo schermo. Vedo una finestra aperta e milioni di file con vari nomi.

All'improvviso Ores stringe i pugni sulla tastiera.

«Perché so che tua madre non avrebbe mai voluto vedere una delle sue bambine diventare un'assassina a sangue freddo» ribatte. Quando sento nominare mia madre mi allontano.

È davvero bravo con le parole: gli piace scalfire la parte più sensibile prima di attaccare.

«Sono stata smistata tra gli infiltrati, è il mio destino» ringhio infastidita.

«Quella macchina è una bufala, Everly. È solo una bufala!»

«Cosa vuoi dire?»

«Pensi davvero che una persona nasca con il sangue freddo? Pensi che una persona nasca assassina?»

«È stato deciso da quella maledetta macchina scova talenti!» alzo la voce di poco.

Non sono mai stata felice di essere un'infiltrata, ma è un onore per me esserlo. Non sputerò sul nome degli infiltrati morti e sulle vite di tutte le persone che avevano combattuto per rialzare a un livello dignitoso l'anima del popolo caduto.

«La macchina usa un algoritmo complicato per collocare in base alle proprie predisposizioni le persone. Tu sei un'infiltrata per le tue capacità di memoria, di ascolto, di motoria. Non perché sei brava a uccidere, hai capito?»

«Mi spiace, ma mio padre sarebbe morto di infarto se l'unica figlia capitata all'interno dell'organizzazione avesse deciso di rifiutare il suo ruolo» sputo velenosa.

«Sei sprecata come infiltrata. Ti ricordo che infiltrata non significa sicario. Tuo padre dovrebbe rivedersi gli ideali dell'organizzazione.»

«Puoi concentrarti sulle informazioni che mi devi dare, per favore?» gli chiedo io, puntando la schermata del computer, decisamente infastidita.

«Lo sai cosa succederà se lo farai? Quale catastrofe accadrà se ucciderai Maximilian?»

«Succederà che avrà inizio una rivoluzione» rispondo io, con voce ferma e più calma.

«E che Dorian avrà modo di compiere il suo regicidio.»

«Lo sapevo, hanno intenzione di buttare giù il regno di Sonenclair» esclamo io, spalmandomi la mano sulla faccia. «Chi è Dorian?»

«È il consigliere del re. Infiltrato numero 11574» risponde lui, digitando così velocemente sul computer una serie di codici in una schermata prima che essa si collegasse al database dell'organizzazione.

G.W.G.O. database security.

«Non lo capisci, vero?» mi chiede ancora Ores, e io inizio a stufarmi del suo fare il melodrammatico.

«Che cosa?»

«Niente, forse sono io che sto viaggiando troppo con la mente.»

«Bene, ora mi dici chi sono gli infiltrati nel regno?»

«Nah, ci metterei troppo a dirli tutti. Vieni qui, scosta i capelli» mi ordina prima di alzarsi dalla poltrona insieme a uno strano e piccolissimo oggetto tra l'indice e il pollice.

Mi allontano di un passo, per non permettergli di toccarmi il collo e punto con lo sguardo l'oggetto tra le sue dita.

«Che cos'è?» gli chiedo.

«Un piccolo congegno di mia invenzione che è in grado di dirti chi sono le persone che hai davanti» mi informa e io, dopo un sospiro, mi avvicino a lui per farglielo sistemare su di me.

Fin troppe persone mi hanno messo le mani addosso: prima le guardie del Re, poi Maximilian, dopo di lui Nikolai, poi Valthasar e adesso anche il mio padrino. La cosa non mi piace affatto.

«Farà un po' male» mi avvisa e subito dopo avverto un dolore lancinante dietro l'orecchio che mi costringe a stringere la mano robotica attorno all'avambraccio di Ores e a chiudere gli occhi.

Lui si lamenta, emettendo un sospiro, per il dolore che gli sto procurando ma, appena finisce, allento la presa e mi stacco da lui.

«Ecco fatto. Apri gli occhi, bimba, vedi se funziona» mi dice, appoggiando una mano sulla mia spalla per incoraggiarmi.

Porto una mano dietro il mio orecchio e sento un piccolo bozzo sulla parte superiore della cartilagine.

«Il congegno funziona così: attraverso una rete, protetta e invisibile, si collega al database di Xhyreis all'entrata del Regno e al database di Cyp, un nobile convertito all'organizzazione, che tiene il censimento trimestrale del regno.

Dovrebbe collegarsi alla tua vista grazie a un siero che

ti ho iniettato attraverso il microchip e la tua vista non dovrebbe essere disturbata perché dovresti riuscire a spegnerlo con il pensiero» mi spiega lui così apro gli occhi e lo guardo per testare la sua invenzione.

Davanti a me vedo un localizzatore che si focalizza su di lui e di fianco tutte le sue caratteristiche tra cui il nome, numero di infiltrato, abilità, mansione e così via fino alla condizione delle funzioni vitali.

«È geniale» sussurro e penso di spegnere il dispositivo. Automaticamente la mia vista ritorna limpida. «L'hai fatto in queste poche ore?»

«Mhm, ho preso le caratteristiche del tablet e le ho solo rimpicciolite per te. Senti, Everly, non dire a nessuno di questo congegno e non farti toccare dietro l'orecchio. È brutto da vedere, sembra un parassita e potrebbero spedirti indietro, oppure ucciderti direttamente» mi avverte lui e io provo a riaccenderlo.

È un peccato che non analizzi anche gli oggetti.

«Questo gadget non ha anche una mappa del castello, vero?» gli domando e dallo sguardo che mi lancia capisco che non ci aveva proprio pensato.

«Lo aggiornerò e lo aggiungerò insieme a un sistema di chiamata di emergenza in caso tu abbia bisogno di me.»

«Grazie.»

«Dimenticavo» esclama e si avvicina velocemente alla scrivania per prendere un foglio. «È il programma di allenamento. Dubito che tu abbia bisogno di spiegazioni per questo.»

«Non vedo l'ora di provare quei gioiellini» dico, afferrando il foglio tra le mani e piegandolo in due.

«Mi raccomando Everly, massima discrezione. Io farò un po' di ricerche» dice, iniziando a incamminarsi verso la porta per aprirla e lasciarmi uscire.

«Va bene. Ci vediamo» lo saluto ed esco dall'ufficio. Sento Ores sbuffare così mi giro e lo guardo. «Va tutto bene?» gli domando. Senza emettere alcun suono, mi fa un cenno di approvazione con la testa prima di sorridermi e riprendere a lavorare con il tablet.

Quando vedo Maximilian noto che è completamente sudato. Ha aggiunto pesi in più e cambiato esercizio.

Sta praticamente allenando la forza sulle spalle.

«Maximilian, è tutta tua» grida Ores per attirare la sua attenzione e, non appena lo sente, lascia cadere centoventi chili per terra, facendo così tremare il pavimento.

«Finalmente» dice, asciugandosi il sudore dalla fronte con il lembo della maglietta, scoprendo così il suo addome prima di afferrare la sua maschera e indossarla. «Forza andiamo. Inizio ad avere fame anch'io» dice e mi lancia la maschera.

CAPITOLO 9

IL MOSTRO

Everly

Indosso la maschera e lancio un ultimo sguardo verso il mio padrino prima di seguire Maximilian fuori dalla palestra. Prendiamo nuovamente l'ascensore e saliamo di qualche piano. Nel momento in cui le porte si aprono, una cameriera ci porge un cestino da cui proviene un odore nauseabondo di pesce. Vuole farmi mangiare del pesce crudo?

Nell'isola degli schiavi il pasto principale è riso, carne di animali mutati e acqua non filtrata per la maggior parte delle volte.

Forse è per se stesso tutto quel pesce: ai gabbiani, o alle aquile, piace. Spero di non dovermi abituare alla sua dieta.

Questa volta, sempre con l'ascensore, scendiamo fino al livello 0. Quando le porte si aprono, vedo che siamo in una grotta sotterranea ed è stupenda. Il soffitto roccioso è alto e tempestato di cristalli che riflettono la luce proveniente dall'ascensore nell'acqua e crea luminose onde che si dipingono sulla nostra pelle.

Maximilian prende una roccia abbastanza grossa da mettere sull'uscio dell'ascensore per impedire che le porte si chiudano prima di avvicinarsi all'acqua, inginocchiarsi alla riva vicino a degli scogli e appoggiare il cestino di fianco a sé.

Cammino verso di lui e noto che sta muovendo la mano in modo circolare nell'acqua. Non riesco a capire perché, ma all'improvviso la mia curiosità viene ripagata e dall'acqua salta fuori un enorme... Che cos'è?

Indietreggio e inciampo in una roccia, finendo con il sedere per terra mentre con occhi fisso la creatura che schizza acqua da tutte le parti, bagnando sia me, sia Maximilian completamente.

Guardo il Principe e mi rendo conto che sta sorridendo. Sta sorridendo? È un miracolo?

«Che cos'è quel "mostro"?» chiedo io, stupita.

«Ma come "cos'è quel mostro"?» Maximilian mi guarda stranito prima di riportare gli occhi sulla creatura. «Non hai mai visto mutazioni di animali?»

«Gli unici animali mutati che ho visto erano morti da giorni e pronti a essere messi a bollire» rispondo io, guardando la creatura bianca con delle macchie nere sul muso, nuotare e avvicinarsi a Maximilian. Non ha squame, ma una corona rossa di pinne con la stessa forma dei coralli.

I due occhi neri della creatura guardano prima Maximilian, poi me e non appena mi vedono, leggermente spaventata, ma molto incuriosita e affascinata, si spostano, menefreghisti verso il cestino.

«Ti presento il mio caro amico Styphán. L'ultimo esemplare di axolotl con una mutazione gigante» mi spiega Maximilian, scoprendo il cestino e mostrando del pesce non mutato. «È lungo sette metri e largo un metro e mezzo. La sua testa è larga due metri.»

Mi avvicino al cestino, ascoltando poco la spiegazione di Maximilian, e il pesce mi sembra un miracolo.

«Dove avete preso del pesce pulito?» chiedo io, senza avvicinarmi e rimanendo in piedi: non devo farmi sembrare una morta di fame.

«Allevamenti di pesce in acque filtrate. Prima si puliscono le specie attraverso dei controlli, poi si allevano» dice il Principe, prendendo un pesce e tirandolo in alto verso Styphán, che si alza con una zampa sulla riva, vicino a me, e lo prende al volo.

Questa volta, per lo spavento, inciampo sul cestino, cadendo direttamente sopra Maximilian che, prontamente, mi mette una mano sotto la testa.

«Ancora un millimetro, bimba senza equilibrio» mi dice lui, fissandomi con i suoi occhi gialli spaventosi. «E saresti svenuta, oppure morta, per un colpo dietro alla testa.»

Con un movimento veloce mi spinge via da lui e afferra dell'altro pesce da dare in pasto a Styphán.

«Si trattano così le pescioline, Angelus?» chiede una voce nuova.

Mi volto verso le acque e noto la testa di un uomo sbucare proprio in mezzo.

«Aspettate che faccio un po' più di luce» dice il nuovo arrivato e scompare nell'acqua. All'improvviso la grotta si illumina completamente, mostrando ancora di più la sua meraviglia.

La luce è del colore di tutte le sfumature dell'oceano puro, visto soltanto nelle immagini delle enciclopedie dell'era prebellica.

Quando ricompare l'uomo lo vedo avvicinarsi a noi e uscire dall'acqua camminando.

È una mutazione anche lui: ha due gambe piene di

squame color grigio e azzurro che lo coprono fino ai fianchi, la sua intimità è coperta da una rete piegata e ripiegata male su se stessa in modo da coprire i buchi e legata alla vita, le sue braccia sono attaccate al suo corpo grazie ad uno strato di pelle semitrasparente che lo fa assomigliare ad un pipistrello non mutato, e sul collo ha delle branchie che non si notano molto, ma sono delineate dal colore rosso del sangue; non ha capelli, il suo capo sembra essere coperto da un telo simile a quello presente sulle sue braccia, ma il suo viso è completamente umano, senza mutazioni strane come labbra e occhi di pesce.

Cammina verso di me e mi porge la mano, anch'essa piena di squame, aiutandomi ad alzarmi.

Attivo il congegno che mi ha attaccato Ores all'orecchio e lo guardo.

Lo definisce come Melk di Sonenclair. Non ha un numero di infiltrato. Le sue funzioni vitali sono tutte nella norma anche se è metà pesce e metà uomo.

«Bimba, lui è "il piccolo tritone"» dice Maximilian, continuando a dare da mangiare a Styphán.

L'uomo alza gli occhi al cielo prima di guardarmi e sorridermi.

«Io mi chiamo Melk, sono una guardia delle acque di Sonenclair e sono anche il baby-sitter di Styphán» si presenta lui. «Mentre tu sei?»

«Lei è Phyreis, la mia schiava» si intromette Maximilian.

A quanto pare, Melk non sa del segreto di Maximilian visto che gli ha rivelato il mio nome da schiava di Angelus.

«Melk, io ho quasi finito di dare da mangiare a Styphán quindi puoi ritornare in acqua» continua a dire Maximilian mentre lancia un altro pesce a Styphán. Effettivamente il cestino è quasi vuoto, ne mancano giusto tre.

«E io che volevo invitare la pesciolina a vedere il mondo sott'acqua» dice Melk, capendo il capriccio di Maximilian e facendomi l'occhiolino.

«La mia schiava non va da nessuna parte con te, sia chiaro» ribatte Maximilian, lanciando lontano l'ultimo pesce alla creatura. Poi si gira verso di noi, e guarda Melk.

«Baby-sitter, il piccolo si è allontanato» sputa velenoso, e si avvicina a me per afferrarmi per il gomito. Mi strattona leggermente, facendomi male e io ho sempre più voglia di spaccargli la faccia.

«Vado, ma voglio un aumento Angelus» dice Melk, dandoci le spalle. Ora capisco da dove viene il telo che gli copre il capo: fa parte della sua pelle.

Quando Melk si tuffa in acqua, Maximilian mi tira verso l'ascensore per poi spingermi dentro, entrare anche lui, tirare un calcio alla roccia che blocca le porte, e premere l'ultimo piano, probabilmente quello per la sua camera. Guardo la schiena di Maximilian: le sue ali coprono molto, ma non riescono a restare ferme quando lui inspira ed espira profondamente.

Quando raggiungiamo l'ultimo piano, si gira verso di me e mi afferra nuovamente per tirarmi e spingermi dentro la sua camera. Perdo l'equilibrio per quanta forza ci mette e, non appena è dentro anche lui, butta il cestino in un angolo prima di guardarmi.

«Spogliati» sibila, guardandomi.

Non riesco a capire. Che cos'è successo?

Rimango immobile, combattuta tra l'eseguire i suoi ordini e il rimanere integra al mio volere. Che cosa vuole fare?

«Spogliati!» grida e questa volta non posso più ignorarlo. Lentamente mi alzo e inizio a togliermi le scarpe dai piedi, poi la tuta bagnata, rimanendo così in intimo.

«Ora vai in bagno e guardati allo specchio» mi dice, afferrandomi nuovamente per il gomito e guardandomi negli occhi.

«Ciò che vedrai è mio, solo mio. Non sei più padrona di te stessa, io sono il tuo padrone. Ciò significa che devi chiedere il permesso a me di qualsiasi cosa, anche di respirare o pensare. Dovrai chiedermelo anche quando sarai nobile, e se lo sarai, ma lo dubito fortemente, di riprodurti con la feccia che avrai come marito. È chiaro, bimba? Io sono il tuo padrone, il tuo Dio e a nessun altro porgi la tua devozione.»

Per tutto il tempo del suo monologo per alzare la sua autostima resto ad ascoltarlo mentre immagino il momento in cui lo ucciderò con le mie stesse mani.

E in quel attimo di puro piacere personale, io sarò il suo Dio, e lui dovrà pregarmi per risparmiargli la vita.

«Rispondi!» sibila ancora, afferrandomi il viso con una mano.

«Sì, padrone» sussurro, prima di sentire la sua bocca avida sulla mia.

Mi tira a sé, con la lingua divide le mie labbra e mi forza ad aprire la bocca.

Il suo sapore mi dà fastidio, sento che le lacrime stanno iniziando a formarsi negli occhi.

Sto per crollare. Io non sono la sua puttana. Io non sono la sua Brigitta.

La sua lingua continua a vagare nella mia bocca e sembra insaziabile finché non si ferma.

Quando si stacca, ha ancora uno sguardo arrabbiato sul viso, ma vedo del dolore nei suoi occhi. Con le sopracciglia aggrottate, sembra sul punto di scoppiare in un pianto. Poi si prende la testa tra i palmi delle mani e grida.

Scappo nel bagno e mi rinchiudo dentro.

Ma che cosa gli succede?

Non voglio essere la sua puttana, eppure è la mia missione diventarlo per essere una Primis, poi una Elite e infine diventare una Nobile.

A questo punto non capisco nemmeno perché devo per forza diventare quest'ultima: posso ucciderlo, far sapere a tutti che sono stata io e scappare.

Forse mio padre voleva semplificarmi la missione, dandomi così più tempo per avere la fiducia di tutti e scappare senza essere inseguita.

Evito di guardarmi allo specchio: io sono solo di me stessa e quell'essere bastardo può solo sognarsi di essere il mio Dio.

Mi pulisco dall'odore di salsedine nella doccia.

Dopo essermi asciugata, apro l'armadio e mi metto dei vestiti per coprirmi, i primi che mi capitano all'occhio: una maglietta nera e dei pantaloni dello stesso colore.

L'organizzazione se la può scordare per questi giorni la mia obbedienza: non riesco nemmeno a capirlo, figuriamoci sedurlo.

Quando esco dal bagno ho ancora i capelli umidi. Di Maximilian non c'è traccia, ma sul letto c'è un vassoio coperto da una cloche.

Mi siedo vicino, lo scopro e vedo una bottiglietta d'acqua e un piatto fumante di carne e riso bianco.
Sembra buona. Non ha senso rimanere a digiuno: devo rimanere in forze per qualsiasi situazione. Prendo la forchetta e inizio a mangiare. Non ho mai sentito un sapore così... delizioso. Sono ancora abituata a quello di zuppa acquosa che questo piatto sembra il paradiso descritto dagli uomini cattolici dell'isola degli schiavi.

Mangio lentamente, gustandomi tutto, finché non finisce e mi tocca mandare giù il tutto con l'acqua.

CAPITOLO 10

CAMBIO DI DIREZIONE

Everly

Mi sdraio sul letto dopo aver riposto il vassoio sul comodino. Sono passate ore e Maximilian ancora non ritorna. Ripenso alle sue labbra violente e alle sue mani: entrambe nascondono qualcosa pronto a esplodere. Forse è quella sua abilità di cambiare

Mi chiedo se il congegno è già stato aggiornato dal mio padrino. Vorrei vedere la cartina del castello per iniziare a orientarmi.

«Vediamo...» sussurro e porto le mie mani dietro la nuca. Ores mi ha detto che funziona con il pensiero, perché è connesso al mio sistema nervoso.

Chiudo gli occhi, penso alla parola "mappa" prima di alzare le palpebre e vedere davanti a me una versione tridimensionale del castello, come se fosse un progetto.

«Era questo quello che intendevo» dico sorridendo e intanto con il pensiero viaggio attorno alla fortezza: Il perimetro è ricoperto da torri di guardia eccetto per l'entrata nord e quella sud; nella parte sud ovest è eretta la torre magna, ossia l'alloggio di Maximilian dove io mi trovo adesso; dal lato opposto, al terzo piano e all'inizio del corridoio c'è la stanza di Nikolai mentre nel lato nord est del castello, al quarto piano ci sono gli alloggi del re e della regina; le camere per la servitù invece sono nel secondo piano insieme alle cucine; la sala del trono è praticamente dopo l'atrio dall'entrata nord e a fianco a quest'ultima il tribunale e le camere del consiglio regale; la cosa più strana è che sotto la sala delle simulazioni, ossia nel sottosuolo del castello, dopo i sotterranei, è presente un'altra stanza chiamata Progetto Alpha —penso che non appena avrò la possibilità di vagare da sola, andrò a curiosare lì—; ritorno a guardare i piani e noto che sono tutti collegati da due ascensori, uno a nord, e l'altro a sud deve essere quello riservato al solo utilizzo del Principe.

Continuo a vagare con il pensiero e vedo un puntino rosso e un puntino blu salire l'ascensore del lato sud del castello, ossia quello che porta direttamente qui, alla camera di Maximilian.

Con il pensiero cerco di ingrandire la mappa fino a vedere dentro l'ascensore e noto la sagoma di Ores che sta sorreggendo Maximilian.

Spengo il dispositivo non appena vedo l'ascensore arrivare e mi alzo, preoccupata. Cosa diamine gli è successo? Mi precipito al portone e lo spalanco per lasciar entrare Ores con Maximilian svenuto.

«Che cosa gli è successo?» chiedo al mio padrino mentre lascia cadere il Principe sul letto. Mi avvicino al corpo di quest'ultimo e lo sento mugolare con voce rauca prima di cadere in un sonno profondo.

«Si è lasciato andare con i bicchieri di Vilmix» mi risponde Ores mentre si massaggia la spalla con cui ha sorretto Maximilian. Quindi è questo quello che lui fa mentre è stressato: beve.

«È un miscuglio di alcolici con gradi elevati e ingredienti insoliti, gli unici che riescono a stordirlo» mi spiega prima di avvicinarsi e tirarmi nell'angolo della camera.

«Che c'è ancora?» gli domando e lui inizia a sussurrare.

«Hai già visto la mappa del castello, vero?» mi chiede in un sussurro e quasi non riesco a sentirlo.

«Sì, ma perché stai sussurra..?» dico con un tono di voce normale prima di avere tappata la bocca con la mano di Ores: Maximilian è in una sottospecie di coma etilico, siamo nella sua stanza e non c'è nessuno eccetto noi tre.

«Sussurra, Everly, il mio scudo non può coprire i tuoi decibel in modo sicuro» mi riprende prima di togliere la mano e lasciarmi parlare.

«Non puoi fortificare lo scudo? E comunque qui non c'è anima viva eccetto noi tre» preciso, questa volta sussurrando.

«Se lo faccio e qualcuno ci sta ascoltando rischiamo di destare tanto di quel sospetto da farci uccidere all'istante. Non fidarti troppo delle mura di questo castello» mi avvisa Ores, guardandomi negli occhi, probabilmente per guardare tra i miei ricordi. «Ora, hai visto il piano Progetto Alpha?»

«Sì, che cos'è?»

«Credimi, non lo so. So solo che esiste ma non mi è permesso andarci. Stamattina mentre creavo la mappa per te, subito dopo aver parlato nuovamente con tuo padre, ho cercato di varcare con il pensiero le mura di quel posto, ma a quanto pare sono a prova di mutante. Non ho mai cercato di scoprire che cosa fosse anche perché non riguardava la mia missione, ma a questo punto riguarda tutti noi» la voce con cui mi parla è preoccupata, tesa, ma al cento per cento concentrata. «Da quando tuo padre mi ha rivelato che devi uccidere il Principe e da quando ho scoperto che vi ha fatto uccidere delle persone come allenamento per diventare infiltrati, ho capito che c'è qualcosa che si sta muovendo alle spalle di tutti.»

Incrocio le braccia al petto: il suo continuo sospettare mio padre è snervante. Lui è il Generale e a lui dobbiamo obbedire.

Solo il fatto che si scandalizzi troppo dopo aver saputo della morte di "alcune" persone è strano. Mi chiedo se ne ha mai uccisa una.

«Che cosa intendi dire?» azzardo ancora un'altra domanda.

«Intendo dire che voglio che mi ripeti ora gli ideali dell'organizzazione» mi ordina lui, mettendo le mani sopra le mie spalle.

Non avevo mai seguito con molta attenzione le lezioni di teoria, ma gli ideali sono qualcosa di importante, quindi li avevo imparati a memoria e tutt'ora sono nella mia mente.

«Aiutare il popolo sconfitto a costo della vita e della morte» recito, come se fosse una poesia.

«Poi?» mi incita lui a continuare. Alzo gli occhi al cielo e continuo.
Sentirlo sussurrare è snervante ma cerco di non dare l'impressione di essere irritata.

«Non mostrarsi a livello dei Nobili, esseri inferiori di umiltà e cuore»

«E infine?»

«Mai e poi mai dare inizio a nuove guerre, sia contro i nobili che con noi stessi» sussurro, togliendo le sue mani dalle mie spalle prima di guardarlo con occhi di sfida. Cosa voleva farmi fare ancora? Due piroette?

«Ora spiegami: come diavolo vuoi aiutare il popolo sconfitto, uccidendo Maximilian?» le iridi ghiaccio di Ores mi interrogano. Stanno sicuramente rovistando tra i miei ricordi.

«Con il primo ideale» rispondo.

«E del secondo e del terzo ideale che mi dici? Li getti nella spazzatura?»

«Se vogliamo cambiare la situazione del popolo sconfitto non possiamo rimanere attaccati a questi ideali!» ribatto, stizzita.

«Non puoi andare contro gli ideali dell'organizzazione, Everly!» esclama Ores, sussurrando e stringendomi ancora le spalle per scuotermi. «Qualsiasi sia il piano di tuo padre, se dovesse andare nel peggiore dei modi, sarai tu a doverne pagare le conseguenze!»

In effetti le sue parole sono convincenti: mio padre... Che cosa ha in mente?

«Il Principe qui è in pericolo: non possiamo permettere a nessuno di ucciderlo» continua Ores. «Se Maximilian salirà al trono, la schiavitù finirà e non ci sarà più un popolo sconfitto e un popolo glorioso, ma solo un unico grande popolo, composto da mutazioni e non.»

Mi volto verso Maximilian e lo guardo mentre, dormiente, steso a pancia in sotto e ubriaco, si accovaccia fino a essere in posizione fetale.

Il mio Re? Ma stiamo scherzando?

«Quindi, tu pensi che quell'uccello ubriacone sarà in grado di regnare?»

«Ne sono certo» mi assicura Ores, gonfiando il petto e guardando insieme a me il Principe.

«È un mostro violento, maleducato, stronzo e qualcosa

mi dice che è anche un bastardo!» esclamo, continuando a sussurrare.

«Che sia uno stronzo è risaputo, ma che sia bastardo è falso: la regina è la donna più fedele e perfetta in questo mondo» ribatte lui, sempre con un filo di voce, mentre il tono che usa è quello di un uomo devoto.

«E tu che ne sai?»

Non appena riporto il mio sguardo su Ores, noto che i suoi occhi sono fissi su Maximilian. Deve tenerci molto a lui.

«Maximilian ha preso da lei tutte le ottime qualità che poteva passargli. Che abbia preso il comportamento scorbutico dal padre questo è sicuro» sogghigna, e incrocia le braccia al petto. «Ho letto nel suo pensiero e me lo ha anche detto: ha a cuore tutto di te»

«Si è visto. A momenti mi uccideva» dico sarcastica, spalmandomi una mano sul viso esausta.

Maximilian mi ha buttata nell'arena al primo cenno di pericolo verso il suo orgoglio, mi ha umiliata per elevare il suo ego e... è semplicemente se stesso. Io lo odio.

«Everly, lui ha fatto molto per darti tutto ciò di cui hai bisogno: ha rifornito l'armadio di vestiti della tua taglia, ti ha dato il suo letto e ha cambiato le coperte non appena Brigitta se n'è andata, mandandola via per sempre. E mi ha detto che ti ha protetta da Melk: non fidarti di quel tipo, è un corteggiatore esperto con perversioni insane. Tu non sai come si accoppia ed è meglio che io non te lo dica siccome vedo che hai appena mangiato» continua a sussurrare lui prima di puntare con il mento il vassoio sul comodino. «Dimentica la tua missione di uccidere Maximilian e proteggilo. Io cercherò di andare a fondo a questa situazione.»

Lo guardo e annuisco: ci sono ancora troppe domande senza risposta e io non sono una persona molto paziente.

Sono qui soltanto da un fottutissimo giorno e quel cervellone del mio padrino ha già capito che qualcosa sta andando nel verso sbagliato.

«Comunque, quando vuoi scavare nel tuo oblio?» mi ricorda lui e io sospiro. Non sono così sicura di voler rivedere mia madre ora. Potrei crollare, o peggio entrare in depressione.

«Appena Maximilian si sveglierà e sarà lucido» rispondo. «In ogni caso, se vogliamo andare contro mio padre, e il Principe sarà preso di mira, deve sapere cosa sta succedendo» preciso avvicinandomi insieme a Ores a Maximilian, facendo il giro del letto per vedere il suo viso: è così sereno quando dorme sotto l'effetto del Vilmix. Dovrò procurarmene qualche litro per sedarlo quando inizierà a dare i numeri.

Avvicino la mano e scosto dalla sua fronte la ciocca di capelli umidi: è davvero molto sudato, eppure la stanza è fresca e bella areata.

«D'accordo, ma voglio esserci anch'io quando glielo dirai» impone Ores. «Adesso io vado, mi raccomando: non fidarti nemmeno degli infiltrati a questo punto. Ne usciremo da questo disastro in qualche modo» mi dice e, tenendomi per la nuca, preme le labbra sulla mia fronte.

«Puoi mandare i miei saluti a mia sorella non appena ti rimetterai in contatto con Xhyreis?» gli chiedo mentre è ancora vicino a me.

«Certo, bimba» sorride e si avvia verso l'uscita.

Nel momento in cui scompare dietro le porte della camera, mi siedo davanti al viso di Maximilian e gli accarezzo le ali, facendo viaggiare la mia mano fino alla loro base. Quando raggiungo la sua pelle bagnata da piccole gocce, lentamente traccio la distanza fino al collo. Premo leggermente con le dita sulla pelle tra il suo collo e la sua spalla e sento le pulsazioni del suo cuore: i battiti sono veloci, più del normale, ma attribuisco questo fenomeno ai litri di quella schifezza che si era bevuto.

"E dire che non vedevo l'ora di ucciderti. Ora mi ritrovo a proteggerti anche da me stessa" penso mentre mi alzo e mi sistemo nell'angolo di Maximilian.

La giornata dovrebbe essere finita.

CAPITOLO 11

IL VERO RE

E verly

Maximilian è ancora stordito: la notte è trascorsa, minuto dopo minuto, così come tutte le poche ore di luce, mentre io sono sveglia da molto e controllo minuziosamente ogni singolo centimetro della sua stanza per scoprire se nasconde qualcosa.

Ho già controllato gli armadi, i cassetti dove ho trovato molti suoi libri, sotto il letto e sotto i tappeti; anche il bagno è stato ispezionato: ho trovato molteplici capi di intimo succinto che mai indosserò, gioielli troppo vistosi per i miei gusti e così via fino a trovare profumi, saponette e litri di sapone liquido che mi hanno fatto venire il mal di testa.

Quando ritorno nella camera di Maximilian mi guardo attorno fino a mettere gli occhi sull'unico quadro appeso nella sua stanza.

Mi avvicino e mi alzo in punta di piedi per raggiungerlo, afferrarlo con entrambe le mani e rimuoverlo, rivelando così alla mia vista una cassa di sicurezza.

«Guarda, guarda» sussurro appoggiando il quadro per terra prima di correre in bagno e ritornare con una sedia.

Per mia grande sorpresa vedo Maximilian, appoggiato con una mano sul muro, proprio sotto la cassa.

«Che cosa stai facendo?» mi chiede, mentre con la mano si massaggia la tempia e tiene gli occhi fissi su di me. «Non devi proprio provare ad aprirlo.»

«Nulla, padrone. Ero solo incuriosita» gli spiego mentre mollo la presa sulla sedia. Lo guardo mentre prende il quadro e lo appoggia sul letto.

«Non hai mai visto una cassaforte?» mi domanda e scuote la testa, probabilmente per alleviare i postumi. «Non prendermi in giro» dice con tono meschino mentre mi tira giù dalla sedia e mi allontana con una spinta. «Vuoi sapere cosa c'è dentro?»

Si avvicina al contenitore blindato e inserisce la combinazione. Un suono acuto annuncia che Maximilian ha inserito la chiave d'accesso corretta. Poi il principe afferra il suo contenuto e lo allunga verso di me, in modo da mostrarmelo.

«Ecco. Sei contenta?» dice sarcastico mentre osservo l'oggetto che è ora tra le mie mani: una foto leggermente rovinata e molto vecchia. I colori ormai sono sbiaditi ma riesco comunque a vedere che raffigura due persone: un bambino con le ali, una mutazione che deve essere Maximilian da piccolo e una donna sorridente che lo stringe tra le braccia. La donna assomiglia leggermente a zia Mirabella, ma so che non è lei. Un dubbio mi pervade. E se fosse mia madre? La mia mente ha cancellato ogni suo ricordo, lasciandomi solo con delle sensazioni piacevoli ogni volta che cerco di pensare a lei.

«Chi è la donna?» chiedo a Maximilian.

Perché nascondeva quella foto in una cassaforte?

«La donna che vedi si era presa cura di me nell'isola degli schiavi. È morta tanto tempo fa, credo» mi spiega lui mentre si prende con entrambe le mani la fronte. «Cazzo, la testa.»

«Perché la nascondevi?» gli chiedo. Ormai la parte della schiava sottomessa è finita.

«Per evitare di rovinarla, e per evitare che gente come te ci mettesse le mani sopra. Voglio sapere dov'è la donna nella foto, ma per fare questo ho bisogno di te.»

«Perché?»

Sono inutile in questo. Non riesco a capire chi sia.

«Perché lei somiglia a te» continua Maximilian. «Pensavo che più avanti avresti potuto dirmi se era una tua parente lontana e così avrei potuto usarti per andare nell'isola degli schiavi. Ai nobili è vietato se non hanno uno schiavo da più di un anno»

«Accompagnami da Ores» gli chiedo e gli ripasso la foto.

«Non sono lucido, bimba. Lasciami perdere» dice e si butta come un peso morto sul letto.

«Ho bisogno di andare da lui» insisto io, incrociando le braccia al petto.

«Prendimi dell'acqua. Ho sete» mi ordina e io, infastidita, vado in bagno con la bottiglietta d'acqua vuota che ho dalla cena di ieri, la lavo e la riempio dal lavabo.

Ritorno da lui e gliela passo.

«Ora mi accompagni da Ores?» gli chiedo mentre sta bevendo. Non appena svuota la bottiglia la appoggia sul comodino.

«Perché devi andare da lui, eh?» ribatte infastidito mentre si alza come a fare il duro della situazione.

"Ti abbasso di un metro se non la smetti di cercare di farmi paura", penso mentre lo guardo.

«Perché se vuoi sapere dov'è quella donna ho bisogno di Ores!» gli rispondo.

«Tu la conosci?»

«No, ma lui potrebbe conoscerla.»

«Dimmi la verità, Everly, perché lui dovrebbe conoscerla? E perché stavi frugando in questa stanza con così tanta attenzione?» mi chiede lui. A quanto pare ha notato tutto.

«Ores era uno schiavo. L'isola non è molto grande! E noi sappiamo che...» esclamo sussurrando in modo che mi senta solo lui ma, nel frattempo, con il pensiero accendo il congegno attaccato dietro al mio orecchio e chiamo Ores.

«Cosa?»

In pochi secondi mi ritrovo alzata contro il muro di fianco al letto, con la mano di lui attorno al collo che mi blocca la respirazione. Con la mente apro la mappa del castello per vedere dov'è Ores e vedo che è già sull'ascensore e che a breve farà irruzione nella stanza.

«Parla» sibila, guardandomi con occhi inceneritori.

«Ores» tossisco, tenendo le mani attorno al suo polso, ma se voglio davvero la sua fiducia non posso arrostirglielo. Ores è quasi arrivato. «Dovrebbe comparire da quella porta tra tre, due, uno.»

«Lasciala andare!» gli ordina Ores, entrando bruscamente nella camera.

«Che cazzo sta succedendo qui?» ribatte Maximilian stringendo la presa. Sento la vista annebbiarsi. Sto per svenire.

«Ti spiegheremo tutto, ma devi lasciarla andare subito!» dice Ores supplicando Maximilian.

Quest'ultimo mi lascia andare, e io cado per terra, respirando con affanno per recuperare l'aria mentre mi tocco il collo dolorante.

«E ora spiegate» ordina allontanandosi da me e lasciando che Ores mi soccorra. Sento le sue mani attorno alle mie spalle per aiutarmi a rimettermi in piedi.

«Non posso farlo qui, abbiamo bisogno di un luogo più protetto. Giù nella palestra» spiega Ores mentre mi guarda il collo e lo esamina.

«Bene ma se cercate anche solo di ingannarmi, io vi uccido» sibila Maximilian aprendo la porta dopo aver afferrato le maschere, e invitandoci con lo sguardo a camminare davanti a lui.

Prendiamo l'ascensore in silenzio mentre io respiro ancora a fatica. Sono contenta di non averlo incenerito: devo assolutamente avere la sua fiducia se vogliamo che collabori.

Quando entriamo nella palestra, mi siedo su una panca, ancora con il fiato corto mentre Ores si assicura che le porte rimangano tutte bloccate.

«Forza, parlate» ci incita Maximilian, incrociando le braccia al petto.

«Qualcuno ti vuole morto» inizia Ores sedendosi di fianco a me.

«Che cosa?»

È normale la sua reazione. Scoprire che rischia di morire non deve essere bello.

«Il mio vero nome è Orazius Gallagher. Il suo vero nome non è Elizabeth Wexor, ma Everly Greystone» lo informa Ores, guardandolo.

Nel momento in cui sente il mio cognome, Maximilian aggrotta le sopracciglia.

«Greystone? È la figlia di Armánd Greystone e...?»

«A quanto pare mio padre si è preso cura di te» sbotto io tossendo subito dopo. La sua presa sul mio collo è stata troppo forte.

«Lui non aveva figli» ribatte il Principe, guardandomi.

«Everly è nata dopo che tu te ne andasti dall'isola» spiega Ores prima di alzarsi, andare nel suo ufficio e prendere il suo tablet per far vedere a Maximilian i dati nascosti.

«Io e Everly siamo infiltrati dell'organizzazione G.W.G.O: Gallagher, Wexor, Greystone Organisation» incomincia a spiegare. «Dopo la terza guerra mondiale, l'America e l'Europa attivarono delle navi chiamate le "Arche dell'alleanza", situate sulle coste dell'America del Nord, alcune sulle coste dell'America del Sud, in Europa, altre situate nel Mar Mediterraneo vicino alla costa della Grecia e alla costa della Francia, e altre ancora sulla costa occidentale dell'Australia; erano state pensate per prendere i sopravvissuti e i generali impostarono il loro tragitto verso l'isola di Madagascar, oggi chiamata l'isola degli schiavi. Imbarcarono quanti più cittadini possibili ma durante il tragitto molte navi furono bombardate e solo sessanta milioni di persone su quasi due miliardi arrivarono vive a Madagascar. Sulle navi sopravvissute vi erano i generali James Greystone, Oliver Wexor, Edmund Sonenclair e Marcus Gallagher. Da sette miliardi di persone siamo passati a duecento milioni di abitanti sulla Terra. E con la dittatura del tuo antenato Edmund Sonenclair la guerra che ne seguì uccise altri milioni di persone. E qui la storia la dovreste sapere bene: chi era dalla parte dei ribelli ora è uno schiavo mentre chi era rimasto con Edmund adesso è un nobile.»

«Bene, e il fatto che voi siate degli infiltrati di un'organizzazione e che qualcuno vuole uccidermi? Siete voi i responsabili della morte del primo schiavo di mio fratello?» si affretta a chiedere Maximilian.

«Che qualcuno voglia ucciderti mi sembra normale visto che sei uno stronzo!» sbotto io.

«Tappati la bocca, schiava!» ribatte lui puntandomi un dito contro.

«Ti incenerisco le piume, pezzo di merda!» rispondo guardandolo con occhi di sfida.

«Smettetela! Sembrate due bambini!» si mette in mezzo Ores, che sicuramente è irritato dal nostro comportamento. «L'organizzazione è nata per aiutare il popolo sconfitto dato che il regno di Sonenclair non dà abbastanza aiuto. Noi entriamo nel regno e cerchiamo informazioni per aiutare il popolo degli schiavi. Noi non veniamo per uccidere.»

«È stata l'organizzazione a spedire l'assassino che ha ucciso Rufius» lo correggo e sento il suo sguardo posarsi su di me.

«Non lo sapevo» rivela lui. «Avevano tutti detto che era stato un incidente... Per questo Armánd mi ha chiesto di stare alla larga da te, Everly!» esclama lui. «Non voleva che io capissi!»

«E chi mi vuole morto allora? E soprattutto perché?»

«Io ti voglio morto» dico, non ce la faccio a trattenermi. Non lo sopporto.

«Provaci, bimba» risponde lui avvicinandosi a me.

Mi alzo e lo affronto, alzando gli occhi verso di lui per trovare i suoi.

«Ti ucciderei. Era la mia missione originale, ma a quanto pare non posso più farlo. Non riesci a capire che tuo padre non ti vuole sul trono? Non ti puzza il fatto che abbia accettato che Nikolai rinunciasse al suo posto come Re? Tu sei una mutazione, nessuno sa della tua esistenza come pennuto!»

Forse farlo ragionare è il minimo che posso fare siccome sembra avere una testardaggine più dura del cromo che crea.

«Maximilian, se tu dovessi salire al trono aboliresti la schiavitù. Io so che sarebbe il tuo primo decreto. Io so che tu odi la schiavitù e ti piace la libertà» gli ricorda il mio padrino.

«Elizabeth, Everly, o come diavolo si chiama in realtà, non è proprio la miglior rappresentate per indurmi a prendere questa decisione!» ribatte l'altro, puntandomi.

"Adesso gli stacco quel dito", penso furiosa. «Vaffanculo» sbotto, guardandolo.

«Smettila, Max. Lo leggo nei tuoi occhi che nonostante voi due abbiate delle lingue velenose, tu ci tieni a lei» ci blocca ancora una volta Ores. «Vediamo la libertà in te, Maximilian. La libertà di vivere tutti con gli stessi diritti.»

«Chi mi vuole morto?» chiede nuovamente lui.

«Il padre di Everly ma non riusciamo a capire il perché. Ho parlato con il consigliere del Re, un altro infiltrato, ma non ha parlato con Armánd per un possibile regicidio. Per questo hanno provato a uccidere Nikolai, ma ora che non ambisce più al trono, tu sei l'unico che può diventare sovrano.»

Ores gli prende il tablet dalle mani e lo appoggia sulla panca.

«Quindi?»

Maximilian sembra capire ora. Forse siamo riusciti a convincerlo.

«Quindi dobbiamo scoprire chi c'è dietro a tutti questi complotti. Ti fiderai di noi, Maximilian?» gli chiede Ores. «Noi vediamo in te il nostro Re e ti giuriamo fedeltà, obbedienza e lealtà a costo della nostra vita» conclude, inginocchiandosi davanti a lui e portando la mano destra chiusa a pugno sul petto, chinando la testa.

Guardo il mio padrino, che sta giurando sulla sua vita e mi rendo conto di essere stata cieca. Sono questi i veri ideali dell'organizzazione e non c'entra la morte di un sovrano.

«Fedeltà, obbedienza e lealtà» ripeto io, sospirando, mentre mi avvicino a Ores e porto un ginocchio per terra davanti a Maximilian. Non mi fa impazzire questo piano ma so che è la cosa giusta.

Deve essere la cosa giusta.

Avrò modo di vendicarmi su Maximilian più avanti: magari quando diventerà Re gli chiederò delle ricchezze che mi deve per ogni ingiustizia che ho subito.

Alzo gli occhi e lo guardo. Ha il viso attento, concentrato e, nonostante la sua inquietante cicatrice, sembra determinato a fare la cosa giusta anche lui per tutti noi. È sulla strada giusta per diventare un Re in grado di governare.

Quando abbassa gli occhi verso di me e io incontro il suo sguardo, il tempo sembra fermarsi.

«A costo della mia vita» dico portando la mia mano chiusa a pugno sul petto, proprio sopra il cuore.

CAPITOLO 12

LA FIDUCIA SI COLTIVA

Everly

È passato un giorno da quando Maximilian ha scoperto la verità su di me e su Ores.

Dopo aver saputo della mia vera identità è cambiato. Ieri ha passato tutto il giorno in silenzio, senza parlarmi. Rinchiusi nella camera, ha ordinato da mangiare per entrambi, e dopo aver mangiato è uscito e al suo ritorno ho capito dov'era andato grazie al cestino che emanava un forte odore di pesce, ossia a dar da mangiare a Styphán. Sono venuti pure la Regina e Nikolai a trovarlo, ma lui non ha aperto bocca, ha solamente annuito. Io sono rimasta nell'angolo a guardarlo.

Ora è seduto sul letto, di fianco a me e non osa voltarsi per guardarmi, ma so che si sta torturando le mani pizzicando il loro dorso e alcune volte si mordicchia il labbro.

Mi chiedo cosa faremo ora oltre ad aspettare direttive da Ores: ci ha dato un congegno che imita il suo potere di scudo e ci ha chiesto di scoprire come entrare nel piano

Progetto Alpha ma, quando Maximilian ha provato a entrare con il robot delle sue sembianze, gli hanno vietato l'ingresso. Ordini del Re.

Almeno nella sua stanza possiamo parlare liberamente. Sempre che Styphán non gli abbia mangiato la lingua.

Tutto sembra andare contro di noi: io non sono un'esperta di tecnologia e lui nemmeno. Siamo una squadra inutile senza il cervello di Ores.

Mi lascio andare sul letto, coprendomi con il braccio gli occhi per riposare un po' e mi ricordo della foto da far vedere a Ores che è finita nella tasca dei miei pantaloni. Siamo stati così preoccupati di dire tutta la verità a Maximilian che mi sono dimenticata di mostrargliela.

«Era la tua unica missione? Uccidermi?» chiede all'improvviso Maxmilian, girando il volto verso di me il minimo per vedermi.

Annuisco e per la prima volta mi sento in colpa: gli sto confessando di essere stata mandata per porre fine alla sua vita. Nonostante ciò la sua voce è calma, non più come prima. Non sta parlando con un tono sprezzante per darmi ordini, ma con quello per parlare civilmente.

Si gira completamente verso di me, facendo attenzione a non colpirmi con le sue ingombranti ali e io mi metto a sedere così gli dò tutta la mia attenzione: ha la fronte corrugata, gli occhi indagatori e la mascella rigida. Mi guarda a lungo come per trovare le parole giuste da dire.

«Il tuo vero nome non è Elizabeth Wexor ma Everly Greystone. Però hai veramente diciassette anni. Giusto?»

È come se stesse cercando di mettere ordine nella sua testa, riconoscere quali delle informazioni che sa sono verità o menzogna.

«Sì» rispondo io.

«Mi dispiace essermi comportato come un bambino.

Non sapevo cosa fare con te, io non ho mai voluto uno schiavo» si giustifica lui e io mi irrigidisco. Le sue scuse mi fanno sentire solo in imbarazzo, non ne ho bisogno.

«Beh, di sicuro trattare uno schiavo come qualcosa di meno importante della sporcizia sotto i tuoi piedi non lo aiuta» ribatto io guardandolo negli occhi e un lampo di senso di colpa sembra attraversarli.

«Ti ho fatta sentire così?»

«Non ti pare ovvio, *padrone*?» continuo con una nota di sarcasmo nelle mie parole.

«Non volevo. Pensavo che voi foste addestrati come sottomessi sin da piccoli e che vi piacesse essere schiavi.»

"Ma è davvero così stupido?" penso guardandolo con disprezzo.

«È questo che pensi che succeda nell'isola degli schiavi? Pensi davvero che veniamo cresciuti come animali da compagnia? Eppure tu ci hai vissuto, e pensi che siamo così masochisti?»

«A quanto pare mi hanno mostrato ciò che hanno voluto farmi vedere: tra di voi vi comportate come esseri allo stesso livello mentre con i nobili diventate animali da compagnia, mansueti e docili, ma a questo punto non mi fido più di ciò che ho visto.»

«È stata così semplice la tua vita nell'isola degli schiavi, vero? A ogni richiesta loro ti accontentavano.»

«Forse. In fondo, ero lì per essere protetto da mio padre nei suoi anni di pazzia» si ferma due secondi e distoglie lo sguardo da me per portarlo alla finestra e guardare la luce naturale scomparire. «Everly, voglio conoscerti.»

«Vuoi conoscere la mano che doveva porre fine alla tua vita?» gli chiedo mentre mi alzo e accendo la luce. Si sta facendo troppo buio e non è ora di andare a dormire.

«Sì, voglio conoscere ogni sfaccettatura di te e della tua vita» mi conferma lui prima di irrigidire la mascella, come se fosse stato costretto a dire quelle cose.

"Tranquillo, passerotto, nemmeno a me piaci", penso mentre torno a sedermi sul letto.

«Se volete davvero che io diventi Re, ho bisogno di sapere. Sin da quando sono ritornato nel regno, non ho mai avuto modo di apprendere cosa significhi vivere, figuriamoci governare. Il mio maestro mi ha insegnato a leggere, scrivere, fare calcoli, orientarmi e niente di più. Lo ammetto, sapere che sei arrivata tu pronta a uccidermi nel momento più opportuno, mi ha spaventato» scuote la testa prima di ridere, ma la sua risata è spenta e non è divertita. «Come posso diventare Re quando non conosco il mio popolo? Non voglio essere un sovrano come mio padre, voglio essere giusto. E voglio anche sapere cosa c'è davvero oltre la cupola che ci protegge dal resto del mondo. Voglio cambiare le cose, fare la differenza.»

Lo guardo e mi sembra di vedere un macigno pesargli addosso. Sin da piccolo gli hanno costruito una gabbia attorno, come imbarazzati dal suo essere una mutazione e non un essere umano puro.

Sospiro e tendo la mano verso lui.

È nostro dovere proteggerci a vicenda, io come suddita e lui come mio futuro Re. In situazioni come questa, però, dobbiamo vederci come esseri alla pari.

«Allora facciamo un patto, non tra uno schiavo e un nobile, nemmeno tra un suddito e un futuro Re, solo tra due mutazioni: tu ti fidi di me e io mi fido di te. Ci aiuteremo a vicenda. Ci stai?» gli propongo e lui mi guarda negli occhi prima di abbassare lo sguardo sulla mia mano, insicuro se accettare o meno.

«La fiducia non va coltivata?» mi domanda, accennando un piccolo sorriso, quasi forzato.

«Non abbiamo molto tempo per imparare a fidarci l'uno dall'altro e inoltre da un punto bisogna cominciare» ribatto io tenendo la mano comunque alzata. Non cedo finché non la stringe.

«Andata» dice lui, circondandola con la sua in una stretta.

«Bene» scuoto il braccio e un secondo dopo gli tiro un pugno sulla guancia che gli fa voltare la testa.

Lo prendo in pieno e sento le mie nocche scricchiolare per quanto forte gliel'ho dato. Quando mi guarda, tenendosi la mascella vedo nei suoi occhi un'espressione sorpresa. «E questo che cazzo era?!» urla e io mi avvicino a pochi centimetri dal suo viso.

«Questo era per avermi baciata contro la mia volontà. Il resto te lo darò quando tutto sarà finito» gli spiego con un sorriso sghembo sulle labbra prima di alzarmi dal letto. «Ora, mi accompagni da Ores?»

«Perché?» mi chiede mentre si avvicina allo specchio per controllarsi la faccia.

«Mi sento pronta a guardare nell'oblio della mia mente. Non ricordo più mia madre, vorrei vederla. Non ho mai nemmeno visto una sua foto» gli spiego prendendo in mano le maschere e lanciandogli la sua.

«Certo. Andiamo» dice lui alzando gli occhi al cielo prima di mettersi addosso la sua maschera e precedermi.

Non appena arriviamo nella palestra, troviamo Ores impegnato a tirare fuori dal suo ufficio una scatola. Deve avermi letto nel pensiero perché si strofina le mani e si avvicina a un materasso.

«Sdraiati qui, così sarai completamente rilassata. Max,

nella scatola ci sono delle tute ignifughe, nel caso dovessimo trovare dei ricordi poco piacevoli» gli spiega Ores mentre io mi sdraio sul materasso e mi levo la maschera.

Successivamente, piego la testa verso di loro e vedo che si stanno mettendo le tute. Sono larghe e arancioni. Maximilian non riesce a chiuderla dietro a causa delle sue ali e Ores gli sistema solo il bottone sul collo per non far cadere la tuta e proteggergli il petto.

Quando si avvicinano a me dopo essersi coperti il viso con un casco, Ores si inginocchia sul materasso sopra la mia testa e mi mette le dita sulle tempie.

«Qualsiasi cosa succeda, non andare nel panico. Sono solo ricordi, non possono farti niente. Tu sei qui con me e Maximilian» mi rassicura Ores e io annuisco. «Ora chiudi gli occhi. Vuoi che Maximilian veda?»

Prima di abbassare le palpebre guardo il Principe e annuisco di nuovo. «Mi fido» dico semplicemente prima di lasciarmi nelle mani di Ores.

«Avvicinati, figliolo, abbassa la cerniera e appoggia le dita a contatto con la pelle della mia nuca, sarà più semplice per me farti vedere.»

Inizia il primo ricordo e perdo la cognizione del tempo e dello spazio.

Sono nella classe insieme a mia sorella, siamo compagne di banco come tutti i giorni e tra poco finisce la lezione. Con noi abbiamo un quaderno che dividiamo e un astuccio dove teniamo le nostre matite. Siamo tra i pochi bambini che si possono permettere di studiare, ma siamo anche le uniche che poi vanno in giro per l'isola a condividere le nostre nuove conoscenze con i bambini e i ragazzi più grandi, insieme a zio O quando ha tempo per noi.

Mi volto verso mia sorella, tenendo il viso quasi all'altezza del banco, e disegno un omino stilizzato con i capelli rosa sul quaderno. Lei per ricambiare disegna un altro omino con i capelli bruni e fa si che le braccia si incrocino per far sapere che sono due amiche. Il mio omino ha alla fine del braccio ha un piccolo quadratino, segno che ha una mano robotica più grande della mano buona.

Ridacchiando, riportiamo gli occhi sulla lavagna davanti alla quale vediamo la nostra maestra in piedi che ha appena finito di scrivere i nostri compiti per domani.

«Bene, piccoli, la nostra lezione è terminata. Se avete copiato le addizioni e le sottrazioni per domani sul vostro quaderno, potete andare e mi raccomando fate vedere i compiti ai vostri genitori!» dice la maestra mentre ci sorride e inizia a pulire la cattedra.

Velocemente ricopiamo e quando finiamo, la maestra si avvicina a noi. Sono già tutti usciti dalla classe, siamo le ultime rimaste come sempre.

«Felice sesto compleanno Everly e Evelyn. Questi sono per voi.» La donna ci sorride e ci porge due pacchi abbastanza grandi. Prendiamo un pacco ciascuno, li apriamo entrambi insieme dopo aver espresso la nostra gratitudine con un sonoro "grazie signora maestra!". Uno contiene delle matite nuove, delle schede per spiegare le addizioni e le sottrazioni e alcune per l'alfabeto.

«Ho saputo da vostro zio che andate in giro a insegnare ai bambini che non possono venire qui quello che avete imparato. Sono molto fiera di voi e devono esserlo anche vostra madre e vostro padre!» esclama la maestra accarezzando le nostre teste.

Nel secondo pacco troviamo due abiti semplici, uno rosa e uno azzurro. Non litighiamo per chi prende uno e chi l'altro, avevamo già fatto un patto: i regali li usiamo entrambe. Nulla è mio e nulla è suo. È tutto nostro.

La scena cambia. Sono nascosta, sdraiata sotto il letto della stanza dei miei genitori e mi sto coprendo il viso con le mani. Io e Evelyn stiamo giocando a nascondino, è ancora il giorno del nostro sesto compleanno e tocca a lei contare fino a sessanta.

All'improvviso, attraverso la fessura delle mie dita, vedo la porta automatica aprirsi e vedo i piedi di mia madre fasciati da delle bende leggermente sporche: lei è stata smistata come aiuto cuoca e non si possono mettere le scarpe nelle cucine.

«Non puoi, Armánd! Tu non puoi accettare di uccidere il Principe per questo complotto! Dovevo proprio scoprirlo origliando!» grida lei, fermandosi di scatto davanti al letto per voltarsi verso mio padre che è comparso sulla porta subito dopo. A differenza di mia madre, lui ha il passo tranquillo.

«Per cambiare le cose dobbiamo agire» le dice lentamente, scandendo parola per parola.

«Devi ricordarti gli ideali di tuo padre! Gli ideali dell'organizzazione! Uccidere è contro tutto ciò in cui crediamo!» esclama mia madre, sempre con un tono di voce alto ma, questa volta, sento che lo sta supplicando. «Non uccidere il Principe. Lui non ti darà nessuna ricompensa per la vita di quel ragazzo! Per l'amor di Dio, Armánd, il Principe è solo un ragazzo!»

«Non ha alcuna importanza, Evangeline!» la voce di mio padre si alza e vedo i suoi piedi avvicinarsi a quelli di mia madre.

«Io me ne vado! Non posso restare qui a sentirti parlare di morte! Pensa alla Regina! Ha sempre cercato di abolire la schiavitù, offre le sue ricchezze per gli schiavi, ci aiuta e tu... vuoi uccidere suo figlio!»

Mi tappo la bocca per evitare di fare rumore anche con il solo respiro. Ho paura. Stanno litigando con troppa ferocia.

«Te lo impediranno, Armánd!» esclama la mamma, oltrepassando il marito per raggiungere la porta.

«Non puoi dirlo a nessuno!» urla lui, fermandola.

«Lasciami il braccio, Armánd!» si dimena mia madre, cercando di liberarsi dalla stretta che la blocca.

«Ti amo ma non posso permetterti di immischiarti» dice lui. Poi uno sparo.

All'improvviso mi ritrovo con la faccia della mia mamma a pochi centimetri dal viso. I suoi occhi marroni sono spalancati, sembra che mi stiano guardando; boccheggia per qualche secondo, vuole dirmi qualcosa, ma dalle sue labbra schiuse scende un filo di liquido rosso e denso. Non riesco a urlare. Sono come immobile, di pietra, finché non sento la mano buona umida e bagnata. Alzo le dita ai miei occhi e noto che il suo sangue le aveva tinte. Urlo.

«Mamma! MAMMA!»

«Everly! Ehi sei qui! Tranquilla!» sento le braccia del mio padrino stringermi per cercare di bloccarmi. Mi libero dalla sua stretta e vomito sul pavimento quel poco che avevo mangiato e anche dell'acidità. I ricordi sono riaffiorati e fanno male.

Quale coraggio ha avuto mio padre per uccidere mia madre? Perché l'aveva fatto dicendole per l'ultima volta "ti amo"?

Tengo le palpebre chiuse, mi rimetto sdraiata sul materasso e libero il mio fuoco, trattenuto per troppo tempo, cercando di bruciare qualsiasi cosa attorno a me finché non sento l'ossigeno mancare. A quel punto apro gli occhi e noto che Maximilian ha creato il suo scudo e mi ha circondata con le sue gigantesche ali: ha temuto di morire?

«Bastardo!» gli grido addosso e gli tiro un pugno sul petto. «Mia madre è morta per proteggerti! Sei un viscido nobile di merda! Sono cresciuta senza una madre per colpa tua!» urlo, preda delle mie stesse emozioni. Maximilian non si lascia smuovere. È fermo e immobile mentre continuo a piangere il mio dolore e a tirargli una scarica di pugni e sfere di fuoco. Ormai mi sto sfinendo, sento l'ossigeno mancare sempre di più, bruciato dalle mie stesse fiamme. Continuo fin quando non riesco più a produrre nemmeno una singola scintilla e lo colpisco solo con i pugni ben serrati.

«Everly» sussurra Maximilian non appena crollo, esausta. «Non lo sapevo, mi dispiace.»

Quando alzo lo sguardo verso il suo noto che ha gli occhi rossi e sta trattenendo le lacrime.

«È lei» singhiozzo, lasciando scorrere le lacrime. «La donna della foto, la donna che ricordi con tanto amore... è mia madre» gli dico e gli tiro un altro pugno, finché non tossisco.

«Mi dispiace, davvero. Non sapevo che...» inizia a dire lui ma io lo blocco subito, guardandolo con disprezzo e parlando con tutta la mia agonia e rabbia.

«Ovvio, tu sei un Principe! Non sai nulla di come si vive da schiavo! Hai vissuto in un castello con tutte le ricchezze ai tuoi piedi! E risparmiami i tuoi problemi con tuo padre, il Re! Hai sempre avuto tutto quello che desideravi mentre io volevo solo la mia famiglia! E tu, solo con il fatto di esistere, mi hai negato l'unica felicità che potevo avere!» grido ancora, continuando a piangere, ma non mi è rimasta molta forza per picchiarlo e il suo corpo mi sta pesando troppo.

Non appena nota che mi sono calmata leggermente, si alza da me e mi lascia respirare.

«Everly, non è stata colpa sua» mi dice Ores con voce rauca mentre mi metto a sedere sul materasso e mi copro gli occhi con le mani per cercare di bloccare le lacrime. Non ho mai pianto, nemmeno quando agli addestramenti nel centro dell'organizzazione le prendevo di santa ragione perché Dymitri era più forte di me. Perché il dolore adesso è così forte?

«Certo. Lui è il Principe! Ha vissuto i primi sei anni nell'isola, curato da mia madre e mio padre, che sicuramente non gli hanno fatto mancare nulla, mentre io sono cresciuta senza nemmeno riconoscere mia madre in questa cazzo di fotografia!» sbotto io, tirandola fuori dalla tasca dei miei pantaloni prima di sbatterla di fianco a me sul materasso.

«Everly, mi dispiace davvero» dice Maximilian e io lo guardo. Sembra perso. Ci teneva anche lui a mia madre.

«Già, anche a me dispiace» rispondo cercando di asciugarmi le lacrime con il dorso delle mani, incapace di dire altro. Non è stata colpa sua se mia madre è stata uccisa. Non avrei dovuto urlargli addosso quelle cattiverie.

CAPITOLO 13

VILMIX E PROMESSE

Everly

Sono ancora seduta sul materasso con gli occhi gonfi. Ores è andato a prendere uno straccio per pulire il mio vomito mentre Maximilian si è allontanato un attimo per togliersi la tuta.

Le lacrime continuano a rigarmi le guance. Sento ancora la vicinanza del viso di mia madre e il ricordo dell'odore metallico e soffocante del suo sangue. Riprendo a singhiozzare: avevo solo sei anni. Gli altri ricordi di lei non riaffiorano, lasciandomi annegare nella tristezza di quell'unica reminiscenza.

Era così bella: i suoi lineamenti erano dolci nonostante le guance leggermente scavate, e il taglio elegante dei suoi grandi occhi marroni era senz'altro la cosa più affascinante del suo viso.

Non era nemmeno morta con un po' di pace: il suo cuore doveva essere pieno di angoscia durante i suoi ultimi battiti, la sua mente piena di pensieri rivolti a me e mia sorella, e anche per il Principe.

«Ehi.»

Maximilian attira la mia attenzione e io alzo lo sguardo verso di lui: il suo petto è arrossato e sudato, ha un livido in formazione sotto il pettorale destro e un rossore più evidente sulla parte bassa del collo. In mano ha un bicchiere d'acqua che mi sta porgendo. Ora mi sento davvero in colpa per quello che gli ho fatto, ci sono andata veramente troppo pesante.

«Grazie» sussurro, asciugandomi le lacrime usando la maglietta, prima di accettare il bicchiere e bere un grande sorso.

Lui si siede di fianco a me, emettendo un flebile gemito di dolore, e tira fuori dalla tasca dei pantaloni la foto che doveva avermi sottratto per non rischiare di perderla per sempre durante i miei attimi di pura rabbia e follia.

«Everly, mi dispiace davvero tanto» inizia a dire lui evitando di guardarmi, come se fosse imbarazzato dalla situazione. So solo che entrambi stiamo guardando il sorriso di mia madre e i suoi occhi pieni di vita.

«Non volevo gridarti addosso quelle cose. Non ero in me» mi scuso io, inspirando a fondo ed espirando per cercare di bloccare il pianto.

«Non ti scusare, non ne hai bisogno. Ero solo al posto sbagliato nel momento sbagliato. Ti capisco» mi giustifica lui e io mi giro per guardarlo. Nello stesso istante anche Maximilian volta il viso verso di me e accenna a un sorriso. «Grazie per avermi permesso di vedere» sussurra quasi volesse farsi sentire solo da me.

È così cambiato, così comprensivo, che mi spaventa. È possibile che una persona cambi così velocemente?

«Ma cos'è successo al Maximilian che mi chiamava bimba?» gli chiedo sarcastica mentre bevo un altro sorso d'acqua. Lo sento ridacchiare e un po' mi tira su il morale. Porto gli occhi sul suo viso e vedo che sta guardando davanti a sé.

«Non se n'è mai andato, l'ho solo messo da parte per questo periodo» mi risponde ghignando subito dopo.

«Quindi un giorno ritornerà?»

«Solo se ci sarà bisogno di lui.»

In quell'istante vediamo Ores ritornare con uno straccio e una scopa in una mano, mentre l'altra la usa per massaggiarsi la fronte. Sembra avere ancora mal di testa. Ogni volta che lo vedo si sta massaggiando le tempie. Si avvicina al mio vomito, ci butta sopra lo straccio e usa la scopa per muoverlo.

«Everly, alza il piede» mi ordina e io mi metto con le gambe incrociate sul materasso.

«Immagino voi sappiate ciò che dobbiamo fare da adesso in poi» dice Ores. Io e Maximilian ci guardiamo per un secondo prima di portare i nostri occhi sul mio padrino.

«Dobbiamo capire perché e se è davvero il Re a volerti morto da così tanto tempo da assoldare Armànd» riprende Ores sedendosi sulla panca davanti a noi, tenendosi su con la scopa. «Dobbiamo anche scoprire cosa c'è dentro il Progetto Alpha e di cosa si tratta. Uno dei due ci condurrà alle nostre risposte.»

«Secondo te posso chiedere aiuto al mio gemello?» domanda all'improvviso Maximilian con un tono speranzoso.

«Se dovesse tradirti, non avremo altra scelta se non ucciderlo, lo sai vero?» gli ricordo io, facendo schioccare la lingua sul palato.

«Ores, non conosci qualcuno che può aiutarci. Noi siamo solo in tre» continua a dire lui ignorandomi.

«La situazione è questa: tuo padre ti vuole morto sin da

quando eri un bambino, probabilmente per il fatto che sei nato con una mutazione fin troppo visibile. Non sembrano esserci altri motivi visto che sei arrivato per secondo e il trono spettava comunque a Nikolai. Poi, per volere della Regina, vieni spedito sull'isola degli schiavi per essere difeso dal re, e posto sotto la protezione di Armánd e sua moglie. Quando ritorni nel regno nascono Everly e Evelyn, quindi Armánd ha altro per la testa, ma succede che Evangeline scopre il piano per ucciderti e lei viene uccisa quando io ormai sono stato mandato nel regno. Per molti anni non si viene a sapere nient'altro finché stranamente il Re ti obbliga ad avere uno schiavo dopo aver saputo della decisione di Nikolai di rinunciare al trono, e viene mandata proprio l'infiltrata con la missione di ucciderti. Puntualmente questa infiltrata non ha informazioni riguardo al regno e gli altri infiltrati non sanno quello che sta succedendo perché, ovviamente, se sapessero che questa infiltrata va contro gli ideali dell'organizzazione scoppierebbe il putiferio. Poi salta fuori che tu non puoi accedere all'area Progetto Alpha per ordine del Re» riepiloga Ores e io mi sento ancor di più usata. Mio padre, l'uomo che ho idolatrato per moltissimi anni, non è altro che un lurido verme.

Maximilian sospira. Almeno lui sa che tra lui e suo padre non scorre buon sangue.

«Mio padre mi vuole morto. Nikolai non può diventare Re e non avendo io eredi ne tantomeno parenti lontani, la corona può passare solo a qualcuno eletto dal popolo» ci ricorda lui e quando vedo Ores annuire e puntargli il dito addosso, capisco che ha centrato nel segno.

«E chi potrebbe mai essere se non la persona che ha scoperto chi ha ucciso il loro futuro Re? E tutto questo ci porta a un'altra conclusione: il Re sa dell'organizzazione e sa che Everly non è chi dice di essere. Il Re sa tutto» continua a supporre Ores. L'assassina del futuro Re dovrei essere io? Quindi per questo mio padre vuole che io ritorni subito nell'isola? Cosicché tutti potessero dubitare di me anche se fossi stata eletta Primis o Elite, anche se fossi stata nominata Nobile. Sarei stata comunque io l'assassina.

«Ma perché portare Armánd al trono?» chiede ancora Maximilian. Infatti, non ha molto senso portare il Generale dell'organizzazione al trono.

«Forse non vogliono portare lui al trono. Forse c'è un'altra spiegazione» dice Ores.

Io non reggo oltre e mi alzo.

Tutti quei complotti, tutti quei segreti...

Sento che mi sta per scoppiare la testa: tutte le mie certezze si stanno disintegrando, tutto ciò in cui credo sembra essere sbagliato. A questo punto non mi stupirei nemmeno se mi venissero a dire che sono stata adottata e che la mia gemella Evelyn mi assomiglia per puro e strano caso.

«Voglio stare tranquilla, scusatemi» mormoro a denti stretti e mi alzo per allontanarmi da loro. Cammino velocemente verso la porta automatica per salire di nuovo nella camera, rinchiudermi in bagno e restare lì finché non mi sarò ripresa. È un buon piano.

«Everly» mi chiama Ores, ma io non mi giro. «Seguila» lo sento dire e in pochi secondi vedo la mia ombra coperta da quella di Maximilian e delle sue ali.

«So cavarmela da sola, non ho bisogno di una balia» dico e premo il pulsante per aprire la porta.

«Però hai bisogno di qualcuno che ti aiuti a sfogarti» ribatte lui afferrandomi il gomito. Mi giro per guardarlo.

«Non ho bisogno di sfogarmi» rispondo io dimenando il braccio per liberarmi dalla sua presa.

Lui scoppia ridere ma sento che è una risata falsa, tanto

che alza e abbassa le spalle in un modo strano e mette una mano sul ventre.

«Dillo alle mie costole» sputa secco lui e io alzo gli occhi al cielo, irritata. Subito dopo lo sento allontanarsi per afferrare le nostre maschere.

«Ores, noi ce ne andiamo. Ne abbiamo avuto tutti abbastanza per oggi» comunica a Ores e quest'ultimo annuisce.

«Mi raccomando, state attenti. Io cercherò un rifugio, in caso le cose dovessero peggiorare» dice lui prima di prendere lo straccio da terra e camminare a passi svelti verso il bagno.

«Grazie» dico mentre mi metto la maschera non appena Maximilian me la passa.

«Vuoi andare a bere?» mi chiede mentre si sistema la sua.

«E ridurmi come uno straccio come fai te? No, grazie» sentenzio io, avviandomi lungo lo stretto corridoio, seguita da lui.

«Non abbiamo nulla da fare ora. Tu devi svuotare la mente per un po' e io ho voglia di bere. Andiamo al Covo, compriamo due bottiglie di Vilmix e ritorniamo nella camera così evitiamo di farci sgridare dal tuo padrino» propone Maximilian.

«Tu non hai compiti come apprendere come governare, farti vedere dal popolo, organizzare balli?» gli chiedo mentre entro nell'ascensore e premo il pulsante della torre magna.

«No. È un altro motivo per dubitare del Re, no? Non insegnare al futuro Re come governare è molto strano» rimbecca lui incrociando le braccia.

Non può averla vinta davvero.

«Ci sono altre cose che posso bere oltre al Vilmix?» sospiro mentre gli faccio quella domanda. Anche se non riesco a vedergli il volto, dagli occhi capisco che è felice.

«Nah, tutto il resto sembra acqua di fogna radioattiva. Fidati, il Vilmix è il più buono» dice lui.

«Come vuoi» rispondo e non appena arriviamo nella sua camera, prontamente mi prende per la vita, mi stringe a sé e si catapulta fuori dalla porta finestra.

Guardo in basso e vedo le persone fare i propri lavori in tranquillità e pace. Nessuno sembra essere turbato, nemmeno gli schiavi sembrano vivere male tra i nobili. È l'isola degli schiavi che muore, giorno dopo giorno, nella miseria e nella povertà.

Non appena arriviamo sul tetto dell'edificio che porta al Covo, lascio che sia lui ad andare per primo. Non mi piace questo posto l'ultima volta non è stata una bella esperienza.

È proprio come lo ricordavo: illuminato da luci al neon di tutti i colori, annebbiato da fumi profumati che mi irritano l'olfatto e piena di mutazioni che puntualmente fissano Maximilian nelle vesti di Angelus Hive e me nei panni di Phyreis, la sua prima schiava.

«Guarda guarda, Angelus è ritornato con la sua schiava» sento il barman dire dietro al bancone. Lo guardo: è alto e magrissimo; indossa una maglietta bianca che sembra essere larghissima su di lui e un papillon nero al collo. Sembra soffrire di anoressia con le sue guance scavate e i suoi polsi piccoli, ma lo dubito profondamente: deve essere nel suo DNA come mutante.

«Dammi due bottiglie di Vilmix, sono di fretta Arç» gli ordina Angelus e lui si abbassa subito per tirare fuori di bottiglie da un litro ciascuno per poi metterle sul bancone. Sono trasparenti, come normali bottiglie d'acqua. Non sembrano male.

«Ecco qui, e la tua schiava cosa vuole? Magari qualcosa da mandare giù fatto apposta da me, prendere o lasciare» si rivolge a me mentre si avvicina e si appoggia con l'avambraccio sul bancone.

All'improvviso vedo la mano di Angelus posarsi tra noi due, come a mettere un muro, facendo un rumore assordante e per un momento temo di vedere sotto la sua mano la forma del suo pugno sul bancone.

«No, ma io posso farti sputare i denti. Prendere o lasciare» ringhia lui guardandolo minaccioso. Arç alza le mani, in segno di resa.

«Ok, angioletto, ho capito, sono ventidue Syl» dice lui. Angelus afferra le due bottiglie con una mano e prende il mio braccio con l'altra.

«Mettili sul mio conto» gli ordina mentre velocemente usciamo dal covo. Quando siamo nell'ascensore, si uniscono alla salita altre due mutazioni, due ragazze semi vestite, entrambe con le orecchie e la coda da gatto siberiano.

«Ehi, Angelus, vieni alla grotta con noi? C'è una festa» chiede languidamente una mentre io le guardo entrambe per esaminarle: sono solamente le figlie di un nobile, con un ricco patrimonio che comprende una grotta alla costa occidentale del regno. Sgualdrine.

Maximilian non risponde e quando arrivano al piano terra e scendono dall'ascensore, senza farmi notare, accendo due piccole fiamme sulle punte dei miei indici e le lancio sulle loro code. Quando le porte si chiudono, sentirle gridare è musica per le mie orecchie, così come la risata di Maximilian.

Quando raggiungiamo il tetto, mi dà entrambe le bottiglie da tenere e mi prende per la vita. Guardo l'etichetta di una bottiglia e leggo gli ingredienti: acqua, mash di cereali e frutti diversi e un alto tasso di etanolo.

Nel momento in cui Maximilian atterra nella camera, gli passo una bottiglia e stappo la mia.

È quasi inodore ed è strano visto che è presente un tasso di etanolo altissimo. Il colore non è il più invitante. Quando guardo dentro vedo che il liquido è viola con sfumature tendenti al verde e al nero.

«Manda giù» mi dice lui prima di togliersi la maschera, bere un sorso velocemente e sedersi sul letto.

«Dio mio» mormoro poi bevo un sorso. Giusto un goccio di quel liquido basta per mandarmi a fuoco la gola. Tossisco violentemente ma non mi fermo. Funziona, mi sento quasi meglio di prima e sul palato il Vilmix lascia un retrogusto dolce-amaro che mi piace.

«Non frignare e manda giù» mi riprende Maximilian e io lo assecondo. Bevo ancora, ignorando la mia gola che mi supplica pietà, e mi siedo dall'altra parte del letto.

Non appena svuoto a metà la bottiglia, mi levo le scarpe e mi sdraio. Sento l'alcol entrare in circolo velocemente e la mia testa inizia a girare un po'.

Vedo Maximilian unirsi a me e sdraiarsi, portandosi una mano sulla nuca. Alzo la schiena per permettergli di allargare l'ala sotto di me. Mi adagio su di essa, tenendo gli occhi su di lui per capire se gli dia fastidio. Non dice nulla.

"Vorrei solo avvicinarmi a mia madre. Dirle che va tutto bene e che può riposare in pace. Mi prendo cura io di Evelyn. Lei si è presa cura di me", penso e bevo un altro sorso. Non sento più la gola bruciare, anzi, ora sentire quel liquido scendere è piacevole.

Cosa farò ora? Dovrò andare a prendere Evelyn. Devo portarla qui, solo vicino a me saprò che è al sicuro. Ho bisogno di trovare un modo per prenderla e toglierla dalle grinfie di mio padre. Mi volto verso Maximilian, iniziando a tramare un piano.

«Everly...» mi chiama lui, precedendomi. «Mi fai vedere la mano robotica?» mi chiede, girando il viso verso di me. Porto la bottiglia nella mano buona e allungo quella robotica verso lui.

«Come funziona?» mi domanda toccando le dita e muovendole un po'. Non mi dà fastidio, sono abituata a mostrarla a tutti, come se fosse un'eccezione o, come la chiamavano i popoli dell'era prebellica, un fenomeno da baraccone.

«Non lo so, ce l'ho da sempre» gli rivelo, sincera.

«Non ti ha mai dato fastidio?» mi chiede e io scuoto la testa.

«No, anzi mi aiuta a fare molto» ribatto bevendo velocemente il Vilmix a grandi sorsi.

«Everly, si beve a bicchierini quella roba, non a bottiglie» mi avverte Maximilian ma non lo ascolto.

«Mi interessa veramente molto poco ora e a me sembra che tu non abbia usato bicchierini» gli dico a un sorso dalla fine. Lo vedo appoggiare la sua bottiglia vuota sul comodino e allungare la mano per prendere la mia. Sospiro lasciando l'ultimo sorso dov'è e passo la bottiglia a lui che la posa vicino alla sua.

«Devo chiederti una cosa. Mi è venuto in mente ora ma ci pensavo già da un po' di tempo» inizio a dire mentre lo guardo. Quando si volta verso di me la sua vistosa cicatrice non mi fa più paura. Annuisce con la testa per darmi il via libera di parlare.

«Ho promesso alla mia gemella che non appena sarà tutto finito, lei vivrà come una principessa, o come una regina, e che sarà per sempre felice» mormoro a voce bassa attivando con il pensiero il congegno che mima lo scudo di

Ores.

«Le hai fatto una grande promessa» mi risponde lui, sogghignando, ma non mi lascio influenzare e continuo.

«E siccome è l'unica persona che è rimasta della mia famiglia non posso deluderla» dico con fermezza nonostante il cervello sembri voler scoppiare nel mio cranio. «Quando sarai Re, promettimi che prenderai Evelyn come tua Regina. È l'unico favore che potrei mai chiederti.»

Maximilian scuote la testa e distoglie lo sguardo da di me, ritornando a guardare il soffitto. Forse è veramente troppo chiedergli quel favore ma so che se desse una possibilità a Evelyn potrebbero essere felici insieme.

«Non posso farlo» sibila prima di tossire. Il Vilmix sta prendendo anche lui.

«Perché no?» gli chiedo e giro la testa per guardarlo.

«Perché non voglio nessun matrimonio combinato e perché non so se potrò mai amarla» mi spiega lui facendo schioccare la lingua sul palato prima di strizzare le palpebre.

Non posso lasciar perdere così. Inspiro profondamente e cerco di tirar fuori il mio lato persuasivo.

«Puoi prenderla come tua seconda schiava e portarla qui. Potrete conoscervi e stai tranquillo, lei non è me: Evelyn è dolce, gentile, femminile, elegante, bellissima...»

Non mi lascia finire di parlare che lo sento mormorare:

«Già, non è te.»

«Cosa?» gli chiedo, per fargli ripetere quel che aveva appena detto. Quando lo guardo in viso sembra ripensare alle sue parole ma le afferma solamente.

«Niente... io... ho solo detto quello che stavi dicendo. Lei non è te» ripete e io sospiro. Ovvio che Evelyn non è me. Lei è decisamente migliore.

«Fammi questo favore. Ho già giurato di morire per te»

gli ricordo ma, invece di convincerlo, lo accendo.

«Pensi davvero che lascerei morire un mio suddito così, come se nulla fosse, solo perché deve proteggere me?» sbotta, guardandomi con la fronte corrugata. Scuoto la testa e cerco di parlare con calma.

«Quando le cose si complicheranno, se si complicheranno, centinaia dei tuoi sudditi moriranno per te, Maximilian. Centinaia, forse migliaia, solo perché sei il loro Re» gli spiego prima di riportare la mia gemella al centro del discorso. «È il mio unico desiderio. Evelyn potrà renderti felice, lei rende tutti felici. Potrebbe darti un erede, o più eredi.»

«E che mi dici di te?» mi chiede Maximilian, bloccandomi ancora. «Cosa vuoi come ricompensa per la tua fedeltà? E non rispondermi con "Rendi mia sorella la regina" perché non lo conto.»

«Per me? La foto» gli rispondo pronta.

«La foto?»

«Sì, quella con mia madre» specifico io. Lui sorride e scuote la testa. Non l'ho ancora convinto.

«È già tua se vuoi. Everly, voglio un vero desiderio» dice mentre ridacchia.

«È già troppo. Ora mi toccherà saldare il mio debito» dico unendomi alle sue risatine. Ma cosa sto combinando?

«Non hai nessun debito.»

«Maximilian, la foto è il tuo unico ricordo di mia madre» gli ricordo ma lui scuote la mano, in segno di dissenso.

«No, non ho bisogno di quella foto per ricordarla. Ti prego, solo un desiderio tutto per te» mi supplica e io ridacchio ancora.

«Perché tutto a un tratto vuoi farmi esaudire un desiderio come un genio nella lampada?» gli chiedo sorpresa quanto divertita.

«Perché sono in debito con te per la tua lealtà, fedeltà, e obbedienza.»

«Va bene. Però non lo esprimerò ora. Terrò questo desiderio per quando mi servirà davvero.»

«Fino ad allora il nostro conto non è saldato» sentenzia lui tendendomi la mano. La stringo per suggellare il nostro patto. Quanto per Evelyn, Maximilian si ricrederà al più presto.

«D'accordo» sussurro mente gli lascio andare la mano.

Il tempo sembra fermarsi quando, lentamente, Maximilian si avvicina di più al mio corpo fino a circondarmi completamente con le sue ali, come in un abbraccio. Sento il suo pollice abbassarmi il labbro inferiore e una parte di me, forse quella meno razionale e più impulsiva, mi sta gridando di lasciarlo fare; l'altra parte, quella saggia e decisa, la stessa che mi ha suggerito di combinare il matrimonio della mia gemella, mi sta ordinando di allontanarmi. Per ora sto ascoltando la prima. Dopo avere lasciato il mio labbro, infila la sua mano sotto la mia maglietta per accarezzarmi il ventre e io... sono completamente attratta da lui. Dischiudo le labbra, guidata dall'ebrezza e dal momento, pronta a intersecare la mia bocca con la sua ma quando siamo a pochi millimetri di distanza, inebriata e stordita dal odore di Vilmix mischiato con il suo respiro, sento la porta della camera aprirsi e io mi allontano allarmata.

CAPITOLO 14

ANIME ECCELSE

Everly

Scivolo fuori dalle ali di Maximilian in poco tempo e mi metto in piedi vicino al letto, appoggiando una mano al muro per riprendere l'equilibrio. Sento che potrei vomitare l'anima a causa del Vilmix, ma trattengo tutto dentro.

Quando la porta si apre completamente vedo la figura di Nikolai vestito in modo elegante e dietro di lui noto un viso familiare, che riconoscerei a metri di distanza. La stessa faccia dell'unico schiavo capace di tenermi testa: Dymitri.

«Ehi, Max, sono venuto a presentarti il mio nuovo schiavo!» esclama Nikolai, entrando seguito dal gigante bastardo che sta ghignando, visibilmente divertito.

Mi aveva presa in giro sull'isola degli schiavi, quando aveva saputo del dettaglio della mia missione, affermando che avrei dovuto scoparmi il Principe, con conseguente pugno sul suo muso che gli aveva spaccato il setto nasale. Ora deve essere veramente felice di avermi beccata sdraiata sul letto insieme a lui quando avevo espresso chiaramente la mia volontà di uccidere il Principe senza diventare la sua puttana personale. La domanda che mi ronza in testa adesso è "Che diavolo ci fa qui?"

Indossa una maglietta nera senza maniche e dei pantaloni rovinati tenuti su con una corda come da protocollo. Deve essere arrivato da poco. I suoi occhi li odio anche di più ora che li rivedo. Ma non li detesto più del resto della sua faccia, che vorrei tanto spaccargli.

«È arrivato oggi, giusto poco fa. L'ho chiamato Gabor» continua Nikolai sorridendo e facendo entrare Dymitri, ribattezzato Gabor, nella stanza.

Sento Maximilian che si alza e stende le ali nella loro massima apertura, quasi a voler impressionare il nuovo arrivato.

Il mio sguardo non si stacca dal bruto che ora vorrei pestare a sangue, così come i suoi occhi rimangono puntati su di me.

«Sai cosa cazzo significa bussare?» sputa Maximilian, avvicinandosi a noi. Con la coda dell'occhio noto che si è messo al mio fianco. Un secondo più tardi il suo braccio è già attorno alla mia vita. Voglio spingerlo via, ma davanti a Nikolai non posso. Che diamine gli prende? Pensavo avessimo trovato un compromesso, ma a quanto pare non è così.

Il gemello di Max ci guarda e sorride, quasi sorpreso. Qualcosa nel suo fare mi rende stranamente scettica: Nikolai non sembra chi dice di essere.

«Non sapevo che ti scopassi la tua schiava» ribatte lui.

«Non sono affari che ti riguardano» sbotta Maximilian, spingendomi dietro di lui.

«Sì, beh, Max posso parlarti un momento? Gabor resta qui con la ragazza» ordina Nikolai e, prima che l'altro potesse anche solo controbattere, esce dalla stanza, costringendo Maximilian a seguirlo e lasciarmi sola con il nuovo arrivato.

«Dymitri.»

Mi sposto lentamente a sinistra, così fa anche lui, come facevamo al centro dell'organizzazione quando organizzavano i combattimenti e noi, per puro spettacolo, eravamo la prima coppia a dover lottare.

Con la mente aziono il congegno al mio orecchio e chiamo Ores.

«Everly. Vedo che sta procedendo meravigliosamente la tua missione. È bravo a scopare?» mi provoca lui. Tengo i denti serrati e stringo i pugni. Il suo ghigno mi irrita più di quanto dovrebbe.

«A te non interessa» dico accennando un sorriso malizioso, cercando di fare il suo gioco.

«E invece sì, dato che è la prima volta che vedo la temibile Everly, che mi ha spaccato il naso, a letto con qualcuno. È stato gentile o forse ti ha presa come fa con le sgualdrine? Io scommetto sulla seconda» sputa lui ridacchiando e scricchiolando le nocche.

Inspiro a fondo e mi trattengo dal gettarmi su di lui e staccargli la testa: non è il momento di farlo fuori, più avanti potrebbe anche servirmi vivo.

«Lavati la bocca con l'acido prima di parlare di me» ringhio, avvicinandomi a lui minacciosa.

«Cosa vedo nel tuo sguardo? Emozioni?» Dymitri continua a sorridere. Lo odio. «Vedi di chiarirti bene le idee, soldato. Sei qui per uccidere il Principe» dice affrontandomi a muso duro.

«E tu perché sei qui?» gli chiedo.

«Per accertarmi che muoia entro la fine di quest'anno»

risponde incrociando le braccia al petto.

L'unica fine di cui voglio sentire parlare è la sua, magari senza i suoi arti.

«Mancano tre mesi. Non posso diventare una Nobile in così poco tempo. Dubiterebbero tutti di me» gli ricordo io ma lui sembra non voler sentir ragioni.

«E invece trova il modo di farlo» sbotta, afferrandomi il braccio. «Altrimenti la missione passerà nelle mie mani e tu non farai più ritorno nell'isola degli schiavi, mentre Maximilian riceverà un biglietto di sola andata per il cimitero.»

«Di punto in bianco ti mandano a controllarmi» inizio a dire io. «C'è qualcosa che forse dovrei sapere, Dymitri?»

«Nulla, soldato. Tutto ciò che devi sapere ti è già stato riferito.»

«No invece. Dimmi, soldato, cosa succederà non appena ucciderò il Principe?»

«È ovvio, ci sarà una rivoluzione.»

Sembra essere sicuro di quello che accadrà, ma è soltanto la sua voce a ingannarmi per una frazione di secondo. I suoi occhi non riescono a celare la verità.

«Tu menti» sussurro.

«Invece, mia cara puttana da quattro soldi, qui a mentire non sono io. È meglio che tu scopra chi o cosa realmente è il Principe perché di sicuro non dice la verità.»

«Viscido bastardo!» esclamo, liberando il braccio e ruotando su me stessa per cercare di colpirlo con il gomito sul collo, ma i suoi riflessi sono superiori ai miei ora che sono anche influenzata dal Vilmix. Mi blocca il polso e mi fa cadere a terra, colpendomi i polpacci con un calcio. Gemo per il dolore accasciandomi sul pavimento, ma, prima che possa rendermene conto, lui mi ha già tirata e girata a pancia in su.

«Ehi, non è educato picchiare uno schiavo come te. Bi-

sogna aiutarsi in un mondo come questo» dice sarcasticamente, tenendomi inchiodata a terra con il suo corpo. Mi
maledico anche solo per aver provato a picchiarlo. «Non ri-
bellarti, Everly, e fa quello che ti è stato ordinato. Oppure
decidi di morire adesso e per mano mia. Tu sai benissimo
che contro di me nessuno sopravvive.»

«Oh sì, so bene che sei un assassino» dico e quando si
avvicina fino a essere a pochi millimetri dal mio viso, la
mia voglia di ucciderlo aumenta .

«Tempo fa pensavo che tu fossi una moglie perfetta.
Bella, scaltra, intelligente, violenta ma il fatto è...» inizia a
dire lui e solo pensare di essere stata per un periodo al centro delle sue fantasie mi nausea. «Tu non sei molto diversa
da me» mi bisbiglia all'orecchio, ricordandomi di essere
un'assassina, per giunta un'infiltrata con il sangue freddo.
Come tutti quelli della nuova generazione.

Quando sentiamo le porte aprirsi, Dymitri mi libera
dal suo peso e mi tira per il braccio per farmi alzare velocemente. Maximilian apre la porta fino a sbatterla contro il
muro. Deve essere parecchio incazzato.

«Ehi, Gabor, andiamo. Lasciamo questi due soli a continuare quello che stavano facendo» gli ordina Nikolai, facendo cenno di seguirlo. Quando i due sono spariti, mi avvicino alla porta per chiuderla prima di guardare Maximilian. La sue ali sono abbassate, ma i suoi muscoli sono tutti
tesi fino allo spasimo. Sta incanalando la rabbia.

Ripenso alle parole di quel bastardo di Dymitri: c'è
qualcosa che l'organizzazione non vuole svelarmi.

«Dobbiamo stare attenti, Max. Hanno mandato quell'infiltrato per controllare che io eseguissi gli ordini. Se entro
la fine dell'anno non sarai morto, ci penserà lui» inizio a
dirgli mentre mi avvicino.

Quando si volta verso di me, il suo viso mi spaventa: è come mutato in un mostro; i suoi occhi sono di un giallo molto acceso, il suo ringhio lascia intravedere due canini affilati, le vene sul suo collo pulsano. È terrificante.

Ma di cosa diavolo hanno parlato lui e Nikolai?

«Non riuscirà a uccidermi, bimba» replica a denti stretti facendo sembrare la sua voce simile a un suono gutturale, chiamandomi con quel nomignolo che non mi mancava affatto.

«Devo andare da Ores» dico afferrando le scarpe per infilarmele e mi giro per andare fuori dalla camera. In un secondo, però, mi ritrovo a sbattere contro il muro dall'aria provocata da Maximilian con le sue ali. Fortunatamente riesco a proteggermi il viso con gli avambracci. Che diavolo gli prende adesso?

«Invece noi prima dobbiamo parlare» ringhia ancora e si avvicina a me con passi lenti.

«Di cosa?» gli chiedo io mentre mi rimetto in piedi. Questo suo umore altalenante inizia a darmi fastidio, neanche fosse una donna isterica.

«Del fatto che Nikolai mi ha appena avvisato di stare attento a un ribelle all'interno del castello» mi rivela lui e allora ne sono certa: Nikolai non è chi dice di essere.

«Deve essere stato Gabor. Gli avrà sicuramente fatto intendere qualcosa su di me...» inizio a dire ma vengo bloccata dalla porta che vicino a me si apre.

Ores entra dentro prima di chiudersi la porta alle spalle e appoggiarsi alle ginocchia per riprendere fiato.

"Everly ho sentito tutto", mi comunica con il pensiero Ores. "Non posso parlarne con Maximilian presente. Nel database troverai nuove informazioni su di lui", mi spiega e allora guardo Maximilian. Oltre alla sfilza di dati su di lui, trovo una nuova cartella chiamata Accusa. All'interno ci trovo altre cartelle e un file.

Area 3. Seizione Patologie. Accusa di disturbo della personalità borderline. Non accertato. Probabilità del 98%. File 1; File 2; File 3; File 4...

Area 4. Sezione Paranormale. Cacciatore. Tramite. Presenza Anima Eccelsa. Non accertato. Probabilità del 98%. File 1; File 2; File 3; File 4; File Progetto Alpha...

"Che cosa significa?" penso, in modo da farmi sentire solo da Ores.

«Te lo spiegherò quando saremo in un posto sicuro. Ora che hanno mandato qui Dymitri non lo siamo più. Dobbiamo andarcene via dal castello il prima possibile. Ma prima devi entrare nel Progetto Alpha» mi comunica ancora Ores, riportandosi in posizione eretta.

«Mi dite che cosa sta succedendo?» urla Maximilian.

«Maximilian, qualsiasi cosa accada, devi restare calmo» inizia a dirgli Ores guardando oltre di lui. Quando seguo il suo sguardo vedo delle mutazioni entrare dalla porta finestra. Allora li riconosco: sono l'uomo e la donna che mi hanno accompagnata lungo il corridoio del Colosseum. Infiltrati.

«Non sto calmo se nessuno di voi due pezzi di merda non mi dice che cazzo sta succedendo!» continua a urlare il Principe, allora Ores gli tira un pugno sulla guancia, facendogli voltare la testa di lato.

«Dobbiamo fare una cosa molto pericolosa ora, hai capito Max? Devi rimanere calmo e con il sangue freddo. Dobbiamo entrare nel Progetto Alpha e scoprire cosa sta succedendo lì dentro e sicuramente il tuo fare l'idiota non serve!» lo rimprovera lui, puntandogli il dito contro.

«E come? Non possiamo entrare» gli fa notare il principe senza guardarlo, tenendosi la mascella con la mano, visibilmente meno agitato. Ha parlato al plurale: pensa di dover venire con me.

«Ma può irrompere» dice Ores ritornando a parlare per una sola persona.

«Verremo subito catturati» ribatte l'altro, sputando del sangue sul pavimento. Barbaro.

«Smettila di parlare al plurale. Everly deve andare da sola. Non possiamo lasciarti andare con lei» replica Ores prima di voltarsi verso di me. «Ho una scorta pronta qua fuori per aiutarti a uscire» mi rassicura prima di guardare le due mutazioni alla porta finestra. L'uomo si avvicina a me e mi porge una cintura con dei pugnali corti attaccati, sei per la precisione, una pistola, delle munizioni dal colore strano. Le rigiro sulla mano prima di guardarlo.

«Cosa sono?» gli chiedo prima di inserirli nella canna e indossare la cintura ai fianchi.

«Sono dardi mortali. Silenziosi e letali. Agiscono immediatamente» mi spiega lui prima di mettersi al fianco di Maximilian, seguito dalla donna. Loro sapevano che Angelus era una copertura. Lo avevano sempre saputo.

«Quindi qual è il piano?» chiedo a Ores mentre mi sistemo i pantaloni e li stringo. Il tempo scorre troppo velocemente, da un momento all'altro delle guardie potrebbero irrompere nella stanza e creare il caos.

«Entra nel Progetto Alpha e registra con il pensiero tutto quello che vedi con il congegno che ti ho attaccato dietro all'orecchio. Poi distruggi tutto» mi spiega.

«Lei non ci va da sola» sbotta di punto in bianco Maximilian. Lo guardo e noto che si sta infilando una maglietta. È davvero così stupido? La mia vita non vale quanto la sua. Lui deve andarsene via.

«Maximilian, no. Forse non hai capito che il bersaglio

qui sei tu» gli ricorda Ores. A quelle parole Max mi guarda e accenna a un ghigno.

«Non riuscirà sicuro. È troppo debole» dice. È ufficiale: odio lui e il suo carattere di merda. Forse disturbo della personalità borderline significa proprio questo: stronzo il 98% delle volte e coglione il restante 2%.

«Stai attento a quello che dici, bastardo!» esclamo, lanciandogli un'occhiata ineneritrice. E io lo stavo per baciare? Devo essere stata posseduta. È l'unica spiegazione logica a quella cazzata che stavo per fare.

Ores si avvicina a me e mi guarda negli occhi. Mi sta esaminando. Capirà che...

«Le hai fatto bere quella schifezza?» chiede all'improvviso guardando verso Maximilian. Poi il suo sguardo corre dietro di lui, sul comodino, dove sono ancora presenti le due bottiglie vuote di Vilmix.

«Io vado con lei» replica Max. Gli punto la pistola addosso ma dallo sguardo che mi lancia la donna capisco che facendo così perdo solo tempo. E munizioni.

«Vaffanculo. Considerami ancora una debole e ti faccio esplodere il cervello» lo minaccio uscendo dalla stanza non appena guardo Ores che mi fa cenno di andare. E io vado, veloce.

Tengo la pistola in mano mentre mi dirigo rapidamente verso l'ascensore. Non appena premo il pulsante per chiamarlo le porte si aprono e rivelano le guardie che speravo di non incontrare. Maledetta sfortuna.

Evito di sprecare le munizioni: sono giusto due, mandati sicuramente da qualcuno per controllare. Creo velocemente una sfera di fuoco e la lancio sul viso di uno per accecarlo e bloccarlo per qualche secondo, tempo sufficiente per scagliarmi sull'altra guardia e spezzargli il collo. Mentre sono sopra il corpo esanime, sento l'altro riprendersi e cercare di colpirmi. Allora mi abbasso completamente, evitando il manico del fucile che ha in mano e che ha appena usato come una mazza da golf. Ma che razza di imbecille. Un errore del genere ti costa la vita. Non appena manca il colpo, rotolo sul pavimento dell'ascensore, appoggio la pistola, portando così le mani libere sui manici dei due pugnali, e quando sono a schiena a terra, lancio le lame dritte sulla giugulare della guardia. Lo vedo crollare lentamente, mentre si tiene il collo da cui fuoriesce il suo sangue. Per non perdere altro tempo, mi alzo in piedi e riprendo i pugnali, li inserisco nella cintura, dò un calcio alla guardia che mi guarda con occhi sgranati per spingerlo fuori dell'ascensore, e premo il pulsante per il piano del progetto Alpha.

Mentre aspetto, mi siedo contro la parete dell'ascensore e prendo le lame sporche di sangue per pulirle sulla giacca della guardia morta rimasta dentro prima di ripensare al piano e prepararmi alle guardie che mi aspettano all'entrata.

Mi ricordo che sono tre.

Quando le porte si aprono, prendo la pistola ed esco dall'ascensore tenendola puntata verso il basso davanti al mio ginocchio. Quando raggiungo l'altra parte del corridoio mi metto a schiena contro il muro. Attendo qualche secondo e quando una guardia gira l'angolo in cui mi trovo, afferro un pugnale e lo infilzo nella sua gola di sorpresa, poi gli tappo la bocca per evitare rumori che potrebbero allarmare le altre guardie e lo trascino vicino alle porte dell'ascensore. Non appena riesco a portarlo lì vedo le porte aprirsi e Maximilian in piedi con delle sciabole in mano.

«Pensavi davvero che saresti andata senza di me?» mi dice e scavalca il corpo della guardia come nulla fosse. Ma non è quello che mi fa incazzare: cosa me ne frega di quel corpo. È il fatto che sia sceso, andando contro gli ordini di Ores, a darmi fastidio.

«Sei un coglione! Che cazzo vuoi dimostrare, eh? Ora mi tocca preoccuparmi pure di non farti ammazzare!» esclamo tenendo la voce bassa. Maximilian alza gli occhi al cielo e inizia a camminare lungo il corridoio.

Lo odio. Lo detesto. Quando fa così lo voglio morto.

«So badare a me stesso, ma grazie per la protezione» dice ironicamente.

«Quando usciremo da qui, vivi, ti ucciderò io a furia di schiaffi. Dov'è Ores?»

«È sceso per andare nella grotta. Farà entrare la scorta da lì» mi spiega. Come diavolo ha fatto a convincere il mio padrino non lo so.

«Intanto che sei qui, riesci a far fuori le guardie senza farti male?» gli chiedo, bloccandolo prima di svoltare l'angolo.

«Mi sottovaluti» dice scrollando via la mia mano, fa roteare le sciabole che ha tra le mani e in pochi secondi uccide le guardie, infilzandole entrambe e facendo sbucare la lama dalla loro schiena. Quando ritira le sciabole dai loro corpi, il suono che provoca quello sfregamento mi colpisce.

È riuscito a ucciderli a sangue freddo.

«Quante persone potranno esserci lì dentro?» chiede rivolgendosi a me, dopo aver pulito le sciabole dal sangue sui suoi pantaloni. Mi avvicino a una guardia e sfilo dalla sua tasca una tessera di riconoscimento.

«Considerando che la stanza è abbastanza grande, potrebbero essere tanti soldati armati oppure solo scienziati impauriti» rispondo appoggiando la tessera sullo schermo. Non appena le porte si aprono, mi stupisco della ampiezza del posto e di quello che contiene: un laboratorio. Vuoto. Ci sono delle capsule al cui interno sono presenti dei corpi nudi attaccati a dei tubi. Allora capisco perché non vogliono far entrare nessuno: gli esperimenti su persone qui sono all'ordine del giorno.

Maximilian mi precede e si avvicina alle capsule mentre io mi avvicino ai computer. Fortunatamente non c'è nessuno.

Inizio a registrare tutto quello che vedo e la fortuna mi tende la mano: nel momento in cui guardo un altro computer, vedo una chiavetta usb. Lo estraggo sperando di poter rubare tante informazioni lì dentro. Quando inizio a toccare lo schermo touch-screen, una cartella in alto a destra attira la mia attenzione. È nominata "Progetto Alpha N°1: Maximilian Adam di Sonenclair". La apro e vedo delle miniature di migliaia di video che raffigurano una stessa inquadratura: la sala delle simulazioni.

Possibile che Ores non sapesse nulla di tutto questo?

«Progetto Alpha, che cosa mi nascondi...» sussurro e apro il primo video. La scena è quella Maximilian che combatte contro lo scenario dove un suo clone lo attacca e fallisce a creare il suo scudo. Poi ne apro un altro e un altro ancora. Non ci vuole molto a capire cosa sono quei video e che cosa fanno all'interno del progetto Alpha.

Apro un file per confermare la mia ipotesi e le prime parole che catturano la mia attenzione sono: "Maximilian Adam di Sonenclair.

MUTAZIONE

Sangue: Raro.

Compatibilità: 100%"

«Oh cristo» sussurro e mi ritrovo Maximilian dietro di me. Mi volto verso di lui e vedo nel suo sguardo la rabbia. Ha capito.

«Mi stavano studiando» dice e io annuisco.

CAPITOLO 15

IL TRADITORE E IL BUGIARDO

Everly

«Maximilian» lo chiamo, ma lui sembra non volermi ascoltare. Sta fissando la sua cartella. Sicuramente si sta chiedendo di chi può fidarsi ora: chi conosceva quel segreto?

Chi lo studiava da così tanto tempo e perché? Per cosa è compatibile il suo sangue?

Perlomeno ora abbiamo una mezza risposta alla domanda "che cos'è il Progetto Alpha?". Sappiamo che stanno facendo esperimenti su esseri umani e che anche Maximilian è oggetto di studi. Con quale scopo?

Più il tempo passa, più le domande aumentano e più il mistero si infittisce. Dubito che il mio padrino sia così bastardo da studiare Maximilian senza il suo consenso: quelle telecamere nella sala delle simulazioni e nella palestra devono essere state nascoste molto bene perché Maximilian, a quanto ho capito, passa la maggior parte del suo tempo in quel posto. Mi chiedo se hanno nascosto una telecamera anche nello studio di Ores. A quel punto si spiegherebbe perché Dymitri è venuto qui di punto in bianco: i discorsi tra me, Ores e Maximilian devono aver allarmato l'organizzazione a tal punto da cercare di reagire subito.

«E Ores? Ores lo sapeva?» si rivolge a me. La sua voce è un suono gutturale che mi raggela il sangue all'istante ma, in questo preciso momento, ai miei occhi lui sembra solo un cucciolo smarrito.

Mi alzo e gli prendo il viso tra le mani per costringerlo a spostare gli occhi su di me.

«Non lo so, ma lo scopriremo» gli assicuro prima di afferrare la pistola e dirigermi verso l'uscita.

«Non dobbiamo distruggere tutto?» mi chiede afferrandomi il polso, bloccandomi. Mi libero dalla sua presa e lo guardo. È come se in lui ci fossero due persone diverse: giusto qualche secondo fa era depresso e invece adesso è pronto a picchiare a destra e manca. Deve avere a che fare con il suo disturbo della personalità borderline, qualsiasi cosa sia.

«Non c'è abbastanza tempo per farlo e sicuramente loro avranno una copia da qualche altra parte. Andiamo» gli spiego ma quando mi blocca di nuovo sbuffo. Tutto un esercito sta per piombare qui dentro e lui cosa fa? Perde tempo.

«E quelle persone?» mi chiede ancora. Guardo dietro di lui i corpi, poi per la seconda volta gli sposto bruscamente la mano e mi avvicino alle capsule, notandone una nascosta da una coperta.

Possiamo anche lasciarli qui: saranno comunque più al sicuro di noi che in questo momento stiamo combattendo contro il tempo finché i nostri veri nemici -ossia le guardie- non saranno arrivati.

Tutte le persone rinchiuse nelle capsule sono in piedi e nude e mostrano strane mutazioni. Quando mi avvicino alla capsula nascosta, con un movimento fulmineo tiro via la coperta, scoprendo ai miei occhi una ragazza dai folti capelli rosa e la pelle diafana: mia sorella Evelyn.

Per lo stupore mi getto con le mani schiacciate sul vetro, come per raggiungerla. Quando vedo che non si muove, tiro un pugno sul vetro per cercare di svegliarla. Nulla da fare.

«Evelyn!» grido per chiamarla, per vedere i suoi occhi aprirsi ma non succede nulla. Valuto bene la situazione, guardando attorno alla capsula per capire come tirarla fuori.

«Come cazzo si spegne?» impreco, tirando un calcio al macchinario, sempre più convinta di andarci con le maniere pesanti. Mi riporto davanti a lei e batto ancora i pugni all'altezza del suo collo. Non alza le palpebre e non sembra nemmeno respirare. Cerco di controllarmi e di non andare troppo nel panico. Durante le lezioni di sopravvivenza uno dei detti principali era "La morte sente il profumo dell'ansia, della paura e del panico". Devo solo cercare di rimanere calma.

«Guarda, qui c'è il pannello di controllo della sua capsula!» mi avverte Maximilian, dopo essersi allontanato per guardare gli schermi dei computer ancora accesi.

«Come sono le funzioni vitali?» chiedo e lo raggiungo velocemente per poter analizzare la situazione. Devo portarla via da qui.

Maximilian tace per qualche secondo, leggendo velocemente tutto ciò che le riguarda. Non appena finisce, mi guarda e indica mia sorella.

«È viva, sembra che sia solo stata addormentata. Ha un tubo collegato al collo per farla respirare. Se dobbiamo tirarla fuori, quel buco è il primo che dobbiamo chiudere.

Basterà ruotare i lati» mi spiega. Subito dopo sentiamo i passi delle guardie provenire fuori dalle porte del laboratorio. Scatto velocemente verso la capsula di Evelyn con una sedia in mano.

«Ho bisogno di più tempo. Chiudi le porte!» grido a Maximilian mentre sbatto la sedia contro il vetro della capsula. Una scheggia si conficca a fondo nel mio avambraccio, facendomi stringere i denti fino a sentirli doloranti, ma il mio primo pensiero è Evelyn. Butto via la sedia e mi avvicino a lei. Chiudo il foro facendo come mi ha detto Maximilian prima di staccare il tubo. La sua pelle è fredda e le sue labbra sono di uno strano colore tendente al viola intenso. Le prendo il polso e premo il pollice per sentire il suo battito cardiaco. I battiti sono troppo lenti. Preoccupata, le dò dei piccoli schiaffetti con la mano sulla guancia per cercare di svegliarla, prima di notare che sul suo collo ci sono delle punture di siringa. Mi tappo la bocca, scioccata, mentre slego le fibbie delle prese che la tenevano in piedi per poi prenderla, trascinarla fuori e chiedermi che cosa le hanno iniettato nelle vene.

Non posso credere che mio padre abbia lasciato che qualcuno usasse sua figlia come cavia per degli esperimenti.

Mentre metto a sedere Evelyn e mi tolgo la maglietta per coprirla, rimanendo solo con il reggiseno, noto che le porte non sono a terra, bensì alzate dal pavimento, per formare un gradino. Maximilian è ritornato a guardare gli schermi, probabilmente sta cercando ancora delle risposte alle sue domande. So che non gli arriveranno così: potrà solamente leggere informazioni su di lui in quegli schermi.

«Maximilian aiutami, ho un piano» lo chiamo mentre metto la mia maglietta addosso a Evelyn.

«Vedi che le porte sono rialzate di un gradino?» gli faccio notare mentre sistemo la pistola nella cintura e mi avvicino alle porte per vedere quanto possono resistere. Non sono molto spesse ma sono resistenti tanto da permettermi di realizzare il mio piano.

«Che cosa hai in mente?» mi chiede lui.

Cammino verso il bagno e apro tutti i rubinetti; poi tiro un calcio a ciascuna porta delle partizioni e intaso i water con il rotoli di carta igienica e il distributore di sapone. Non appena cerco di uscire vedo Maximilian guardarmi con aria confusa.

«Sto creando una piccola piscina elettrica per quei bastardi» gli spiego mentre esco dal bagno. Poi guardo in alto per trovare un sensore anti-incendio nonostante il rumore delle guardie che stanno sbattendo qualcosa contro le porte per forzarle cerchi di distrarmi.

Non appena vedo una piccola sfera, grande quanto una pallina da golf, salgo sopra gli schermi al centro della stanza, mi alzo in punta di piedi e tendo il braccio il più possibile per far arrivare il fumo del fuoco della mia mano e far scattare gli irrigatori. Tengo fisso lo sguardo verso il sensore, finché non mi sento afferrare e sollevare per le ginocchia. Prima di guardare Maximilian, avvicino la mano infuocata al sensore. Non appena si azionano gli irrigatori, abbasso lo sguardo verso il Principe.

«Fammi scendere, prendi Evelyn e state lontani dall'acqua!» gli ordino. Non appena tocco terra, noto che l'acqua si è alzata di qualche centimetro, segno che si sono azionati anche degli irrigatori posizionati nel pavimento.

Con il pensiero contatto Ores, per chiedergli dove posso prendere l'elettricità e manipolarla.

Guardo Maximilian afferrare le sue sciabole, infilarle nella cintura e prendere Evelyn tra le braccia, facendole posare la testa sulla sua spalla.

Non appena li vedo insieme, la mia mente mi sussurra "Devono essere così, anche quando tutto questo casino sarà finito. Evelyn ne ha bisogno, e anche Maximilian".

Distolgo lo sguardo da loro, con il cuore stranamente più pesante e un macigno in gola. Mi devo concentrare.

«Ores, mi senti?» penso, attivando l'aggeggio al mio orecchio.

«Everl-» «ti sen-»

Lo scudo del laboratorio dev'essere stato infranto con la nostra intrusione, ma non completamente siccome sento delle interferenze che non mi permettono di capire le parole del mio padrino interamente.

«Riesci a trovare il quadro elettrico del laboratorio?» penso comunque, sperando di essere capita. Ormai le porte stanno per cedere. Sento quasi l'euforia delle guardie che riescono a vedere uno squarcio.

«quadr-» «-lettrico» «bagno» «-ietro» «porta»

Scatto verso il bagno con una sedia, che appoggio contro il muro, per poterci salire sopra e tenermi a distanza dall'acqua. Chiudo la porta a metà, giusto per vedere il quadro elettrico. Apro lo sportello: dentro ci sono delle leve e dei fili. Leggo le varie etichette e non appena trovo la leva della corrente generale del laboratorio la abbasso. Poi, facendomi un po' di luce con il mio fuoco, stacco dei fili, sia all'interno del quadro, sia all'esterno, per immergerli nell'acqua.

Improvvisamente cala il silenzio mentre tengo una mano sulla leva della corrente, per riaccenderla nel momento opportuno. Anche le guardie hanno smesso di fare rumore. Passano dieci secondi prima di riuscire a sentire le porte aprirsi. Poi i passi delle guardie nell'acqua mi confermano che sono entrati. Mi chiedo dove siano Maximilian e

Evelyn.

«Prendeteli! Prendeteli!» grida uno. Poi li sento nuovamente immobili. Spero solo che siano entrati tutti in acqua.

Alzo la leva della corrente e in pochi secondi sento il rumore frizzante dell'elettricità contro le guardie e le loro grida.

«Maximilian, vai!» grido, prima di abbassare la leva, aspettare qualche secondo, scendere giù dalla sedia e correre fuori. Prendo in una mano la pistola e nell'altra un pugnale mentre esco dal bagno.

Alcuni corpi stanno galleggiando nell'acqua, mentre altri sono capitati appesi con le braccia ai mobili. Guardo in alto e vedo Maximilian in volo con Evelyn, sicura tra le sue braccia.

«Dentro l'ascensore veloce!» gli grido. Il Principe plana verso l'uscita e riprende a camminare con me dietro di lui per coprirgli le spalle.

Camminiamo lungo il corridoio fino all'ascensore. Una volta dentro Ores mi chiama mentre guardo Maximilian che sta appoggiando Evelyn per terra. Fuori dallo scudo del laboratorio, le interferenze nella chiamata sono scomparse.

«Salite fino al piano terra. Ci dirigiamo verso l'entrata sud per uscire.»

Schiaccio velocemente il pulsante per il piano zero prima di avvicinarmi a Evelyn e abbassare ancora di più la maglietta per coprire la sua intimità. Le accarezzo le guance, ancora congelate e mi lascio andare alle lacrime, mentre l'ascensore inizia a muoversi.

Non è così che dovevano andare le cose: io dovevo diventare una Nobile, uccidere il Principe e ritornare da lei per mantenere la mia promessa. Non dovevo cambiare lato e andare contro l'organizzazione: ora Evelyn non sarebbe qui, completamente svenuta davanti a me, dopo aver ricevuto chissà quali torture.

All'improvviso sento l'ascensore fermarsi bruscamente.

«Che sta succedendo? Perché ci blocchiamo?» chiedo a Maximilian. Lo vedo alzare il viso e annusare l'aria. Poi noto i suoi occhi spalancarsi, preso dal panico.

«Merda, merda, merda!» impreca, portandosi davanti alle porte dell'ascensore. «Stanno togliendo l'ossigeno e lo sostituiscono con l'azoto. Non riusciremo a sopravvivere a lungo!» mi spiega. Dopodiché inizio a rallentare il battito del mio cuore per non richiedere più aria del necessario e lasciarne in circolazione quanto basta per non restare senza e rimanere lucidi il maggior tempo possibile.

Se soltanto si calmasse anche lui!

«Trasforma le tue ali in cromo e spacca le porte!» gli suggerisco. È giusto per capire dove siamo: magari riusciamo a uscire se l'ascensore si è bloccato a metà fermata. Gli basterebbe soltanto urtare con le ali di cromo le porte.

Faccio piccoli respiri, sento il fiato iniziare a mancare mentre Maximilian è ancora girato di spalle verso le porte. Guardo il punto della sua schiena da dove escono le ali e vedo che ci sta provando a cambiare la loro composizione, ma fallisce a ogni tentativo.

«Non ci riesco!» esclama abbattuto, e tira un pugno contro la parete. Ancora non si volta verso di me. Poi mi viene in mente delle simulazioni e di come crea lo scudo: deve avvertire una minaccia di morte. Rimanere senza ossigeno a quanto pare non basta. Prima di fare altro, velocemente scarico la pistola.

«Forse hai bisogno di un incentivo» dico minacciosa, per recitare bene la parte, e scatto in piedi puntando la pistola alla parte alta della sua nuca. «Non ho intenzione di morire per prima!» esclamo, togliendo la sicura.

«Che cosa vuoi fare?» mi chiede. Stringo i denti e premo di più la canna sulla sua pelle.

«Se non apri subito quelle porte, moriremo tutti quanti, ma non sarò io la prima. Stai tranquillo, ti seguirò» lo minaccio, spingendo ancora di più la pistola. Lentamente vedo le sue ali cambiare colore e le sue piume stringersi tra loro per diventare più compatte.

Poi le porte dell'ascensore decidono di aprirsi, permettendo sia a me, sia a Maximilian di riempirci nuovamente i polmoni d'ossigeno. Subito dopo vedo Ores, accompagnato da delle mutazioni armate, in ginocchio per terra accanto a un computer collegato al pannello dell'ascensore.

«Ores!» esclamo abbassando la pistola scarica, lieta di non dover rivelare a Maximilian che non potevo fargli del male.

Vedo Ores tirare fuori Maximilian e una mutazione passargli delle pistole che scambia con le sciabole.

«Forza fuori da lì!» urla il mio padrino prima di vedere la mia gemella, stesa su un lato.

Una mutazione mi passa un giubbotto antiproiettile e io lo indosso velocemente per coprirmi.

«Che cosa le è successo? È viva?» mi chiede zio O, precipitandosi per prenderla in braccio mentre io strappo un lembo dai miei pantaloni per medicare quel che basta il mio avambraccio tagliato.

«Sì. L'hanno presa come cavia per gli esperimenti. Non so quando sia arrivata» gli spiego mentre li seguo.

Iniziamo a correre e, mentre avanziamo, noto che le persone venute con Ores hanno circondato Maximilian da tutti i lati.

«Venite, usciamo da qui!» urla uno di loro e vedo oltre il portone un furgone pronto a partire che ci aspetta.

Prima di riuscire ad arrivare all'uscita, sento Nikolai, dall'altra parte della sala, gridare:

«Maximilian! Perché ci tradisci?»

Tutti si fermano, e Maximilian si mette in prima fila, alzando il braccio e puntando la pistola contro di lui. Delle guardie si mettono velocemente di fronte a Nikolai per proteggerlo, ma lui li spinge via, lasciando il bersaglio libero al Principe.

Lo sta sfidando: pensa che Maximilian non sia in grado di far male a lui, il suo gemello.

«È la stessa domanda che dovrei fare a te» grida il Principe, prendendo bene la mira. «Fratello.»

Poi spara: una nuova guerra è appena iniziata.

CAPITOLO 16

IL PREZZO DI ESSERE MANIPOLATI

Everly

Sono passati due giorni da quando siamo scappati dal castello.

Nikolai è ancora vivo: Maximilian gli ha sparato al ginocchio, costringendolo a piegarsi di fronte a lui.

Ha accettato la sfida, la guerra è iniziata, ma non ha considerato una cosa: noi siamo in pochi contro un regno intero.

Evelyn si è svegliata mentre eravamo ancora nel furgone, un paio di ore dopo la nostra fuga, ma non riesce a ricordarsi nulla a partire dal giorno in cui mi ha regalato quei guanti che ho dimenticato al castello. Mentre la guardavo, piangente e tremante tra le braccia di Ores, continuavo a ripetermi mentalmente "Lei sta bene. È questo l'importante". Ma la verità è che non avrei mai dovuto pensare a quello perché non avrei mai dovuto averne motivo. E questo mi ha riportata a pensare che quel bastardo di mio padre è uno squilibrato. Oppure anche lui è stato ingannato?

Poi c'è un'altra questione: non è stato mandato nessuno a inseguirci, né a cercarci.

Mi chiedo se Nikolai e le guardie siano solo sicuri del fatto che possono prenderci quando vogliono. In quel caso li capirei ma sento che sotto c'è molto di più e credo che riguardi anche il futuro della corona.

Ora mi trovo, insieme a un gruppo di ribelli, in un lungo tunnel scavato in una montagna artificiale nella parte vecchia dell'isola di Sonenclair: Ores si sta organizzando per raggiungere i vecchi continenti e nasconderci lì, tra le macerie delle guerre passate. So che con il suo genio sopravvivremo, ne sono certa, e riusciremo a scoprire cosa sta combinando il Re di Sonenclair. Ho provato a suggerire il ponte che collega l'isola ai vecchi continenti, ma a quanto pare è fin troppo controllata.

Davanti a me ci sono degli uomini che stanno parlando con Ores: sono vestiti con delle tute nere che coprono anche la loro testa, mentre Maximilian è insieme a Evelyn, in fondo al tunnel, di fianco a delle tende, e sta parlando con lei.

Io sto lucidando le lame dei miei pugnali con un panno, appoggiata al muro e lontana da tutti. Improvvisamente la frizzante risata di mia sorella mi distrae e mi taglio il palmo. Stringo i denti per il fastidio e guardo la ferita chiudersi da sola prima di poterla pulire dal sangue sgorgato.

Strofino la mano sulla maglietta quando l'unica fonte di luce, che proviene da una lampada al neon, viene sostituita dall'ombra di qualcuno.

«Tutto bene?» mi chiede un uomo, con un fucile in mano, che riconosco dopo quando alzo gli occhi verso di lui: è uno degli uomini che ci ha soccorsi al castello. Lui stava davanti a Maximilian durante la corsa al furgone.

«Sì» rispondo tranquillamente. Spero che se ne vada e continui a ignorarmi, ma si siede di fianco a me, lasciandosi andare sul muro. Senza distogliere lo sguardo dai miei pugnali, gli chiedo:

«Posso aiutarti?»

Lo sento sospirare e sistemarsi meglio, piegando le ginocchia su cui appoggia le braccia.

«Ho appena finito il mio turno di sorveglianza. Stavo per andare a dormire, ma ti ho vista sveglia e sola quindi mi sembrava il momento giusto per...»

«Rompere il ghiaccio?» finisco la sua frase e ripongo i pugnali nella cintura: le mie ore solitarie sono finite.

Guardo l'uomo: non ha nessuna mutazione visibile, forse non è nemmeno uno di noi, ma solo uno sfortunato infiltrato. Ha la pelle scura, le labbra molto carnose, il naso schiacciato e dei profondi occhi neri. Odora di erba tagliata e sudore, ma siamo tutti lontani dalle docce da molto tempo e non posso fargliene una colpa.

L'uomo sorride, mostrando una fila di denti bianchi, e vengo contagiata, stranamente. Accenno a un sorriso, ma non sono ancora completamente rilassata.

«Non hai parlato con nessuno se non con il Principe, tua sorella e Ores» continua a dire lui. È vero, non lo nego. «Visto che siamo in questo casino tutti insieme, dovresti scioglierti un pochino.»

Non ha tutti i torti, ma non sono mai stata brava a farmi degli amici.

«Scusa, ma per me sei un infiltrato come un altro» rispondo distogliendo gli occhi da lui.

«Sei sempre così antipatica?» mi provoca. Di tutta risposta, incrocio le braccia al petto e stringo i denti.

«E tu sei sempre così insistente?» ribatto sbuffando.

«Posso sapere almeno come ti chiami, Everly?» mi chiede sarcasticamente. Ruoto gli occhi in alto prima di riportare lo sguardo su di lui.

«Ti stai prendendo gioco di me?»

«Sto solo cercando di farti capire che devi rilassarti con chi sta dalla tua parte» risponde ridacchiando, probabilmente divertito dalle mie reazioni.

«Io non ho una parte.»

«Allora perché sei qui?»

«Perché sono stata manipolata. Non ho altro interesse se non ritornare a casa con mia sorella» gli spiego, cercando di non far trapelare dalla mia voce il disgusto verso me stessa. So perfettamente che non è così. Ho fatto un giuramento ma il mio schifoso carattere sembra fare tutto da solo quando deve cercare di proteggersi dall'opinione altrui, bella o brutta che sia.

L'uomo mi guarda prima di parlarmi con un tono di voce malizioso.

«Eppure mi sembra che ci sia un bel po' di feeling tra te e il Principe» dice inarcando le sopracciglia.

Non appena tocca quell'argomento inesistente cerco di cambiare subito il discorso, puntando l'attenzione su di lui.

«E tu perché sei qui?» gli chiedo.

«Perché mi è stata data la possibilità di fare qualcosa per questa situazione in cui ci troviamo» risponde tranquillamente, distendendo le gambe per poi incrociare i piedi.

«Ovvero?»

«Vedi, non so quanto tu l'abbia notato, ma nel mondo, o almeno di quello che è rimasto, c'è molta ipocrisia.»

Quella sua osservazione mi fa ridere. Conosco l'ipocrisia come se fosse la mia migliore amica.

«Ma non mi dire» dico sarcasticamente.

Il soldato ride prima di continuare a parlare e guardarsi i palmi delle mani appoggiati sul suo grembo.

Ha molte ferite, sembrano tagli di lame ma sono sicura che non se li è procurati da solo.

«Lavoravo per un nobile di nome Eduard Grave, il vice responsabile dei programmi che vengono trasmessi nel canale dedicato alle notizie. Ogni volta che tornava a casa si lamentava di quante organizzazioni stessero nascendo a favore dell'isola degli schiavi, nonostante con i suoi amici parlasse di quanto fossero d'aiuto, di quanto fosse bello vedere delle persone che, come lui che sceglieva quali organizzazioni promuovere, si interessavano a "rendere il mondo un posto migliore per tutti".

Ma nel regno ci sono persone che hanno veramente a cuore la nostra situazione, nobili che stanno andando contro il Re per gli schiavi. Il fatto è che queste organizzazioni sono composte da dieci, massimo venti individui. Sono pochi rispetto alle persone che, come Eduard, fingono di interessarsi solo per essere considerate di buon cuore o dall'animo gentile.

A me è stata data la possibilità di fare qualcosa di vero. Probabilmente, se scoppierà una guerra, morirò e nessuno si ricorderà del mio nome ma avrò fatto qualcosa di buono nella mia vita e mi basta. Io non ho giurato di morire per il Principe. Io ho giurato di morire per un posto migliore dove far crescere mia figlia. Non per la gloria, non per una ricompensa.»

Più il suo monologo continua, più il suo sorriso si trasforma in un espressione seria e fiera.

E ogni singola parola che dice rappresenta il vero problema di una società che non vuole cambiare, nonostante gli sforzi di quei pochi individui che vogliono fare davvero la differenza.

«Hai una figlia?» gli chiedo e lo sguardo felice e dolce che si dipinge sul suo viso non appena gli faccio quella domanda mi rallegra e mi rattristisce allo stesso tempo: è un'espressione che non ho mai visto sulla faccia di mio padre. Una faccia che vorrei riempire di schiaffi.

«Sì, ha appena compiuto sette anni. Si chiama Fanny» dice e tira fuori una foto dalla tasca del suo giubbotto. Raffigura lui che tiene in braccio una neonata. Sicuramente è lontano dall'isola da molto tempo.

Rimette la foto a posto, nella tasca interna, proprio sopra il cuore.

«Adesso è all'isola degli schiavi insieme a mia madre» mi dice e la mia boccaccia non può che essere troppo curiosa.

«E sua madre dov'è?» gli chiedo, pentendomene subito dopo la sua risposta.

«Non c'è più. Depressione post parto e suicidio. Non ho potuto fare nulla per fermarla» mi spiega prima di alzarsi con un po' di fatica. Mi stringo le braccia al petto, improvvisamente a disagio. Alzo gli occhi verso di lui e nella penombra vedo il suo sorriso dolce e paterno cercare di rimettermi a mio agio. «Vado a riposarmi. Domani, a quanto ho capito, partiamo per i vecchi continenti. Mi toccherà ricaricare le forze. È stato un piacere conoscerti, Everly» si congeda afferrando il suo fucile da terra prima di girarsi e dirigersi verso le tende. In contemporanea vedo Maximilian avvicinarsi, minaccioso e con un'espressione dura e sprezzante sul volto.

«Ehi» chiamo l'uomo.

«Sì?» mi risponde, girando il volto fin quando non vedo il suo profilo.

«Come ti chiami?»

Si porta il fucile sulla spalla e riprende a camminare. «Eduard, ma il mio cognome non è Grave» lo sento dire.

Mentre si allontana vedo Maximilian guardarlo con occhi inceneritori e Eduard non può fare altro se non inchinarsi al cospetto del Principe e dirigersi verso le tende.

Quando Max è davanti a me, mi alzo e non faccio in tempo a guardarlo che le sue mani sono su di me e mi premono contro il muro: una sulla spalla e l'altra sul fianco.

«Che voleva il tipo?» mi chiede con un tono di voce irritato che mi contagia. In realtà è il suo continuare a mettermi le mani addosso che mi fa incazzare.

«Fare due chiacchiere prima di dormire. Smettila di toccarmi o ti stacco le braccia, pennuto» ribatto dimenandomi per allontanarlo.

Inizio a camminare verso le tende: mi ha parlato per soli cinque secondi ed è riuscito a farmi tornare la voglia di ucciderlo. Al diavolo il giuramento!

«Evelyn mi ha detto di darti la buonanotte da parte sua. Facciamo una passeggiata?» mi chiede subito dopo, tranquillamente, afferrandomi per il gomito per fermarmi. Mi giro per dirgli di lasciarmi stare ma il volto che mi ritrovo davanti è veramente quello di un Principe gentile e per nulla spaventoso, nonostante la sua orribile cicatrice e i suoi inquietanti occhi gialli.

Mi chiedo se questi cambi di umore siano dovuti al suo disturbo borderline.

Un colpo di tosse mi fa girare verso le tende e noto che Eduard ci sta guardando e sul viso ha un'espressione maliziosa.

Respingere l'invito di Maximilian e avvicinarmi per andare a dormire significherebbe solo sorbirmi le sue cazzate su una possibile relazione tra me e il pennuto reale.

«Andiamo?» mi chiede ancora Maximilian. Accetto, solo per non vedere più il ghigno divertito del soldato.

«Certo» dico e lo seguo fuori dal tunnel.

Una volta immersi nella natura melmosa della parte lasciata andare dell'isola di Sonenclair, soltanto la flebile luce della luna illumina il nostro cammino.

Maximilian mi affianca e si crea un silenzio imbarazzante. Seguiamo il percorso delle rotaie abbandonate che partono dal tunnel e, alcune volte, entrambi inciampiamo.

«Ores ti ha detto qualcosa?» gli chiedo per iniziare un discorso, ma non risponde subito alla mia domanda.

Maximilian si ferma non appena le rotaie si spezzano e penzolano su un precipizio. Solo allora, dopo essersi seduto sul bordo, risponde.

«Ha guardato il contenuto della chiavetta usb e la registrazione che hai fatto. Dice che stavano facendo esperimenti su persone senza mutazioni su un cosiddetto Siero Alpha che ha delle caratteristiche del mio dna. Ma non riesce a collegare gli eventi e io mi sento solo usato» mi racconta.

La sua voce mi sembra un flebile e debole tentativo di rimanere calmo: si sente la sua rabbia.

«Pensi che vogliano riprodurre le tue capacità in altri esseri viventi?» gli chiedo, sedendomi di fianco a lui. Guardo in basso, il precipizio non è molto alto.

«È stata la prima cosa che mi è venuta in mente» riprende lui prendendo un sasso tra le mani prima di lanciarlo lontano e cercare di sfogarsi un po' con quel piccolo sforzo.

«Senti, nell'ascensore non volevo...» inizio a dire io e nel mentre le sue ali mi circondano quando lui le distende.

«Tranquilla, avevo capito quello che volevi fare» mi rivela lui. Lo guardo: i suoi occhi sono puntati dritto davanti a lui e si sta mordendo il labbro inferiore con forza.

«Allora perché stavi creando il tuo scudo dopo che ti ho puntato la pistola?» gli chiedo, per cercare di smascherarlo.

Abbassa lo sguardo prima di sbuffare, come irritato dalle mie parole, e spalmarsi le mani sul viso.

«Non avvertivo il pericolo della mia morte, ma della tu... vostra, la tua e di tua sorella» spiega lui, senza guardarmi. Sta cercando di evitare i miei occhi?

«Non stavi pensando a te stesso?» gli chiedo ancora e la sua risposta non tarda ad arrivare.

«Dopo aver scoperto di essere solo un esperimento volevo unicamente morire, ma non vi volevo sulla coscienza» si giustifica cambiando poi discorso; allora capisco che non vuole più parlarne. «Evelyn è davvero come l'hai descritta» dice sorridendo. Ripensare a quella ragazza dalla chioma rosa e fluente mi fa sentire meglio e sapere che lui concorda con tutto ciò che gli ho detto su di lei mi conforta ancora di più.

«Te l'ho detto. È semplicemente stupenda» ribadisco orgogliosa di lei, della sua semplicità e di tutte le caratteristiche che ha e che non potranno mai essere anche mie.

Quando mi giro verso di lui noto che mi sta guardando con una strana espressione divertita.

«Che c'è?» gli chiedo.

«Perché pensi che tua sorella sia più meritevole di te?» ribatte lui.

«Perché sì» rispondo.

«Questa non è una risposta.»

«Perché ti interessa?»

«Siccome mi chiedi di sposarla, almeno vorrei sapere perché lei e... non te» mi spiega lui.

Scoppio a ridere.

«Che cos'è, un tentativo di sedurmi? Ti ricordo che io ti ho minacciato di morte e, in ogni caso, non voglio sposarmi con te, né con nessun altro. Io sto bene da sola» ribatto incrociando le braccia al petto.

«La solitudine fa male» sussurra lui riportando lo sguardo davanti a sé.

Il silenzio imbarazzante di prima si ripresenta: riesco addirittura a sentire i nostri respiri confusi con i rumori della notte.

«Cosa pensi succederà adesso?» mi chiede Maximilian, lasciandosi cadere indietro. Mi giro con il busto e vedo che sta guardando in alto.

«Dipende da che mossa farà il Re. È il suo turno» rispondo e Maximilian accenna a un sorriso.

Entrambi abbiamo dei padri che fanno veramente schifo.

«Mi credi se ti dico che ho paura?» dice lui portando lo sguardo su di me.

«Lo so che sei un fifone» gli rispondo ridacchiando.

«Tu non hai paura?» mi chiede, ignorando la mia battuta. Mi alzo, per tornare alle tende: è il momento di andare a riposarci.

«Non lo ammetterò mai» rispondo. Il sorriso che mi fa è il suo buonanotte perché non si alza, sicuramente vuole rimanere da solo, e mi lascia ritornare al tunnel da sola. Quando mi avvicino a un albero poco lontano dal precipizio vedo Eduard.

«Qualsiasi cosa tu stia pensando è sbagliata. Sono venuto solo a controllarvi» spiega lui. In fondo è il suo compito sorvegliare ma pensavo che il suo turno fosse finito più di mezz'ora fa.

Non faccio domande perché probabilmente è stato Ores a mandarlo, e riprendo, esausta, a camminare verso il tunnel.

CAPITOLO 17

SCACCO MATTO

Maximilian

Sto guardando Everly, lontana da tutti, che pulisce le sue lame con cura. È strano quanto una ragazzina di appena diciassette anni sia così forte, indipendente, e scontrosa. Non ha parlato con nessuno tranne che con sua sorella, me e Ores, sin da quando siamo usciti dal castello.

Gli altri, tra cui Eduard, Hardom, Hannah e Greston, ossia gli altri infiltrati della squadra che ha radunato Ores, si chiedono perché sia così apatica.

So che incanala le emozioni, non le dimostra facilmente a meno che non ti prenda a schiaffi. O a sfere di fuoco.

«È bella non è vero?»

Mi giro verso Evelyn che mi sta guardando mentre si massaggia le gambe con un antidolorifico: sono ancora molto pallide e deboli.

«È strana» rispondo io, ma la penso come lei. Quando riporto lo sguardo su Everly, sento sua sorella chiudere il barattolo della crema e appoggiarla di fianco a sé.

«Lei non pensa che sia bella?» mi chiede ancora e io non so cosa rispondere. Se dico di no potrebbe offendersi, se dico di sì potrebbe pensare che provo qualcosa per Everly.

Sospiro e evito di aprire bocca, sperando che lasci cadere il discorso.

«Cos'ha pensato quando l'ha vista per la prima volta?» mi domanda ancora e io non so esattamente come risponderle.

«Era in ginocchio a capo chino. Per me era una schiava come tutte le altre» rispondo massaggiandomi i polsi. Evelyn ridacchia leggermente. È così tranquilla, nonostante la situazione in cui ci troviamo. Sembra che veda sempre il bicchiere mezzo pieno. Mi chiedo se sia pazza.

«Immagino. È stata così coraggiosa ad accettare la missione. Ero veramente orgogliosa di lei! Ammetto di essere invidiosa della sua forza» commenta con tono felice.

«Devi volerle molto bene» replico io. Vedere la propria sorella partire per lavorare come sicario deve essere una grande emozione: il sarcasmo non è mai stato il mio forte.

«È mia sorella. Anche se cerca di allontanarmi in continuazione so perfettamente che mi vuole vicina» ribatte lei mantenendo costante il sorriso appena accennato dipinto sulle sue labbra.

«È sempre così contraddittoria?» le chiedo.

Everly è un grande punto di domanda ma non mi interessa. Non voglio perderla per nessun difetto.

Evelyn si incupisce e il suo viso si addolcisce. Le parole che seguono questo suo cambiamento mi lasciano l'amaro in bocca.

«Sì, sin da quando è morta nostra madre. Tutto ciò che lei le ha insegnato è andato contro a tutti gli insegnamenti del Generale Greystone» mi spiega e l'odio che provo per suo padre aumenta a dismisura.

Prima uccide la loro madre, poi incasina le loro menti e le usa come giocattoli di guerra.

«Perché non lo chiami papà?» le chiedo ma so perfettamente qual è la sua risposta.

«Non è più mio padre» inizia a dire con un tono più acido. «Un padre non usa la propria figlia come cavia.»

Le sue parole mi fanno accennare un sorriso: abbiamo qualcosa in comune a quanto pare.

È evidente perché il Generale Greystone e il Re siano così amici: entrambi sono dei bastardi, figli di puttana.

«A chi lo dici» sussurro.

Passano alcuni secondi in cui entrambi rimaniamo in silenzio e ci guardiamo attorno.

Everly sta parlando con Eduard mentre Hardom si sta avviando all'entrata del tunnel per dare il cambio alla guardia. Hannah sta sistemando le armi mentre Greston sta alimentando il fuoco con della legna appena trovata.

Fino a pochi giorni fa la mia routine consisteva nell'alzarmi, andare in palestra, allenarmi, dare da mangiare a Styphán e andare in giro a bere.

Adesso non so cosa succederà tra pochi minuti, figuriamoci essere prevedibile.

«Ci siamo scontrati, la prima sera» rivelo a Evelyn.

«Che cosa?»

«Già, Everly non ha nemmeno aspettato che la dichiarassi una Primis Slavus per cercare di uccidermi» preciso.

«Beh, era quella la sua missione. Sedurre e sedare» mi ricorda lei e scoppia a ridere.

Rido con lei per quel gioco di parole squallido prima di continuare il mio racconto.

«Non volevo uno schiavo.»

«Perché ha accettato di prenderne uno?»

«Il Re mi ha costretto. E io, da stupido, ho pensato di essere migliore di lui. Renderla subito una Primis e poi una Nobile era il mio scopo, per mostrare al regno il primo passo che avrei compiuto non appena sarei diventato Re: abolire la schiavitù. Poi arriva Everly, succede tutto così in fretta e mi ritrovo a pensare che ho parlato con così tante persone dei miei progetti che anche tu potresti andarmi contro e cercare di uccidermi adesso» le spiego esagerando come al mio solito.

«Allora perché mi sta parlando?»

«Non ho più nulla da perdere» ammetto senza pensarci.

Evelyn storce il naso e scuote la testa.

«Ha dei sudditi che la amano. Tutto quello che sta succedendo adesso è per un futuro migliore per tutti, senza distinzioni, senza crudeltà e soltanto lei può rendere tutto ciò reale.»

Sorrido al suo piccolo discorso e mi rendo conto del perché Everly vorrebbe che la sposassi: oltre a essere bella, intelligente e simpatica, Evelyn mi completa. Io sono violenza e forza bruta, lei è razionalità e pazienza.

Invece Everly è uguale a me: una mutazione ferita dell'umanità. Entrambi siamo alla ricerca di un riscatto, per motivi diversi. Alla fin fine siamo solo due assassini.

«Sei davvero come Everly ti ha descritta» le dico sorridendole dolcemente. Gli occhi di Evelyn iniziano a brillare.

«Le ha parlato di me?» mi domanda lei con un tono di voce eccitato. Mi intenerisce ma la mia mente è ancora a Everly.

«Sì.»

«E cosa le ha detto?»

«Che sei bella, gentile, dolce e hai molti altri pregi.»

Evelyn inizia a ridacchiare.

«È fatta così. Non dimostra ma apprezza.» Poi si alza e si inchina debolmente. Mi rimetto in piedi e la sorreggo non appena vedo che barcolla leggermente.

«Sua altezza, mi congedo. Ho bisogno di riposare» dice con il respiro già corto mentre si appoggia a me.

«Tranquilla, Evelyn. Ti aiuto» le dico prima di circondarla con il braccio. Sembra così debole eppure so che ha un cuore forte.

Da vero bastardo, spero che anche Everly si indebolisca un po': è così indipendente, vorrei che avesse bisogno di me, così come Evelyn in questo momento.

«La ringrazio ma non doveva scomodarsi per me» mi dice ma la sua presa sul mio braccio mi mostra tutt'altro. Potrebbe crollare ai miei piedi in qualsiasi momento.

La prendo direttamente in braccio e la porto dentro la tenda. Sento un sussulto nel suo respiro quando la sollevo da terra ma non mi interessa.

Una strana rabbia inizia a crescere dentro di me: la conosco, viene nei momenti più inopportuni, quando vorrei solo stare tranquillo.

Mi affretto ad adagiarla lentamente sulle coperte, rischiando pure di farla cadere malamente.

«Le auguro una buonanotte, sua altezza. Può portare questo augurio anche a mia sorella?» mi chiede e io annuisco prima di uscire dalla tenda sotto gli occhi incuriositi di Hannah e Greston.

Non appena sono fuori, i miei occhi volano su Everly e Eduard che parlano. Non appena Eduard si alza e si allontana, inizio ad avanzare verso di loro.

Sento il mio corpo formicolare, la rabbia si impossessa della ragione. Voglio allontanare quella guardia da lei il prima possibile. Non voglio che le faccia delle avance. È troppo piccola per lui.

Nel momento in cui mi trovo faccia a faccia con Eduard gli lancio un'occhiata dura e non mi interessa se per portare rispetto si inchina al mio cospetto: deve sparire dalla mia vista.

Dopodiché mi avvicino più velocemente a Everly e la premo contro il muro afferrandola con una mano sul braccio e l'altra sul fianco.

Gli occhi color mogano di lei incontrano i miei e sento che vorrebbe picchiarmi: lo sento da come è tesa e da come mi guarda.

«Che voleva il tipo?» le chiedo, noncurante del mio comportamento. So di essere uno stronzo.

Everly si libera facilmente solo perché ho capito che non vuole che la blocchi, altrimenti sarebbe ancora tra le mie mani.

«Fare due chiacchiere prima di dormire. Smettila di toccarmi o ti stacco le braccia, pennuto» sputa velenosamente e avanza verso le tende.

Corrugo la fronte e la blocco, afferrandola per il gomito. Ho bisogno di stare con lei e parlarle.

«Evelyn mi ha detto di darti la buonanotte da parte sua. Facciamo una passeggiata?» le propongo. Si blocca a guardare le tende dove Eduard ci sta guardando. Increspo le labbra e la stringo con più forza. Ma che cosa vuole?

«Andiamo?» le chiedo. Non sopporto più il viso ghignante di quella guardia.

«Certo.»

Non appena mi risponde affermativamente, mi giro e

inizio a camminare verso l'uscita dal tunnel. Sento che è dietro di me.

Una volta fuori ci addentriamo nel piccolo bosco cresciuto attorno le rotaie che conducono verso un precipizio dove si spezzano. Da lì deve esserci una bella vista.

Camminiamo in silenzio fin quando non cerca di iniziare una conversazione chiedendomi se Ores mi avesse rivelato qualcosa. Non le rispondo. Non trovo le parole. Penso di essere ancora troppo sconvolto.

Mi fermo solo quando il vuoto mi blocca. Mi siedo sul bordo del precipizio e aspetto che lo faccia anche lei prima di risponderle.

«Ha guardato il contenuto della chiavetta usb e la registrazione che hai fatto. Dice che stavano facendo esperimenti su persone senza mutazioni su un cosiddetto Siero Alpha che ha delle caratteristiche del mio DNA, ma non riesce a collegare gli eventi e io mi sento solo usato.»

Cerco di mascherare la voce delusa e incazzata. Vorrei spaccare il mondo se soltanto potessi.

Nikolai, mio fratello, il mio gemello... Non riesco ancora a credere al fatto che abbia a che fare con il Progetto Alpha.

«Pensi che vogliano riprodurre le tue capacità in altri esseri viventi?» mi chiede e io guardo in basso. Conosco queste terre come il palmo della mia mano. So che in fondo al precipizio c'è una fonte di acqua che crea un piccolo fiume che conduce fino al mare. A volte mi chiedo come abbiano fatto a ricreare in un'isola artificiale le stesse caratteristiche degli elementi presenti nei vecchi continenti.

«È stata la prima cosa che mi è venuta in mente» dico, mentre afferro un sasso con l'intenzione di lanciarlo lontano. Seguo la traiettoria che crea finché non scompare nell'oscurità in un piccolo puntino.

«Senti, nell'ascensore non volevo...»

«Tranquilla, avevo capito quello che volevi fare» sospiro. Perché deve riprendere quel discorso? So che non mi avrebbe mai ucciso. Ho notato il modo in cui premeva la canna della pistola su di me: era debole, cercava solo di fingersi violenta.

«Allora perché stavi creando il tuo scudo dopo che ti ho puntato la pistola?» mi chiede e ho come l'impressione che voglia umiliarmi.

Guardo in basso verso le mie mani prima di spalmarle sulla mia faccia. Non so se arrossisco quando sono imbarazzato, spero soltanto che la luce flebile della luna sia insufficiente per farlo notare in tale caso.

«Non avvertivo il pericolo della mia morte, ma della tu... vostra, la tua e di tua sorella.»

Se la guardo capirà che della sorella non mi interessa nulla. Non posso lasciare che pensi questo.

Non sono sicuro nemmeno io di ciò che provo.

«Non stavi pensando a te stesso?» mi domanda ancora. A questo punto mi tocca mentire.

«Dopo aver scoperto di essere solo un esperimento volevo unicamente morire, ma non vi volevo sulla coscienza» mi giustifico per poi cambiare discorso e portare sua sorella al centro della conversazione, nella speranza che non insista. «Evelyn è davvero come l'hai descritta.»

«Te l'ho detto. È semplicemente stupenda» ribadisce, e sento nella sua voce una strana dolcezza che non pensavo le appartenesse.

La guardo, e quando incontro i suoi occhi è ufficiale: lei è decisamente più interessante di Evelyn.

«Che c'è?»

«Perché pensi che tua sorella sia più meritevole di te?»

le chiedo, incredulo della sua poca autostima confrontata a quella della sorella.

«Perché sì» risponde e si stringe nelle braccia.

«Questa non è una risposta.»

«Perché ti interessa?»

"E me lo chiedi? Vuoi che la sposi, che la renda una regina. E per te non hai chiesto niente, eppure tu stai facendo di tutto per me e per la situazione del regno...", penso senza dare voce a questo pensiero.

«Siccome mi chiedi di sposarla, almeno vorrei sapere perché lei e... non te» le spiego e lei scoppia in una fragorosa risata.

Spero ancora che la luce sia troppo poca.

«Che cos'è, un tentativo di sedurmi? Ti ricordo che io ti ho minacciato di morte e, in ogni caso, non voglio sposarmi con te, né con nessun altro. Io sto bene da sola» risponde portando le ginocchia al petto.

«La solitudine fa male» sussurro prima di scuotere la testa, maledicendomi anche soltanto per aver pensato in una possibile, violenta, poco sana relazione.

Il silenzio imbarazzante di prima ritorna e io mi sento quasi bene.

«Cosa pensi succederà adesso?» le chiedo mentre mi sdraio e guardo il cielo verde scuro.

«Dipende da che mossa farà il Re. È il suo turno» mi risponde lei.

Entrambi abbiamo dei padri che fanno veramente schifo.

«Mi credi se ti dico che ho paura?» penso ad alta voce. Quando mi rendo conto di averlo seriamente detto è troppo tardi.

«Lo so che sei un fifone» risponde ridacchiando.

«Tu non hai paura?» le chiedo mentre la guardo alzarsi,

probabilmente per ritornare alle tende e dormire.

«Non lo ammetterò mai.»

Quando Everly mi guarda per congedarsi, le sorrido.

Non riesco ancora a capire perché si senta inferiore alla sorella.

Evelyn mi ha svelato di essere invidiosa della forza, della determinazione e della bravura della sorella. Al contrario, Everly vorrebbe avere le sue qualità di persona delicata.

Il pensare alle due sorelle mi riporta nuovamente con la mente al castello, dove mio fratello mi ha ingannato per anni.

Sono così confuso, penso che potrei benissimo mandare a fanculo tutto e tutti e nascondermi. È difficile pensare che la mia famiglia, nonostante il rapporto poco tranquillo, sia stata così subdola e meschina.

Eppure mi sembra così surreale che anche la Regina, mia madre, abbia ingannato così suo figlio.

Mi copro il viso con le mani e cerco di respirare con calma non appena sento un blocco alla gola.

Ed ecco che la solitudine mi aggredisce di nuovo, smuovendomi.

Ci deve essere una spiegazione: mio fratello è sempre stato invidioso delle mie abilità ma non ne avrebbe mai fatto un obiettivo.

Sono davvero una mutazione?

Mi alzo velocemente per librarmi in aria e ritornare al castello d'impulso, ma all'improvviso sbuca fuori dal nulla Eduard.

«Dove sta andando? Non può allontanarsi» mi dice lui.

«Ho delle ali, devo stiracchiarle dopo un po' di tempo che sono ferme» mento.

«Può volare verso le tende. È tardi» ribatte.

Alzo gli occhi al cielo e atterro davanti a lui.

«Eduard, sono il tuo Re?» gli chiedo.

«Sì.»

«Allora lascia che mi allontani.»

«Mio Re, non posso lasciarla andare.»

«Se sono davvero il tuo Re, ti ordino di lasciarmi andare senza creare casini e di fidarti di me.»

Eduard sospira perché, per ovvietà e null'altro, deve aver capito le mie intenzioni.

«Mi prometta che non è per vendetta e io la lascerò.»

«Lo prometto» rispondo, e questa volta decido di dirgli la verità. Basta menzogne.

«Si ricordi del suo onore, e si ricordi del suo dovere. Noi contiamo su di lei. Dove deve andare?» mi chiede con calma, cosa che io sto perdendo.

«Al castello. Ho bisogno di parlare con la Regina» gli rivelo stringendo i pugni.

«In questo caso, non posso lasciarla andare.»

«Devo andare» sibilo a denti stretti.

«Sono desolato, ma non può ritornare in quel posto.»

"Basta dirlo che vuoi passare alle maniere forti", penso.

Lo afferro per il colletto e lo guardo con rabbia. Già prima mi istigava anche solo la sua esistenza. Adesso che mi parla pure sento che potrei ucciderlo.

«Allora chiama Ores, perché io non collaborerò finché non avrò modo di parlare con la Regina!» ringhio incazzato prima di spingerlo per terra.

Non appena Eduard si riprende, porta una mano dietro l'orecchio per chiamare Ores attraverso lo stesso aggeggio che ha regalato anche a Everly.

«Signore, l'angelo deve chiederle una cosa» dice e prima di invitarmi a seguirlo passano alcuni secondi in cui sento l'abilità di Ores cercare di penetrarmi la mente.

«Ritorniamo alle tende, mio Re, così avrà modo di parlarne con lui» mi dice.

Ok.

Senza dire altro, mi alzo in aria e inizio a volare velocemente verso le tende per accorciare le distanze, lasciando Eduard indietro.

In fondo al tunnel vedo Ores davanti alla sua tenda con le braccia incrociate al petto.

«Che cosa stai pensando, Max?» mi chiede, guardandomi con occhi duri e inquisitori. Sento il suo potere diventare sempre più insistente.

«Tu dovresti saperlo» ribatto. La sua calma equivale alla pazienza di un leone incazzato, in questo momento. Sto andando contro i suoi piani perfettamente calcolati.

«Non ti lascerò ritornare in quel posto!» grida, come per rimproverarmi di nuovo.

Questa volta non ci casco. Basta essere zittiti: devo farmi ascoltare.

«Se non vuoi che io ritorni lì, trova un modo per farmi parlare con mia madre» gli propongo con più tranquillità.

«Perché?»

«Per capire. Voglio capire molte cose.»

Ores è visibilmente arrabbiato con me ma non posso farci nulla.

«Vuoi parlare con la Regina? Bene, seguici nei vecchi continenti. Troverò il modo di farvi parlare» mi dice, ma io non sono convinto.

«No» rispondo velocemente.

Una volta nei vecchi continenti passeranno giorni prima che ci sistemiamo per sopravvivere. Io devo parlare con lei il prima possibile.

Ores mi guarda e appoggia le mani sulle mie spalle,

pronto a farmi sentire in colpa per farmi ragionare, ma io conosco tutte le sue tecniche. Questa volta non è questione di educazione: è questione di vita o di morte, e non solo della mia.

«Maximilian tu sei il nostro Re, e io non posso permetterti di ritornare al castello. Abbiamo bisogno di te» mi sussurra. Scuoto la testa e gli sposto via le mani.

«Come pensi reagirà il popolo di Sonenclair quando vedrà che sono una mutazione? Il regno è abituato a sovrani puri. Io non lo sono. Oltretutto sono pure un bugiardo.»

Intanto anche Eduard ci ha raggiunto ma ha preferito andare subito dentro le tende.

«Il popolo capirà» ribatte lui. «E cosa devi dire alla Regina di tanto urgente?» mi chiede e i suoi occhi mi fanno dubitare delle mie ragioni.

Sospiro e abbasso le palpebre per non guardarlo.

«Voglio sapere perché io sono una mutazione mentre Nikolai no» dico tutto d'un fiato. Lo sento ridacchiare, sapevo che mi avrebbe troncato ogni proposta ma io sono qui per contrattare.

«E tu pensi che lei abbia la risposta? Sei nato come una mutazione.»

«Lei è l'unica che potrebbe sapere e dirmi la verità. Mi è rimasta solo lei.»

Le mie parole sembrano convincerlo perché sospira e accetta.

«Va bene. Poi non voglio sentire altre condizioni. Manterrai la parola data.»

«Sono il tuo Re. Dovresti essere tu a eseguire i miei ordini» dico sarcasticamente, ma la risposta che mi arriva è tutt'altro che scherzosa.

«Finché avrai questo desiderio di vendetta e violenza,

io non posso darti il comando. Un Re non deve essere amato e nemmeno odiato. Deve essere temuto. Ora vai a dormire.»

«Sì signore» dico duramente e annuisco.

Mi trovo in una stanza buia. Un fascio di luce penetra da una fessura a cui mi avvicino. Fuori c'è Evelyn in piedi che piange e mi guarda. Non capisco.

«Cosa sta succedendo?» le chiedo, ma la sua risposta è un grido pieno di agonia che mi spaventa.

Quando la sua figura inizia ad allontanarsi capisco che mi sto muovendo. Mi trovo nella cabina di un treno, non in una stanza. Incomincio a dare pugni alle pareti, sento che devo farlo. C'è qualcuno che all'improvviso inizia a gridare il mio nome ma delle interferenze modificano il suono della sua voce.

Io ho bisogno di sapere chi è.

Trasformo le mie ali in cromo mentre sono quasi nella loro massima estensione e colpisco ancora le pareti finché il treno non si ferma e riesco a creare una breccia nel metallo.

Con le mani allargo la fessura, lasciando che i bordi squarcino i miei palmi.

Una volta fuori dalla cabina mi ritrovo in un posto nuovo dove le pareti sono tutte di cemento. Ores sta piangendo, come Evelyn, in un angolo. Mi guarda e si tiene la testa tra le mani.

Mi avvicino a lui e lo scuoto.

«Ores cosa sta succedendo?!» gli chiedo urlando. Non sembra darmi retta, nonostante i suoi occhi siano fissi su di me.

«Ores ti prego dimmelo!» lo supplico. Chiude gli occhi e allunga un braccio per puntare una porta che non avevo notato.

Mi affaccio all'entrata e vedo che dentro c'è un tavolo con un computer acceso che continua a cambiare scene di video che da distanza non riesco a distinguere.

Mi avvicino al computer e mi siedo.

Allungo una mano verso il mouse ma non clicco da nessuna parte. Il puntatore rimane fisso in basso a sinistra mentre i video continuano a cambiare: mostrano cumuli di cadaveri, scene di combattimento, crolli di edifici e tante altre disgrazie che una guerra può provocare.

L'ultima scena è la più tranquilla e riconosco Everly entrare nei sotterranei di un luogo che conosco bene, ossia il castello.

Non appena si ferma si toglie la giacca e noto che ha una bomba addosso.

Allora capisco cosa vuole fare.

Mi aggrappo allo schermo, in preda a milioni di emozioni. Quella prevalente è la paura.

Everly non può aver accettato un compito simile!

Quando alza lo sguardo verso la videocamera di sorveglianza, noto che sta sorridendo. È un sorriso consapevole.

«Lunga vita a Re Maximilian!» dice tranquillamente prima di toccare un pulsante con la sua mano robotica e far detonare la bomba.

Il rumore dell'esplosione non arriva, il segnale viene interrotto a causa del forte impatto.

Tutto ciò che riesco a sentire è il mio grido.

Non mi do nemmeno il tempo di concepire ciò che è appena successo che mi alzo e corro fuori dalla stanza. Anche Ores è morto, ha una grossa macchia rosso cremisi sul petto.

Non capisco. È tutto troppo veloce.

Ritorno nella stanza e vedo che la luce è stata accesa. Riconosco la mia camera al castello.

Seduto sul letto c'è Nikolai e davanti a lui c'è un tavolino su cui è poggiata una scacchiera.

La situazione del gioco è semplice da capire.

Il cavallo, l'alfiere e una torre, tutte nere, hanno circondato il Re dei bianchi.

Mi avvicino e Nikolai mi dice: «Scacco. Tocca a te».

Ho una sola mossa.

So già qual è l'esito quando muovo il Re bianco di una casella.

Nikolai sorride. Seguo con gli occhi la sua mano mentre vince.

«Scacco matto. Hai perso.»

Quando alzo nuovamente gli occhi vedo che al posto del mio gemello c'è il Re, mio padre.

Tutto attorno a noi cambia. Ci ritroviamo su un precipizio e io sono sul bordo. Mia madre è dietro di lui, imbavagliata e con le mani legate dietro la schiena.

Faccio un passo in avanti per correre da lei, ma qualcuno mi spinge e io cado, nel vuoto.

Le mie ali sono di cromo.

Non ho più nulla da perdere.

«Lascia che io ti guidi, Maximilian» dice una voce maschile al mio orecchio. L'ultima immagine che ricordo è un ciondolo a forma di rombo che racchiude una "H" al suo interno.

Mi risveglio bruscamente, alzandomi di scatto dal sacco a pelo, e correndo fuori dalle tende. C'è una guardia all'entrata del tunnel a sorvegliare mentre tutti stanno dormendo.

Ho il respiro affannato, i polmoni si riempiono in continuazione di aria fredda siccome respiro dalla bocca. Mi precipito nella tenda dove Everly e Evelyn stanno dormendo e le vedo schiena contro schiena, entrambe raggomitolate in posizione fetale. A vederle così sembrano due poli opposti.

Mi avvicino a Everly e mi inginocchio davanti a lei.

Improvvisamente apre gli occhi e mi guarda spaventata e confusa. Le sue iridi color mogano si accendono di curiosità mentre sento una sensazione di sollievo invadermi per sostituire l'ansia e la paura di perderla.

«Che succede?» mi chiede e io scuoto la testa prima di risponderle: «Niente».

«Posso restare qui? Ti dispiace?» le chiedo.

Mi guarda stranita prima di sospirare e chiudere gli occhi.

«Dormi, devi riposare» sussurra, probabilmente per non svegliare Evelyn.

Nel momento in cui mi sdraio, mi ritrovo a pochi centimetri dal suo viso. Cerco di riacquisire la capacità di respirare lentamente. Poi Everly mi dà le spalle.

Rimango a guardare i suoi capelli un po' unti e le sue spalle alzarsi e abbassarsi leggermente mentre respira, fin quando non sento le palpebre diventare pesanti nuovamente. Lentamente mi avvicino di più a Everly e ripenso al sogno mentre sento il suo respiro farsi più pesante e regolare.

È viva, Max. Tranquillo. È stato solo un incubo.

Sono tutti vivi. Ma ancora per quanto? Non posso stare tranquillo. Come potrei?

Non posso permettere a nessuno di morire per me. Almeno, non lei.

Non per una guerra. Non per una corona.

CAPITOLO 18

GIOCARE CON IL FUOCO

Everly

Mi sveglio a causa di una sensazione di caldo quasi insopportabile. Sento il sudore bagnarmi il petto, il collo e l'interno gomito. Sono praticamente un pozzo d'acqua nonostante la brezza che spira fuori dalle tende.

Non appena cerco di muovermi, sento qualcuno bloccarmi e un fruscio di piume. Solo allora capisco di essere circondata dal braccio di Maximilian.

Merda.

Mi muovo lentamente per cercare di sgusciare fuori dalla sua presa, ma prontamente lo sento stringere di più.

«No» gracchia con la voce impastata dal sonno.

Se non ci fosse mia sorella accanto a me in questo momento, gli avrei già tirato un pugno. Ma non posso fare movimenti improvvisi. Rischio di svegliare sia lei, che deve assolutamente riposare per quanto mi riguarda, sia gli altri e l'ultima cosa che voglio è alimentare il fuoco dei pettegolezzi di Eduard. Quella boccaccia.

«Max, lasciami» sussurro e cerco di spostare il suo braccio.

«No» dice ancora.

Sospiro, irritata, e mi giro verso di lui per dirgliene di santa ragione, ma quando mi ritrovo con la faccia davanti al suo viso, i suoi occhi, brillanti nell'oscurità come quelli di un aquila, mi zittiscono.

«Non ti lascio, bimba. No» sussurra. Il suo respiro è caldo e lambisce le mie guance e le mie labbra.

Bimba. Non mi chiama così da tempo.

Mi trattengo dal ricordargli che non sono più la sua schiava solo perché stanno tutti dormendo.

La sua fronte è imperlata di sudore, anche lui ha caldo, ma non riesco a capire perché non voglia lasciarmi.

Ingoio la saliva formatasi nella mia bocca e chiudo gli occhi, per poi girarmi nuovamente dall'altra parte. Cerco di liberarmi un'ultima volta, ma la sua presa si fa più stretta. Ci rinuncio.

Mi rimangono ancora poche ore prima dell'alba. Devo riposare anch'io.

Prima di abbandonarmi di nuovo al sonno, sento il viso del Principe premere sui miei capelli e inspirare a fondo. Potrei girarmi, dirgli di staccarsi e lasciarmi stare ma, stranamente, rimango immobile.

Non vuole farmi del male e per ora mi basta.

«Ehi, Everly, sveglia.»

La voce di Ores mi arriva da lontano, sono ancora con un piede nel regno di Morfeo quando mi sento lanciare addosso qualcosa, probabilmente dei vestiti. Tossisco mentre sposto dalla mia faccia ciò che riconosco essere i guanti che mi aveva regalato Evelyn.

«Ores?» lo chiamo mentre indosso i guanti. Li avevo lasciati al castello. Chi ci è tornato?

«Buongiorno. Sono tutti pronti per andare alla costa» mi avvisa lui. Sospiro e mi alzo velocemente. Ho bisogno di farmi una doccia. Ho bisogno di pulirmi.

«Perché non mi hai svegliata prima?»

Esco dalla tenda e noto che sono tutti all'entrata del tunnel. Il sole non è ancora sorto, fuori è ancora buio. Controllo la mia cintura con le lame prima di tirarmi su i capelli facendomi una coda.

«Ordini del Principe» risponde. Lo sento ghignare e la cosa mi infastidisce.

«Gentile» ribatto io sarcasticamente mentre ci incamminiamo verso il furgone. «Mia sorella dov'è?»

«Con Maximilian. Si è offerto di portarla in braccio fino alla costa per non farla faticare a stare seduta e chiusa nel furgone insieme a noi.»

Sorrido, vittoriosa. Sono felice che cerchi di avvicinarsi di più a Evelyn. Sposarla non sarà più un peso. Se iniziasse ad amarla, sarebbe anche molto più semplice.

«Certo, un po' d'aria lassù le farà bene» commento più allegra.

«Tutti pronti?» chiede Ores non appena siamo a pochi passi dal furgone.

«Sì signore!» risponde Eduard per tutti.

«Sali, Everly. Abbiamo poco tempo.»

«Ben svegliata, prediletta del Re. Dormito bene?»

Voglio staccare la lingua a Eduard. Non può continuare con questi suoi film mentali.

«Taci.»

«Siete disgustosi quando litigate e poi vi accoccolate. Anzi, più che disgustosi, siete irritanti» continua a dire, scatenando le risate delle guardie che sono all'interno del furgone.

«Eduard, lasciala stare» lo zittisce Ores, ma il sorriso che ha stampato sul viso mi dice che non ha ancora finito di parlare.

«Però, Everly, devi ammettere che ha ragione.»

Ecco le altre risate. Sbuffo. Li odio, dal primo all'ultimo.

Salgo nel furgone insieme agli altri, mettendomi in fondo. Quando si accende il motore e inizia a muoversi mi rivolgo a tutti chiedendo:

«Come faremo a uscire dalla cupola?»

Nessuno però sembra volermi rispondere. Solo Ores mi parla e in quel momento mi rendo conto delle parole di Eduard della sera prima.

Devo lasciarmi andare, essere più socievole con le persone che mi circondano. Sono sulla loro stessa barca.

«Beh, siccome non si può oltrepassare, passeremo da sotto. Ho rimediato un passaggio con un sottomarino.»

Ores sorride, trionfante, anche se nessuno di noi dubitava delle sue capacità di contrattare.

«Melk ci sta aiutando. Ha aperto i cancelli subacquei per un paio di ore» mi spiega. La struttura della base della cupola è stata costruita in modo da far entrare acqua filtrata, quindi pulita. Alla costa il mare è limpido, al di fuori della cupola quel liquido non si può nemmeno definire acqua.

«Melk è un infiltrato?» gli chiedo. Quando lo avevo guardato nel database di cui mi aveva fornito, non c'era scritto da nessuna parte che era uno di noi.

Ores scuote la testa.

«No, è stato convertito, diciamo così» mi dice Ores prima che il silenzio nel furgone cali fin quando non arriviamo alla costa.

Quando il veicolo si ferma, tutti scendono velocemente mentre io aspetto qualche secondo per fare un bel respiro profondo. Quando poggio un piede sul cemento del porto, rimango nascosta dietro alle altre guardie mentre Ores va a parlare con degli uomini. Tra di loro vedo Evelyn, sorretta da un ragazzo che le sta parlando. Ha i capelli bruni raccolti in una coda bassa e le sue braccia circondano Evelyn. Sembra serena insieme a quel marinaio che non pare essere una mutazione.

«Il Principe dov'è?» sento chiedere il mio padrino.

«È con la ragazza, si sono allontanati da qui per fare le loro cose» risponde uno di loro. Non capisco di chi stanno parlando. Altre presenze femminili oltre a me, Hannah e Evelyn?

«La ragazza? Chi è?» chiede Ores, portando le mani sui fianchi. Non si aspettava altra gente.

«È la figlia del comandante della marina di Sonenclair» spiega l'altro. «Penso si chiami Brianna o Brietta...»

«Brigitta.»

Non sentivo il suo squittio da quando Maximilian l'aveva cacciata dalla sua stanza. Ora invece è nuovamente tra le braccia del Principe. Camminano verso di noi, erano nascosti tra gli alberi. A fare cosa? Non lo voglio sapere. Il modo in cui Max tiene un braccio attorno alla vita di quella sgualdrina mi basta per sapere che hanno solamente fatto quello per cui lui l'aveva presa.

Il vestito che Birgitta sta indossando lambisce il suolo e il fruscio che provoca è snervante.

«Qualcuno mi stava cercando?» squittisce nuovamente prima di alzarsi in punta di piedi e dare un bacio sul collo a Maximilian. Lui non reagisce, è come se fosse totalmente naturale. Dalle mie parti un uomo che si fa baciare da una sanguisuga non è un uomo.

Ores si avvicina ai due e li squadra. Anche lui sembra disgustato quanto me. Anzi, probabilmente di più.

«Dove eravate?» chiede con un tono di voce severo.

Brigitta sorride e accarezza la guancia al Principe. Lui la guarda e sembra fingere un'espressione maliziosa.

Qualcosa non quadra.

«Avevo una questione in sospeso con il Principe» risponde Brigitta. «Vero, Max?»

«Sì, vero» afferma prima di riportare lo sguardo su Ores. «Dov'è Everly?» gli chiede.

Sentirmi nominare mi stupisce. Fino a pochi secondi fa sembrava avere corpo, anima e mente solo per Brigitta.

Mi faccio largo tra le guardie e mi mostro. Gli occhi di tutti si puntano su di me, soprattutto quelli incazzati della ragazza dai capelli verdi. Che cosa vuole?

«Sono qui.» Nel momento in cui sente la mia voce, Brigitta scatta subito.

«Rivolgiti bene al tuo Principe e alla sua compagna, schifosa infiltrata» mi ordina. Solo perché esiste vorrei metterla a tacere con uno sparo. Anzi, magari due.

Alzo gli occhi al cielo prima di fare un inchino ai due.

«Sono qui, mio Principe e sua reale puttana» dico con il preciso intento di darle della poco di buono. La sua reazione provoca la mia.

«Chiudi quella bocca!» mi grida addosso.

Con un movimento fulmineo estraggo uno dei miei pugnali e tiro Brigitta per i capelli, facendola girare per darmi la schiena. Dopodiché la faccio cadere a terra con la pancia rivolta verso il basso, prima di alzarle il viso dal cemento, tirandola ancora per i capelli, e appoggiare la lama sulla sua gola.

Il suo grido sta per spaccarmi i timpani ed è solo grazie

a Ores che mi allontana da lei che la sgualdrina smette di starnazzare.

«Dammi ancora un ordine e io ti taglio la gola!» la minaccio mentre Ores e Eduard mi trattengono. Brigitta inizia a singhiozzare tra le braccia del Principe che la stringe per calmarla. Tutto ciò che sto vedendo non ha senso.

«Max, non voglio che quella bestia si avvicini a me o a te. Intesi?» guaisce Brigitta, prima di nascondere il viso nel petto del Principe.

«Sì, certo» risponde lui.

«Che cosa ci fa quella qui?» chiedo a Ores che sembra anche più incredulo di me.

«Non lo so, ma ho intenzione di scoprirlo. Maximilian!» lo chiama, ma invece di sentire la risposta del Principe, ancora una volta sentiamo tutti la voce insopportabile di Brigitta.

«Che cosa vuoi infiltrato?»

Ores avanza minacciosamente verso i due prima di puntare il dito verso la ragazza.

«Tieni quella tua dannata bocca chiusa altrimenti ti aizzo contro Everly. E non m'interessa se tuo padre è il comandante. Finché ci sono io a dirigere questa missione, tu devi obbedire a me. Intesi?»

Deve essere una cosa di famiglia la violenza.

Brigitta lo sfida con lo sguardo, ma gli occhi di Ores sono decisamente molto più duri.

«Sì» sussurra lei alla fine, rassegnandosi al fatto che non è una Principessa.

«Bene. Max, devo parlarti. Everly, butta quella ragazza dentro il sottomarino» mi ordina Ores.

«Con piacere» rispondo liberandomi dalla stretta di Eduard per poter "accompagnare" Brigitta al sottomarino.

«Forza, compagna del tuo Principe, cammina» le dico mentre la spingo verso il portello del naviglio.

«Te la farò pagare» sibila Brigitta guardandomi con rabbia.

«Eh già, non vedo l'ora di vederti provarci» dico io sarcasticamente mentre con la mano la spingo rudemente in avanti per indirizzarla più in fretta verso l'entrata del sottomarino. Quando Brigitta ha l'intero corpo dentro l'abitacolo, mi giro per guardare gli altri e noto che si stanno avvicinando tutti per salire. Hanno delle facce divertite ma la cosa che mi preoccupa di più è che pensano che io sia gelosa quando non lo sono.

Dopo i convenevoli con il comandante, un uomo sulla cinquantina con i capelli brizzolati ai lati e le occhiaie sotto gli occhi, e le lamentele di Brigitta per come l'abbiamo attaccata con conseguente irritazione di suo padre verso la propria figlia, mi reco alle docce mentre gli altri si dirigono alla mensa.

L'acqua dolce che mi bagna e pulisce è rilassante.

Ripenso a Maximilian e a come stranamente si è comportato prima con Brigitta mentre strofino la saponetta sulle mie braccia e sulle mie gambe.

Quella puttana che fa battere il cuore del Principe? Spero solo che lui non faccia soffrire Evelyn. Non mia sorella.

Alzo il viso verso il getto d'acqua e lascio che mi massaggi la fronte.

All'improvviso sento dei passi lenti e pesanti provenire fuori dalla doccia.

Dopo aver chiuso l'acqua, allarmata afferro l'asciugamano che avevo preso dagli alloggi e mi circondo il corpo bagnato.

Esco dalla doccia e vedo Maximilian, a petto nudo,

avanzare verso di me. Le cicatrici sparse sulle sue braccia sembrano più evidenti, le sue ali sono rilassate dietro di lui. Quando lo guardo in faccia noto che i suoi occhi sono incollati al mio corpo.

«Everly, posso parlarti?»

Lentamente mi avvicino agli armadietti alla ricerca di un piccolo asciugamano con cui iniziare a tamponare i miei capelli per asciugarli.

«La tua ragazza ha smesso di abbaiare?» gli chiedo quando trovò quello che stavo cercando. Guardo il mio riflesso nello specchio largo sopra i rubinetti: Max si posiziona dietro di me. Porta la sua mano sulla mia spalla e traccia la distanza fino al collo, per poi circondarmi ai lati con le sue ali.

«Non è la mia ragazza» sussurra lentamente. Devo rimanere impassibile.

«Dal modo in cui vi coccolate sembrate appena sposati» ribatto io seccata e con un movimento gli sposto la mano.

Gli occhi di Maximilian si riducono a due fessure.

«Everly, non è come pe...» prova a dire ma io lo blocco subito, girandomi verso di lui.

«Ho visto che ci stai provando con mia sorella. Quindi, se ci tieni alle palle, vedi di non farla soffrire. E ora, non ho più nulla da dirti» affermo cercando di mettere un punto al discorso, ma lui sembra voler continuare. La sua espressione confusa sembra prendersi gioco di me.

«Ci sto provando con chi?» chiede portando le mani sui fianchi.

«Lasciami stare Max...»

Di punto in bianco mi afferra per la vita e mi mette a sedere sul ripiano dei lavandini.

Tengo stretto a me l'asciugamano per coprirmi, ma il suo sguardo non è puntato sul mio corpo, bensì sta sprofondando nei miei occhi; i suoi sono dorati, brillanti, languidi.

«Eppure hai lasciato che dormissi abbracciato a te. Il calore del tuo corpo...» sussurra mentre porta il pollice su cui è tatuato il mio nome sul mio labbro inferiore per abbassarlo. «Tu non immagini che effetto hai su di me.»

«Vai a farti fottere, piccione reale! Ho detto lasciami stare!» sibilo, spingendolo via con tutta la forza che ho. Scendo dal ripiano ma il Principe mi trattiene di nuovo. Quando mi volto verso di lui gli tiro uno schiaffo in pieno viso. «Mi fai schifo!»

L'espressione che ha subito dopo è un miscuglio di delusione, rabbia e dolore. Ho come l'impressione che stia per scatenarsi una rissa, ma non succede. Rimane fermo a guardarmi. Anch'io non ci credo al fatto di avergli tirato uno schiaffo e non un pugno, ma oggi sembra la giornata delle cose impossibili.

Sulla soglia della porta compare Ores, probabilmente allarmato per il casino che stavamo facendo.

Quando Max si accorge di lui, velocemente cammina verso l'uscita.

«Ores, va dal comandante per ordinargli di risalire in superficie e farmi uscire» gli ordina. Nel momento in cui tenta di andarsene, Ores lo blocca per chiedergli cosa sia successo.

«Niente. Il posto è diventato troppo piccolo. Dì a Brigitta di stare calma quando si sveglia. Vi raggiungo con Styphán» gli spiega con un tono di voce irritato e si libera dalla sua presa. Io li guardo mentre tengo fermo l'asciugamano sul mio corpo. Non riesco ancora a credere a quello che è appena successo.

Ores guarda Maximilian allontanarsi prima di portare

184

gli occhi su di me.

«Non so cosa sia successo tra te e lui ma vedete di tenere questa cosa per voi, è chiaro?»

«Fatti i cazzi tuoi, Ores» gli rispondo uscendo dal bagno per dirigermi agli alloggi. Devo vestirmi.

«Non osare rivolgerti a me in questo modo!» mi rimprovera lui ma io non mi sottometto. Io so di avere voce in capitolo.

«Oh, e invece sì. Se vuoi che io combatta al vostro fianco, tieni a mente anche i miei desideri» controbatto io. «A me non basta vedere il futuro Re di Sonenclair in battaglia per far nascere in me il coraggio e combattere sotto la sua bandiera! Io sono una mercenaria, io combatto per un compenso. Quando tutto sarà finito, voglio che Maximilian sposi Evelyn e che lei diventi Regina.»

«Stiamo combattendo per la libertà» mi ricorda Ores, guardandomi male.

«Lo so» replico io mentre prendo una tuta da mettermi al posto dei vestiti sporchi che ho indossato negli ultimi giorni. Ores mi segue a ogni mio spostamento.

«No, non lo sai. Mi stai dimostrando l'esatto contrario. Non puoi combinare il matrimonio di tua sorella! Ma che cosa pensi sia la libertà? Almeno, lei lo sa?»

«Ne ho parlato con lui.»

«E lui?»

«Ha accettato.»

«Non ci credo.»

«Perché?»

«Non lo capisci Everly?» mi chiede lui prima di scoppiare in una risata forzata. «Lascia stare questa assurdità del matrimonio tra Evelyn e il Principe; lascia che siano quei due a scegliere il proprio partner.»

Ruoto gli occhi in alto prima di chiudere quel discorso

per aprirne un altro.

«Maximilian ti ha detto perché dobbiamo portarci quella dietro?» gli chiedo riferendomi a Brigitta mentre inizio a vestirmi, dandogli le spalle per fargli vedere il meno possibile.

«Ha detto... che la ama. Non riesco a crederci» mi rivela e le sue parole mi fanno rabbrividire. Amore? Amore! Ma certo! Come potrebbe non amare la ragazza che probabilmente gli ha tolto la verginità. Mi sembra un ragionamento più che logico il suo.

«Per questo pensi che non sposerà Evelyn?» chiedo sarcastica. A questo punto mi chiedo davvero se sposerà Evelyn come mi aveva detto.

«No» risponde Ores. «Io conosco Maximilian. Nasconde qualcosa» sospira. «Devo andare dal comandante a vedere cosa combina il pennuto. Vedi di stare tranquilla.»

«Certo» rispondo io mentre continuo ad asciugarmi i capelli.

Quando mi giro verso la porta vedo Evelyn guardarmi. Sta piangendo. Perché piange?

«Everly... che succede? Perché devo sposare il Principe?» mi chiede tra i singhiozzi. Ha sentito tutto. Appoggio l'asciugamano su uno dei letti e mi avvicino a lei.

«Ehi, no tranquilla. Non è niente» inizio a dire in modo dolce per calmarla.

«Perché stavi combinando il mio matrimonio?»

«Per te. Per...»

Evelyn inizia a scuotere la testa velocemente con le mani a coprire le orecchie. Non vuole ascoltarmi.

«Everly, ma come puoi farmi questo?»

«È per darti tutte le ricchezze, farti vivere come una regina. Non ti ricordi la promessa che ti ho fatto?» le chiedo mentre metto le mie mani sulle sue spalle.

«Vivere come una regina, non diventare la Regina! Io non lo amo!» singhiozza lei, scostando le mie mani e allontanandosi di un passo.

«Il Principe ha accettato di sposarti, Evelyn. Sarà un ottimo marito, e i vostri figli avranno tutto ciò che vorranno!» le rivelo, ma forse non dovrei dirlo. Ora non so più se vuole prenderla come moglie.

«Sono tua sorella! Avresti potuto parlarmene!»

Le lacrime rigano il suo volto con prepotenza, lasciandole una traccia bagnata sulla pelle chiara.

«Evelyn, io...» inizio a dire, ma quando la vedo indietreggiare ancora per evitarmi, le parole si bloccano nella mia gola.

Ho combinato un disastro.

«Lasciami stare Everly. Io non sposerò il Principe per il tuo volere! Ritieniti liberata da questa promessa» sibila lei prima di darmi le spalle e allontanarsi velocemente con i pugni serrati, probabilmente per andare da Ores.

CAPITOLO 19

I VECCHI CONTINENTI

Everly

La Sonenclair's Sharkship, uno dei sottomarini più grandi della flotta di Sonenclair, in cui stiamo viaggiando, va così veloce grazie a una punta che emette gas per utilizzare la tecnica della supercavitazione: in poche ore dovremmo essere già alle coste dei vecchi continenti.

Ora so che in passato, prima della Guerra dei Morti, non si utilizzava la supercavitazione per i veicoli subacquei, perché il gas era molto erosivo sui materiali usati per la costruzione dei vari sottomarini.

Il comandante Ærvid, il padre di Brigitta, ci sta spiegando come funziona, seduto di fianco a Ores nella sala di controllo: in pratica il gas emesso crea delle bollicine che si uniscono in una sola grande bolla, formando così una sottospecie di mantello che ricopre il sottomarino, costruito con una nuova lega di metallo che non si corrode. Senza l'acqua densa che rallenta la macchina, si riesce a viaggiare a più di mille chilometri all'ora.

Lentamente sguscio fuori e li lascio soli. So che Ores vuole che io conosca tutti i meccanismi ma ora vorrei solo mangiare e riflettere.

Mi reco lentamente verso la mensa mentre mi guardo attorno. Sulle pareti non ci sono colori, il luogo ha un aspetto molto tetro: lo scenario di un periodo prima dell'imminente guerra che sta per rovinarci, nessuno escluso.

Stanno tutti banchettando nella mensa mentre io li guardo da fuori attraverso un oblò. Vestono tutti con dei pantaloni larghi e una maglietta senza maniche, proprio come me.

Maximilian è appena uscito e sta raggiungendo le coste insieme a Styphàn e Melk, quindi non capisco perché inizialmente i miei occhi l'hanno cercato: forse per i sensi di colpa; Brigitta sta flirtando con alcuni soldati e la cosa non mi stupisce, mentre Evelyn e l'uomo che la sorreggeva prima stanno ora mangiando insieme.

Entro e vado a prendermi da mangiare. Il buffet è pieno di cibi che non conosco bene, quindi il riso messo in bella vista, e il pesce bollito mi vanno più che bene.

Fortunatamente lo stabilizzatore del sottomarino è molto forte e permette a tutti di non sentire né il rumore che fa la supercavitazione, né i movimenti del sottomarino. Mi sembra di essere in una stanza normalissima.

Riempio il mio piatto di riso e sul lato ci metto un pezzo di pesce bollito dal colore strano e l'odore altrettanto misterioso, poi afferro una bottiglietta d'acqua.

In fondo alla stanza noto un tavolino libero per due persone. Senza guardare nessuno, mi avvio verso quel tavolo.

Questa situazione, con tutti che mi stanno contro, mi sta stressando: prima Brigitta, poi Maximilian e ora pure

Evelyn. Anche Ores vorrebbe strangolarmi, ma non gli ho fatto niente. Ancora.

Inizio a mangiare: metto in bocca piccoli bocconi, mastico lentamente, ingoio e ricomincio con un altro boccone. È una cosa così meccanica che non riesco nemmeno a gustarmi il pasto.

Guardo gli altri parlare e sorridersi tra loro, una risata qua e là rompe la monotonia del chiacchiericcio, eppure mi sembrano solo un mucchio di persone che fingono di non sapere a cosa vanno incontro. La maggior parte di loro non è stata addestrata per il combattimento anche se sono degli infiltrati; molti non lo sono nemmeno.

Rallento il respiro perché sento che una nuova emozione, forse l'incredulità, mi sta agitando e abbasso nuovamente lo sguardo sul mio piatto. Mi è passata la fame ma devo mangiare per rimanere in forze: nessuno sa cosa ci aspetta nei vecchi continenti.

Soprattutto perché nessuno è mai ritornato su quelle terre popolate da mutazioni pericolose.

All'improvviso sento la voce di Ores provenire da un altoparlante.

«A tutti i soldati: recarsi agli alloggi per la distribuzione delle armi. Ripeto. A tutti i soldati: recarsi agli alloggi per la distribuzione delle armi. Felix Dherb, Beck Dherb, Eduard Grave e Everly Greystone si devono recare alla sala del comandante. Passo e chiudo.»

Corrugo la fronte, mangio gli ultimi bocconi e mi alzo dal tavolo. Prendo il piatto, lo svuoto nel cestino della spazzatura prima di metterlo sopra gli altri piatti sporchi vicino all'entrata della mensa ed esco, per camminare verso la sala del comandante come ordinato dal mio padrino.

Cammino velocemente e quando arrivo noto che c'è già Eduard in piedi vicino ai due che devono essere Felix e

Beck.

A una prima occhiata sembrano gemelli, stesso taglio ai capelli scuri, stesso colore degli occhi, ma quando li guardo meglio noto che uno è più vecchio dell'altro. Sono entrambi due armadi giganti: i loro muscoli sono tesi, emanano potenza, forza, ma allo stesso tempo so che non saranno molto efficienti nella guerra. C'è un limite che non si deve superare quando si vuole essere muscolosi, ma deve essere a causa di una mutazione se loro hanno oltrepassato il massimo consentito. Inoltre la loro pelle lucida sembra avere una consistenza simile al metallo.

Uno di loro due si avvicina a me, il più vecchio. «Sono Felix, lui è mio fratello Beck» si presenta tendendomi la mano che io stringo. Rispondo con:

«Everly».

All'improvviso sentiamo qualcuno correre dentro e di scatto ci giriamo per vedere chi è.

«Ahi!» grida un ragazzino più o meno della stessa altezza di Maximilian, ma molto diverso da lui e con meno anni, deve averne quindici o sedici. È appena caduto a terra. Ha delle ali, grandi quasi quanto quelle del Principe e mi chiedo cosa abbia intenzione di fare Ores.

Poi vedo il mio padrino soccorrerlo e aiutarlo ad alzarsi.

«Soldati, lui è Herbert. Non abbiamo trovato nessun altro alto quanto il Principe che potesse, come dire, fingere di essere lui» spiega Ores mentre gli fa raddrizzare la schiena, alludendo ironicamente al fatto che ha anche lui delle ali. «Vi chiederete perché non siete con i vostri compagni. Questo perché siete stati scelti come squadra beta» continua a dire spingendo il ragazzo in mezzo a noi.

«C'è una squadra alpha?» chiedo, incuriosita. Ores annuisce in risposta, avvicinandosi a un armadietto per estrarre un borsone.

«Sì, sono quelli rimasti nel regno per causare scompiglio ed evitare che il popolo parlasse di noi fuggitivi, di noi ribelli» mi spiega per poi appoggiarsi a uno dei letti. Parla come se gli altri sapessero già tutto: sembro l'unica a non essere al corrente di niente. Sono anche l'unica ad avere avuto direttamente a che fare con il Principe. Forse è per questo che hanno appositamente evitato di riferirmi alcuni fatti.

«Una sorta di distrazione che li porterà alla morte se il Re li catturerà» mormora Beck, guardandosi le mani.

Ores alza lo sguardo e si avvicina a lui. Lo afferra per i capelli corti e lo costringe a guardarlo. Il modo in cui lo fissa sembra quasi di sfida, tanto che Beck non reagisce inizialmente, poi la sua espressione muta da apatico a quasi spaventato.

«So che ti manca Hannah» inizia a dire il mio padrino. «Ma cerca di capire che si è offerta volontaria e noi ci stiamo preparando a una guerra.»

Dopo aver zittito Beck, Ores si riavvicina al borsone ed estrae delle tute da immersione e un altro sacchetto da dove tira fuori dei piccoli cubetti grigi.

«Allora, il piano è questo: setaccerete il posto e seppellirete questi cubi. Sono dei sensori di movimento. Hanno un raggio di venti metri l'uno quindi fate i vostri calcoli. Quando sarà tutto a posto, la sera ritornerete sulla costa. Vi aspetteremo lì. Se i sensori non rileveranno niente di sospetto ci accamperemo lì e inizieremo a fare rifornimento nelle vecchie basi utilizzate durante la quarta guerra mondiale. Noi andremo a riprendere la squadra alpha» ci spiega. Felix si avvicina al ragazzo è la differenza tra i due è quasi divertente: da una parte c'è un carro armato, dall'altra una macchina giocattolo.

«E perché mai dovremmo portarci dietro questo ramoscello?» chiede sprezzante Felix. Herbert abbassa lo sguardo, consapevole di non essere abbastanza. Io non mi intrometto. Non ne sono certa ma se davvero Eduard pensa che tutti noi siamo sulla stessa barca e dobbiamo proteggerci a vicenda, Felix sta solo pensando che Herbert morirebbe nel giro di pochi secondi. Ores punta le ali di Herbert.

«Perché ha queste. Vi farà da occhi in cielo» risponde, e Felix annuisce.

«Perché proprio noi?» chiedo improvvisamente io, di impulso.

«Perché siete abbastanza forti da battervi e proteggervi senza armi. Dobbiamo essere parsimoniosi finché non riusciremo a fare rifornimento» mi spiega. Guardo i miei compagni e il mio sguardo si posa su Eduard.

«Eduard cosa sai fare?» gli chiedo. A me sembrava solo un umano come gli altri, ma forse lo sto sottovalutando.

«Io, mia cara amica, so manipolare la forza di gravità attorno a me per un raggio massimo di tre metri. Mi sto allenando per aumentare il raggio» mi spiega. È un altro che ha avuto un miglioramento delle prestazioni del cervello, come mio zio O.

«E voi due?» chiedo, girandomi verso i fratelli Dherb.

«Ma ci hai visti? Noi sappiamo solo difenderci e combattere bene. Tu?» mi chiede Beck. Aggrotto la fronte e incrocio le braccia. Quello che so fare io adesso mi sembra così poco. Ora capisco Herbert.

«Io me la cavo» rispondo mostrando una sfera di fuoco, prima di rivolgermi al ragazzino. «Herbert, tu cosa sai fare oltre a volare?» gli chiedo, sperando che abbia uno scudo di cromo come Maximilian.

«Io niente. Io volo» balbetta lui.

«No, non ci sto. Non lo porto con me» dice Felix alzando le mani in segno di negazione.

«Come scusa?» risponde Ores, come a volerlo sfidare di ripetere ciò che ha appena detto.

«Perché dovremmo portarci dietro un ragazzino che non sa nemmeno difendersi? Andremo solo noi quattro. Non abbiamo bisogno di un peso morto con noi. Se dovessimo avere bisogno di aiuto, lui non saprebbe come aiutarci perché l'unica cosa che potrebbe fare è allontanarsi per chiamarvi. Quando voi arriverete, saremmo già morti» dice Felix. Ores sorride e lo guarda prima di lanciargli una tuta.

«Allora cercate di sopravvivere fino al nostro arrivo, perché Herbert vi servirà anche per questo» replica lui, poi passa anche agli altri una tuta. Quando si rivolge a me, mi fa segno di avvicinarmi.

«Everly, il congegno che ti ho messo dietro l'orecchio è da togliere» mi informa e si mette dietro di me per vederlo.

«Perché?» gli chiedo. Non l'ho più usato da quando siamo partiti dal regno.

«Perché non funziona più fuori dalla cupola di Sonenclair» mi spiega mentre mi fa sedere su uno dei letti. «Stringi i denti» mi dice e mi passa una tuta. La ripiego un po' prima di metterla tra i denti. Non appena sento le dita di mio zio dietro l'orecchio mi tengo pronta per il dolore. Quando estrae il congegno sento che potrei svenire per quanto fa male ma mi limito a mordere con forza la tuta per cercare di attenuare la fitta. Nell'istante in cui inizio a sentire solo il bruciore Ores si allontana. Sa perfettamente che non c'è bisogno di medicarlo. Il dolore può essere paragonato a una pugnalata ma la ferita è grande quanto il morso di un ragno. Inesistente.

«Squadra beta, preparatevi. Ci vediamo all'uscita» dice Ores incamminandosi fuori dagli alloggi.

«Everly, stai attenta e non perderli di vista.» Ores si raccomanda con me usando la sua telepatia.

«Come vuoi. Mi devi ancora spiegare quella cosa che ho letto su Max» rispondo io, pensando.

«Al vostro ritorno avrai le tue risposte.»

Prendo la mia tuta e mi fiondo nel bagno per vestirmi. Gli altri possono benissimo cambiarsi dove sono.

La tuta è nera e mi copre tutto il corpo, lasciando libere solo le mani, il collo e la testa. Ai piedi è rinforzato, tanto da mimare un paio di scarpe incorporate. Quando esco fuori dal bagno, sento lo sguardo degli altri addosso. Sospiro e mi avvicino al letto solo per prendere il sacchetto impermeabile dove dentro ci sono i cubi, li attacco alla cintura della tuta e cammino velocemente verso l'uscita, sotto il loro sguardo che non fa altro che mettermi a disagio. Forse è solo una voce nella mia mente.

«Avete già bloccato il Principe?» chiedo quando vedo Ores di fianco alla scaletta per il portello.

«Sì. Melk lo sta trattenendo a tre chilometri dalla costa» mi risponde Ores prima di fare segno a un addetto e far aprire il portello per lasciarci uscire.

«Vi stiamo lasciando a sessanta metri dalla costa, quindi arriverete a nuoto. Dovete stare attenti e restare uniti. Ripulite per bene il posto» ci ricorda prima di darci una mappa. Quando la apro vedo che è quella dei vecchi continenti, e raffigura la parte sud est dell'India.

«Certo. A più tardi» dico io mentre ripiego la mappa e la inserisco dentro la tuta, facendola passare dallo scollo. Poi inizio a salire sulla scaletta e quando sono fuori, alzo gli occhi verso il cielo e noto che è meno verde, più tendente verso l'azzurro. I raggi del sole picchiano sulla mia guancia.

L'acqua scura mi disgusta, pensare che le macerie negli abissi sono frutto di anni di lavoro prima della Guerra dei Morti mi rattrista: avevo visto bellissime foto durante lo studio della storia prebellica nell'isola degli schiavi.

Mi immergo e nuoto il più velocemente possibile, evitando i pezzi di metallo galleggianti e facendo attenzione a non bere; quando sento la riva sotto le mani e la sabbia tra le dita, mi alzo, controllo la sacca dei cubi per vedere se c'è ancora, e guardo la fitta foresta che si estende sopra il rialzamento di terra che divide la costa dal resto. Respiro, cerco di riprendere il fiato e mi guardo indietro per vedere i miei compagni di squadra. Herbert atterra vicino a me mentre guardo riemergere dall'acqua gli altri.

Quando si avvicinano, incrocio le braccia al petto.

«Dobbiamo dividerci?» chiede Herbert che, al contrario di noi, non ha il respiro affannoso.

«Noi sì, ma da te. Hai lei ali, no? Ti conviene usarle e vedere dove dobbiamo andare per piazzare questi cubi» dico io ingoiando la saliva e sentendo il sapore dell'acqua salata del mare.

«Bene. Quanti ne avete?» chiede ancora Herbert, così guardo nella sacca.

«Qui ce ne sono dodici» rispondo prima di tirare fuori la mappa dallo scollo.

«Ok. Allora incamminatevi. Io vi seguirò da lassù. Vi dirò quando fermarvi» spiega Herbert e prende il volo. Quando lo vediamo già abbastanza in alto e sopra la vegetazione, io guardo gli altri e faccio a loro cenno con la testa.

Scaliamo il rialzamento di terra facilmente e ci ritroviamo proprio davanti alla foresta. Ci addentriamo lentamente, guardandoci attorno più e più volte. Il profumo dell'erba che ci circonda è buono, i raggi di sole che filtrano tra le foglie degli alberi alti crea uno stupendo contrasto tra i tronchi. Il silenzio, invece, è spezzato dai versi di piccoli animaletti che si nascondono alla nostra vista e dai rametti secchi che si rompono sotto ai nostri piedi.

Sembra tutto così calmo.

Quando guardo in alto per vedere di sfuggita Herbert volare, è come se fosse rilassato anche lui. Continuiamo a camminare per circa dieci minuti.

All'improvviso sento un forte fruscio provenire da dietro di noi.

«Fermi tutti, avete sentito?» sussurro io, bloccandomi sul posto. Lentamente creo una piccola sfera di fuoco e la tengo in mano.

«Herbert, vedi qualcosa?» grido per farmi sentire da lui, ma quando non risponde, alzo gli occhi al cielo e non lo vedo.

«Non c'è, dov'è finito?» chiede Eduard guardandosi attorno.

Poi lo vediamo cadere, sbattendo e spezzando i rami di alcuni alberi. «Herbert!» grida Eduard, spaventato, e lo vedo correre da lui per attivare il suo potere e annullare la forza di gravità sotto di lui per impedirgli di schiantarsi al suolo pesantemente.

Sentiamo di nuovo un fruscio. Ci giriamo di scatto. I fruscii aumentano, ma non vediamo niente.

All'improvviso sento qualcosa conficcarsi nel mio collo e farmi male.

«Cazzo» impreco e mi porto una mano per sentire cos'è. Quando lo estraggo e lo guardo, noto che è un dardo. Spaventata, lo spezzo in due e noto che ha un contenitore dentro. Ed è vuoto.

Quando guardo gli altri vedo che anche loro stanno

controllando dei dardi. Siamo stati tutti colpiti.

La mia vista inizia a offuscarsi, sento le palpebre pesanti. Faccio in tempo solo ad alzarmi che, nel giro di pochi secondi, crollo per terra e perdo i sensi.

CAPITOLO 20

IL POPOLO DELLE TERRE

Maximilian

Mi copro il viso con le mani ripensando alla mia vita e alla situazione in cui mi trovo. Seduto su una sedia nella mensa vuota del sottomarino, fatico a restare calmo.

Sento le mani tremare contro le mie guance e il respiro irregolare agitarmi più del necessario. Vorrei scoppiare a piangere ma devo essere forte, non posso lasciarmi andare, nemmeno quando so che non c'è nessuno.

Io sono il futuro Re, che io lo voglia o no.

L'unica cosa positiva successa fino a questo momento è che il padre di Brigitta, il comandante Ærvid, ha scoperto il doppio gioco della figlia e per questo motivo la tiene lontana da me.

L'attuale Re di Sonenclair, mio padre, aveva mandato Brigitta per controllarmi. Ma lei aveva pensato di rigirare tutto a suo favore, come ogni doppiogiochista.

Quando lei mi aveva trascinato lontano dalla costa, era solo per riferirmi il patto che aveva stretto con mio padre.

Lui le aveva promesso soldi e altre ricchezze in cambio di notizie riguardo a noi, ai Ribelli.

«Potrei farlo» mi aveva sussurrato all'orecchio mentre io dentro ribollivo di rabbia. «Oppure potrei stare zitta e rimanere la tua donna.»

Quando, con le immagini di mia madre e Everly in mente, mi ero rifiutato, mi aveva rivelato che lei custodiva un segreto che aveva nascosto sin da quando la Regina l'aveva accettata come figlia, destinata a sposarmi.

Quando le avevo detto che non le credevo mi aveva mostrato l'anello con il sigillo della famiglia reale. I gioielli della corona sono importanti, sapere che lei aveva proprio l'anello prezioso di mia madre aveva confermato ogni mio dubbio. Spero soltanto che Ores trovi il modo per farmi parlare con mia madre al più presto. Brigitta sa qualcosa che per me è vitale, altrimenti non mi avrebbe mai minacciato in cambio di sesso e amore.

Ma ogni volta che penso a Brigitta, il mio cuore prende il controllo della mia mente e la cancella per disegnare il volto di una testarda, solitaria e assolutamente stupenda ragazza, ed è sempre e solo lei da giorni, sin dal primo secondo in cui il mio sguardo si è posato su di lei.

E non voglio ammettere di essermi innamorato di un'infiltrata pronta a uccidermi. Se lei mi avesse chiesto il cuore, molto probabilmente me lo sarei strappato dal petto di mia spontanea volontà. Non so dare un nome all'effetto che ha su di me.

Ho voluto comandarla quando ero ancora convinto che fosse una schiava solo per sapere che era mia: il suo corpo, la sua mente, il suo cuore, per proteggerla.

Mi rendo conto che lei non è un oggetto ma fino a pochi giorni fa era considerata come tale dalle leggi di Sonenclair: la vita di uno schiavo non vale quanto la vita di un

Nobile.

Egoistico: così si potrebbe descrivere il mio comportamento, ma può essere davvero considerato tale quando tutto ciò che desidero è vederla al sicuro?

Lo schiaffo in pieno viso che Everly mi ha dato ha confermato la mia tesi: sono un pazzo, egoista e viscido Nobile che ha voluto per un istante il suo corpo per soddisfare un bisogno naturale.

Avvicinandomi a lei in quel modo, invadendo il suo spazio, sento di averla allontanata ancora di più da me e non è questo il mio obiettivo. Percepivo solo lei in quel momento, e l'impatto che aveva su di me. Molte volte la lussuria mi ha portato, e mi porta ancora, a cercare la soddisfazione nei rapporti con persone come Brigitta, ma Everly è diversa.

Vorrei solo sapere che lei è felice, per un motivo o per l'altro, anche se non nego una forte attrazione fisica.

Sento che potrei ribaltare il mondo per lei se dovesse avere il desiderio di vedere tutto al contrario, senza contare le leggi della fisica.

Nessun ostacolo. Voglio vederla sorridere di felicità.

Ma tutti questi desideri mi portano alla rovina perché lei si allontana sempre di più da me e la causa sono io.

In questo momento vedo delle guardie oltre gli oblò delle porte della mensa. Mi tengono sotto controllo, non vogliono che io agisca di impulso. Ordini di Ores e, fino a quando il potere sarà nelle sue mani, io devo ascoltarlo. Mi conosce bene e si prende cura di me nonostante il mio pessimo carattere.

Sbuffo: è l'unica cosa che posso fare.

So che si sono create due squadre, Alpha e Beta, e che Everly fa parte della seconda, che è stata lasciata alle coste dei vecchi continenti mentre la prima sta riposando negli alloggi del sottomarino dopo essere stata recuperata dal regno. Nessuno catturato, tutti illesi e senza graffi.

Alzo gli occhi verso l'orologio digitale appeso sopra le porte della mensa. È già sera e tra una buona mezz'ora dovremmo essere alle coste per accamparci per la notte e poi il mattino seguente fare rifornimento. La squadra Alpha ha portato buone notizie: il Re si è occupato principalmente di farli catturare invece di pensare a noi fuggitivi. Ma ora che la squadra è stata recuperata, avrà modo di occuparsi solo di noi.

Il Vendicatore sarà il suo secondo nome se riuscirà a sterminare tutti coloro che hanno disturbato la quiete pubblica della sua dittatura. Nikolai, invece, sarà soltanto un lontano ricordo.

Mi alzo di scatto quando all'improvviso vedo Ores entrare con veemenza.

«Che succede?» gli chiedo non appena si appoggia con le mani sulle ginocchia. Si vede che ha corso.

«La squadra Beta non c'è» mi rivela prima di riportarsi in piedi e guardarmi negli occhi. Sento la sua preoccupazione accendere la mia. Entrambi stiamo pensando soprattutto a una persona: Everly.

«Abbiamo modo di rintracciarli?» gli metto le mani sulle spalle. Ovunque sia, sono pronto a correre. Se davvero in tutte queste ore la squadra Beta non è ritornata sulla costa, deve essere sicuramente in pericolo.

Ores scuote la testa prima di spalmarsi una mano sul viso per calmarsi. Cerca di controllare il respiro, rallentandolo, prima di rispondermi

«Non lo sappiamo, ma abbiamo attivato i sensori e abbiamo la posizione di questi» mi spiega e io lo oltrepasso subito. Devo raggiungere i sensori. Solo allora potrò veramente capire la situazione.

Non appena raggiungo le porte della mensa, mi giro per guardare Ores. Lui è in piedi, fermo. Non capisco perché non si muove.

«Andiamo» lo invito a muoversi ma lui mi fa cenno di no con la testa e allora capisco cosa vuole dirmi.

«Max, mi dispiace ma non puoi venire. Sono venuto qui solo per avvisarti che resterai qui con il comandante e una scorta» mi rivela Ores. Lo guardo con occhi rabbiosi e lo affronto, avvicinandomi a lui. Deve smetterla di trattarmi come un diamante prezioso in una teca fragile. Io sono di cromo, io sono il Principe.

Deve smetterla di mettermi i piedi in testa.

«Scordatelo, Ores. Hanno bisogno di aiuto» replico io prima di sentirlo parlare sopra di me per cercare di interrompermi.

«Max, davvero» continua a dire. «Devi restare qui.»

«Io non posso rimanere in disparte» ribatto stringendo i pugni. Le mie mani formicolano, sono pronte a tirare pugni. Ma Ores continua a parlare.

«Devi restare al sicuro, non puoi veni-»

Stufo della sua voce e delle sue parole, cerco di zittirlo alzando la mia e, miracolosamente, spinto dalla rabbia e dalla voglia di salire al potere, riesco a farmi valere.

«IO SONO IL RE!» sentenzio con ira, aprendo le ali nella loro massima estensione per coprirlo e ricordargli chi sono. Vuole vedermi come un vero leader? Eccolo accontentato.

L'aria sembra satura delle emozioni che sto provando e quando inspiro le sento tutte riempirmi i polmoni.

Non appena vedo Ores indietreggiare, stupito dalla mia reazione improvvisa, continuo a parlare con voce dura e solenne. «Io devo aiutare i miei sudditi, il mio popolo. Non impedirmelo perché dubito ci riusciresti.»

Nel momento in cui Ores abbassa il capo e si sottomette al mio volere capisco che finalmente mi ha riconosciuto per chi sono.

«Sì, mio signore» acconsente lui, vedendomi forse per la prima volta in grado di avere nelle mie mani il controllo.

Dopodiché mi avvio verso il portello dove vedo alcuni soldati pronti a seguirci. Ores prende due Desert Eagle che mi passa prima di afferrare per se stesso una pistola con silenziatore.

«Dove si trovano i sensori?» gli chiedo non appena usciamo tutti, uno a uno, dal portello. Siamo a circa un centinaio di metri dalla costa. Loro possono raggiungere benissimo a nuoto la riva mentre io volo.

«A cinque chilometri da qui dovresti vedere delle luci lampeggianti» risponde Ores prima di guardare tutti e tuffarsi in acqua per iniziare a nuotare verso la costa.

Volo velocemente, spinto dalla consapevolezza che Everly e il resto della squadra sono in pericolo.

Nel momento in cui tocco terra, guardo davanti a me la foresta che si estende nell'oscurità, tra il rumore delle onde e del fruscio delle foglie a causa di una leggera brezza.

Aspetto il resto dei soldati prima di iniziare a camminare insieme a loro tra gli alberi. Con delle torce alcuni illuminano la strada mentre Ores, con il suo tablet in mano, ci guida verso i sensori.

Io mi guardo intorno: non ho bisogno di luce per vedere nella notte, fortunatamente.

Dopo aver camminato per una ventina di minuti, vediamo per terra, in mezzo a un prato, le luci attivate e lampeggianti dei sensori. Nel momento in cui alziamo lo sguardo verso l'alto, notiamo dei corpi penzolanti. Li riconosco tutti, Eduard Grave, Herbert e i fratelli Felix e Beck Dherb, ma tra loro non c'è Everly.

«Oh mio dio» mormora stupefatto Ores mentre io mi alzo in volo per avvicinarmi ai corpi e, con quattro spari, spezzare le corde che li tiene sospesi per la vita.

Fortunatamente l'altezza da cui cadono non è molta. L'impatto con la terra fredda li sveglia. Mi avvicino a Eduard e lo scuoto per renderlo più lucido. Il suo viso è tumefatto, la pelle scura spaccata sugli zigomi e rigonfia sotto gli occhi.

«Eduard, sono il Principe. Dov'è Everly?» gli chiedo, ma l'unica risposta che ricevo è un pianto.

«Mi dispiace, mio signore, io... non sono riuscito a impedire a loro di portarla via» piagnucola Eduard con voce roca e spezzata.

«Chi l'ha portata via, Eduard, chi?» gli domando ancora.

In questo momento lui non è in grado di rispondermi. Qualsiasi cosa fosse successa, deve essere stata parecchio turbolenta, perché quando alzo lo sguardo da Eduard per guardare Herbert, Felix e Beck soccorsi dagli altri soldati, noto che hanno anche loro varie ferite.

L'ansia mi assale nel pensare che chiunque li abbia attaccati adesso ha imprigionato Everly da qualche parte.

Un improvviso fruscio tra la vegetazione attira l'attenzione di tutti.

Aiuto Eduard a rimettersi in piedi quando vedo delle persone armate e protette con delle armature circondarci.

«Chi siete?» chiedo io, alzando la voce per farmi sentire. I loro volti sono coperti da un elmo, non riesco a distinguerli.

Per qualche secondo nessuno osò fare alcun rumore fin quando uno dei nuovi arrivati rispose chiedendo «Voi siete il Nobile Maximilian?»

«Io sono il Principe Maximilian Adam di Sonenclair. Siamo venuti qui in pace» riprendo io, presentandomi. «Voi chi siete?»

«Noi siamo la confraternita del Popolo delle Terre. Siamo i guardiani di questi luoghi» risponde un altro.

Passa qualche secondo. Nessuno ancora parla. Di punto in bianco sentiamo il verso di un cavallo e degli zoccoli galoppare finché non vediamo un uomo in sella. Ha lunghi capelli scuri e la pelle ambrata. Al collo porta gioielli pesanti e veste con abiti lunghi e colorati delle tonalità del tramonto.

«Lasciateli stare!» li avverte. «Li conosco.»

«Oh mio dio» mormora Ores, avvicinandosi a lui.

«Generale Houst, sono dei Nobili di Sonenclair!» grida uno dei soldati.

«No. Loro sono degli schiavi. Soltanto lui è un Nobile. Lui è il Principe angelo» lo corregge il Generale prima di puntare me e chiamarmi con quel nomignolo che mi sorprende. Loro sanno di me? Perché mi chiamano il Principe angelo?

«Non ti ricordi di me, Kurt?» gli chiede Ores. Non appena si ritrova di fianco al cavallo, il Generale accenna a un sorriso flebile e annuisce.

«Mi ricordo di te, Orazius Gallagher» risponde e tende la mano per stringere quella di Ores.

Non so come si conoscono ma il Generale deve avere la mia età quindi potrebbero essere vecchi amici.

«Pensavo tu fossi morto» gli rivela Ores, lasciando andare la sua mano dopo la stretta.

«Sono lieto di rivederti» risponde semplicemente il Generale Kurt Houst.

«Dov'è la ragazza che era con loro?» gli chiede Ores.

«Intendete la ragazzina combattente e spara fuoco?» chiede lui, e sento nella sua voce del sarcasmo.

«Sì» rispondo io impulsivamente.

«È stata portata via. Era troppo violenta» risponde scendendo dal cavallo.

«Liberatela!» ordino io, ma non appena si avvicina a me, capisco che non ho ancora nessuna voce in capitolo. Non sono nel regno di Sonenclair: questo luogo è la loro casa e finché non avrò la loro fiducia non potrò agire.

«Voi non siete il benvenuto in queste terre» mi dice il Generale Houst, sfidandomi con lo sguardo.

Che il mio maestro non mi abbia mai insegnato a contrattare è vero, ma le liti nel Covo mi hanno educato a essere furbo e sveglio quando non sono ubriaco.

«Voglio parlare con il vostro capo» replico io allargando le ali.

«Noi non abbiamo un capo» continua impassibile a dirmi il Generale.

«A chi posso parlare allora?» domando io, sentendomi preso per i fondelli.

«Al Consiglio» risponde un confratello.

«Allora portatemi da loro» sentenzio io. Devo salvare Everly e ci proverò in tutti i modi possibili. Anche se la speranza di vederla viva dovesse morire, devo riaverla.

Il Generale Houst guarda la confraternita e annuisce prima di rivolgersi nuovamente a me.

«Bene, ma dovrete lasciare qui le vostre armi.»

Mi giro verso i miei soldati a faccio a loro cenno con il capo di eseguire l'ordine. Uno a uno buttiamo per terra le armi.

«Maximilian...» mi chiama Ores ma io scuoto la testa e punto con il dito le sue pistole.

«Fidati di me» gli dico.

Dopo essere stati circondati dalla confraternita, camminiamo scortati da loro per una buona mezz'ora prima di fermarci davanti a un precipizio.

Il Generale precede tutti e cammina oltre il bordo, sparendo nel nulla. Allora capisco che hanno creato una barriera che cela agli occhi di intrusi la presenza di una civiltà.

Nel momento in cui oltrepasso anch'io la barriera, la mia vista viene accecata da una città splendente: ogni edificio è colorato da tonalità calde, l'aria è tiepida e profumata, il popolo sembra felice nei suoi impegni. Tutto sembra aver trovato il proprio equilibrio.

Mentre camminiamo per le strade, tutti ci guardano incuriositi. La cosa che mi sorprende di più, oltre al fatto che tutti vestono con abiti molto semplici, è che ci sono davvero pochissime mutazioni. La maggior parte delle persone è completamente umana.

Sono abbagliato da questo posto e ne sto adorando tutti i dettagli che riesco a cogliere. Non ci sono schiavi, ma concittadini, ed è una caratteristica che un giorno porterò nel mio regno, se mai quel giorno arriverà.

Mi chiedo se oltre al Popolo delle Terre ci siano altre persone nel mondo. Potrebbe simboleggiare davvero la rinascita dell'uomo.

Nel momento in cui giungiamo davanti a ciò che sembra essere un tempio imponente circondato da una fila di colonne marmoree, il Generale parla ad alcune guardie. Dopodiché l'enorme portone inizia ad aprirsi: la mia vista viene catturata dalla presenza di sette troni in fondo al tempio, su cui sono seduti i membri del Consiglio. Ci sono tre donne e quattro uomini, indossano un lungo cappello nero e una veste che li copre fino ai piedi, lasciando libere solo le loro mani e la loro testa.

Avanziamo tutti verso i troni e non appena sentiamo il rumore dei portoni chiudersi, l'uomo seduto sul trono al centro inizia a parlare.

«I membri del Consiglio sono tutti presenti. Chi ha richiesto la nostra presenza?»

Per noi risponde il Generale Houst.

«Il Principe del Regno di Sonenclair, Maximilian Adam, figlio dell'attuale Re di Sonenclair.»

«È lui, quindi, il Principe angelo» afferma una donna. «Perché si nasconde dietro agli altri?»

Confuso, mi guardo attorno prima di vedere Herbert sgranare gli occhi e iniziare a balbettare qualcosa di incomprensibile. Scuoto la testa e faccio un passo avanti.

«Io sono il principe» li informo. La donna si copre la bocca, nascondendo quello che sembra un piccolo sorriso, prima di ritornare a uno sguardo serio e commentare:

«Pensavo che lei fosse la guardia del corpo.»

«Come sapete di me?» domando successivamente, corrugando la fronte.

«Vedi, Principe angelo, noi sappiamo tutto quello che succede nella vostra isola artificiale in cui regna un sovrano ingiusto, ovvero tuo padre» mi spiega l'uomo al centro.

«Portate la ragazza» grida un altro dei membri del consiglio, consapevole del fatto che io voglio vederla.

Seguo con lo sguardo i soldati che spariscono oltre delle porte, per poi riapparire qualche secondo dopo vestiti con delle tute ignifughe e con Everly trascinata per le braccia. Nel momento in cui sento il suo corpo cadere sul pavimento come un peso morto, mi precipito su di lei per prenderla in braccio e coprirla con la mia maglietta.

La sua situazione è anche peggiore di come abbiamo trovato Eduard, Herbert e i fratelli Dherb: è completamente nuda, senza un velo a coprirle l'intimità, ricoperta di terra sporca e di ferite.

Uno dei quattro uomini del consiglio mi pone una domanda. «È lei la vostra schiava?»

Scuoto la testa mentre accarezzo il viso pallido e tumefatto di Everly.

Il mio cuore si sta spezzando in milioni di pezzi nel vederla ridotta così male ma l'unica cosa che mi rende un po' felice è constatare che è viva. Sento il battito del suo cuore.

«Lei non è la mia schiava» rispondo io avvicinando la mia bocca alla sua fronte.

«Abbiamo visto il vostro nome tatuato all'interno del suo labbro inferiore. Diteci chi è lei di così importante per voi» ordina una donna del Consiglio.

Nel momento in cui sento quelle parole, la mia mente e il mio cuore iniziano a collaborare per dire una frase che mai mi sarei aspettato di pronunciare. Ma, allo stesso tempo, so che è ciò che desidero davvero.

«Regnerà al mio fianco quando sarò al trono» inizio a dire con voce alta per farmi sentire meglio, senza spostare lo sguardo dal viso di Everly. «Lei è la mia Regina, la futura Regina di Sonenclair.»

Dopo aver pronunciato quelle parole, la sento muoversi leggermente tra le mie braccia. Istintivamente la stringo più forte a me.

CAPITOLO 21

L'ODIO

Everly

Fuoco. Ecco cosa ricordo.

Rimembro solo delle fiamme accarezzarmi la pelle, cir-condarmi il corpo, assorbirmi fino a diventare parte di loro mentre gridavo, ma non per il dolore, ma per il semplice fatto che non riuscivo a muovermi. Ero annientata dalla paura. Tutto dopo essermi risvegliata in una cella, legata con delle catene. Ricordo di aver provato di tutto per spez-zarle. Poi ero arsa su un rogo fatto del mio stesso fuoco pri-ma di vedere di nuovo l'oscurità calare sui miei sensi.

Ho una reminiscenza troppo corta anche per capire perché Maximilian mi teneva tra le sue braccia e perché i suoi occhi erano lucidi.

Ora sono in una stanza dai toni caldi e accoglienti, sen-za nessun indizio di quanto tempo io sia rimasta sdraiata su questo letto morbido, ricoperta da degli abiti non miei e da una coperta soffice al tatto. Questo posto è tutto il contrario della camera di Maximilian al castello.

Qui regnano i colori, la vitalità e il calore.

Cerco di scostare il tessuto pesante che ho addosso, ma il dolore mi impedisce di muovermi in un primo momento. Ogni movimento è un'agonia, ma riesco comunque nel mio intento. Dopodiché mi metto a sedere e, quando tocco le braccia e m'accorgo di essere bendata, capisco di essere stata medicata da qualcuno in particolare: ho già visto questo piccolo nodo per bloccare il lembo che rimane dopo la fasciatura.

Maximilian.

Giro il viso verso la finestra e vedo il sole splendere in alto, in un cielo azzurro.

Ne rimango ammaliata, sorpresa. Sembra un'epoca diversa, ricorda molto i tempi lontani, quelli prima delle guerre.

Ignoro gli spasmi che sento in tutto il corpo e mi trascino lentamente con i piedi, alzando il vestito largo, per avvicinarmi alla finestra. Ansimo per la fatica ma solamente il sentire una brezza fresca soffiarmi addosso, non appena mi appoggio al bordo, basta per alleviare la pena.

Improvvisamente sento la porta della camera aprirsi e, con la coda dell'occhio, vedo mia sorella Evelyn entrare; indossa una veste color paglia molto larga con delle maniche lunghe e una corda che la stringe all'altezza dei fianchi. In mano ha una bacinella con un panno che penzola sul bordo.

Non appena mi vede vicina alla finestra, i suoi occhi si spalancano sorpresi.

«Oddio, Everly che cosa ci fai in piedi?» mi chiede dopo aver messo per terra la bacinella, poi si avvicina e mi circonda la vita con un braccio, probabilmente preoccupata che io non riesca a tenermi in piedi.

«Dove siamo?» le chiedo mentre mi appoggio a lei per ritornare sul letto. Ignora la mia domanda. Sento che è davvero agitata: sarei dovuta restare ferma sul letto.

«Vieni qui, sdraiati.»

Non appena riesce a mettermi sotto le coperte, mi prende le braccia per iniziare a togliere le bende.

«Evelyn, dove siamo?» le chiedo di nuovo, e questa volta mi risponde.

«Siamo al palazzo del Consiglio del Popolo delle Terre, se non sbaglio» dice incespicando con la lingua su "Consiglio" e "Terre", probabilmente per l'agitazione.

«Chi?» chiedo io confusa, prima di ricollegare i fatti: devono essere gli stessi che mi hanno catturata e rinchiusa.

«Siamo stati accolti dagli abitanti dei vecchi continenti» mi spiega Evelyn mentre con la mano fa il giro del mio braccio per continuare a togliere le bende. Non appena passa all'altro braccio, noto che la mia pelle è piena di strisce rosse molto accese. E alcune ferite su cui il sangue è già coagulato.

«C'è un popolo intero nei Vecchi Continenti?» chiedo incredula.

Evelyn annuisce con un bel sorriso sulle labbra.

«Sì, non è fantastico? E chissà quanti altri ce ne sono!» risponde con tanta eccitazione. La sento nella sua voce.

«Da quanto tempo?» domando ancora mentre la guardo fare lentamente.

«Due giorni e una notte. Il Principe Maximilian ha fatto un ottimo lavoro» dice prima di accarezzarmi la pelle.

«Dov'è ora?»

«È a una riunione per parlare di una possibile guerra» risponde, e cerca di mascherare l'ansia che fa tremare la sua voce schiarendosi la gola.

«Guerra...» ripeto io e sospiro.

Non voglio credere che stiano davvero parlando ancora di uccidere altre persone. Basterebbe buttare giù dal trono l'attuale Re. Non c'è bisogno di coinvolgere tutto il popolo e causare altro malcontento.

«Sì, contro il Re di Sonenclair» risponde.

Con il busto cerco di rialzarmi, ma a quanto pare Evelyn non vuole permettermi di lasciare il letto di nuovo.

«Devo solo andare da loro» la rassicuro, anche se a ripensarci non potrei andarci conciata così male.

«No, Everly, devi riposare» mi ammonisce. Vedo la sua mano tremare mentre strofina leggermente il panno tiepido e bagnato sulla mia pelle. È una sensazione così piacevole che quando lo allontana da me per risciacquarlo nella bacinella, il mio corpo sussulta e ne sente subito la mancanza.

«Devo parlare con Ores» dico impulsivamente per poi cercare nuovamente di alzarmi leggermente con il busto, ma Evelyn mi tiene giù.

«Parla con me, invece. Come mai Maximilian dice che quando ti hanno consegnata a lui eri nuda? Qualcuno ti ha fatto qualcosa?» mi interroga e io non rispondo. Non ci riesco.

«Qual è il tuo ultimo ricordo?» mi chiede poi, vedendomi tacere improvvisamente.

Continuo a non rispondere, sento che potrei dire una marea di cose non vere per quanto sono scossa.

Evelyn poi rinuncia: sa che non deve insistere quando non parlo. Sa che devo essere io a parlare.

Quando finisce di pulirmi le braccia, apro bocca non appena passa il panno sulle mie spalle e inizio a dire qualcosa, anche se non sono molto chiara.

«Fuoco. Mi ricordo di essere stata addormentata e di essermi risvegliata in una cella dove ero stata legata con delle catene che il mio fuoco non riuscivano a spezzare. Ero nuda, non avevo nessun oggetto con cui aprire il lucchetto e la cella era immacolata. Poi, ho perso il controllo e... ho liberato il mio fuoco» le rivelo. La vedo tirarsi indietro e guardarmi, corrugando la fronte.

«Intendi dire che...»

«Che ero completamente di fuoco» la precedo io. «Ogni singola parte di me era in fiamme. E non vedevo niente, nonostante tenessi gli occhi aperti, e non sentivo alcun suono, nonostante stessi gridando. Provavo solo caldo, stavo bruciando e avevo paura» dico tutto d'un fiato e questo alimenta il ricordo di me immobile e, di conseguenza, anche l'angoscia.

«Di cosa?»

Distolgo gli occhi dal suo sguardo a abbasso il viso. Io dovrei essere quella forte, quella che non ha paura di nulla, ed è per questo che ammettere di avere timore di qualcosa mi colpisce l'orgoglio.

«Everly...» mi chiama lei, come se sentisse il mio dolore. Forse lo prova anche lei, nel vedere una perdente come me terrorizzata da un fatto così stupido agli occhi degli altri.

«È stato terribile e mi vergogno di me stessa» continuo io, ed è come se il mio inconscio stesse cercando una scusa per quel comportamento così debole.

Nel momento in cui sento il palmo della mano di mia sorella sulla mia guancia perdo il controllo e mi lascio andare, anche se non riesco a piangere.

«Sei al sicuro ora. Nessuno ti farà del male qui» mi rassicura lei, probabilmente perché ha notato i miei occhi che sento pieni di panico.

«Evelyn, mi dispiace così tanto per quella storia con il Principe. Volevo solo renderti felice» mi scuso per la prima volta. Lei sorride e mi abbraccia. I nostri corpi trovano subito l'incastro perfetto e io mi ritrovo con la fronte di lei appoggiata al mio collo.

«È acqua passata, stai tranquilla» mi rassicura ancora. Con il viso così vicino al mio petto, sicuramente riesce a sentire il battito del mio cuore.

«Tu lo sai che se dovesse scoppiare una guerra dovrai nasconderti e per nessuna ragione al mondo seguirmi?» le ricordo e il suo sospiro mi conferma che ci stava pensando anche lei.

«Lo so. La mia sorellina deve mettere le sue abilità a disposizione del popolo» dice ridacchiando. Alzo gli occhi al cielo e mi unisco alla sua risatina.

«Non chiamarmi sorellina, io sono più grande di te» replico io, mentre le accarezzo la massa di capelli rosa.

«Solamente di pochi minuti» specifica lei, stizzita.

«Sono stati i pochi minuti da figlia unica più intensi di tutta la mia vita» ribatto io prima di scoppiare in una grassa risata che mi provoca un dolore lancinante alle costole e di conseguenza mugolo leggermente. Odio il karma.

«Ti sta bene» mi rimbecca Evelyn.

«Ti voglio bene, sorellina» ribatto e poi la sento rispondere con un semplice «anch'io», prima di sciogliere l'abbraccio e tirare fuori qualcosa dalla tasca dell'abito.

«Il Principe mi ha dato questi. Li ha tenuti tutto questo tempo» dice porgendomi i guanti in pelle che mi aveva regalato settimane fa, prima della mia partenza.

«Non ci credo» dico guardandoli, prima di rimettermeli.

Quando il silenzio si prolunga fino a diventare imbarazzante, alzo gli occhi dai guanti e riporto lo sguardo su di lei.

«Che c'è?» le chiedo.

Il sorriso appena accennato che si dipinge sulle sue labbra mi confonde.

«Everly, sei sicura di non avermi promessa sposa a lui solo per evitare i suoi sentimenti per te?» mi domanda con una certa malizia nel tono della voce. Sbuffo, e lascio cadere le mani sul mio grembo.

«Non voglio parlarne. Quel tipo è un maniaco e non riesco a capirlo» replico io e in quel preciso istante sento qualcuno bussare alla porta.

«Avanti» risponde mia sorella.

Le prime cose che vedo sono delle piume, poi Maximilian. È la seconda volta che si presenta davanti a me vestito come un vero capo: la sua mise fatta di canottiera bianca e pantaloni di tuta larghi è stata sostituita da un completo scuro ed elegante; la prima è stata quando mi hanno presentata a lui come schiava, ma quel giorno non stavo parlando con lui, bensì con il robot delle sue sembianze.

«Disturbo?» chiede entrando completamente nella stanza.

"Parlando del diavolo...", penso e mi alzo per mettermi a sedere sul letto.

«Sono venuto a vedere come stai, Everly» inizia a dire lui. Quando noto che ha un mazzo di fiori colorati in mano, Maximilian segue il mio sguardo e alza il bouquet. «Questi sono per te.»

«Sto bene, grazie» replico io. Lo vedo stringere i denti e guardare Evelyn.

«Posso rimanere solo con lei?» le chiede.

«No, effettivamente ci hai disturbato» rispondo io al

posto suo. Non voglio rimanere sola con lui dopo l'ultima volta che l'ho visto. Sento ancora la sensazione pizzicante dello schiaffo che gli ho dato in pieno viso e l'amaro in bocca per quello che gli ho detto successivamente.

«Sì» mi corregge Evelyn. Prima di uscire e lasciarci soli, prende le bende e la bacinella e mi fa l'occhiolino, senza farsi notare da Maximilian.

Nel momento in cui entrambi vediamo la porta chiudersi dietro di lei, i nostri occhi si incontrano.

«So che mi odi» inizia a dire lui e io non lo nego.

«Bene» rispondo acida.

«Almeno puoi dirmi cosa ti è successo dopo che tu con la tua squadra siete stati attaccati?» mi chiede quasi disperato. Lo vedo avvicinarsi e sedersi di fianco alle mie gambe.

«Te lo racconterà Evelyn» replico ancora io.

«Vorrei sentirlo da te.»

«Non ho voglia di parlare. Vorrei riposare ora. Ti dispiace andare?» cerco di chiudere il discorso ma ottengo l'effetto contrario.

Lui si avvicina ancora di più, fino ad appoggiarsi con le mani ai lati del mio corpo. Se non fossi così debole probabilmente sarebbe già volato letteralmente fuori dalla finestra ma nelle mie condizioni posso semplicemente proteggermi in un unico modo: ferendolo con le parole.

«Ma è così impossibile accettare il fatto che provo qualcosa per te?» sussurra, scandendo lentamente le parole. Faccio schioccare la lingua sul palato e rispondo con: «Max, non può funzionare. Lo capisci?»

«Perché? Guardami negli occhi e giura solennemente che non hai mai, neanche per un istante, provato affetto per me» mi sfida lui ma io cambio le regole.

«Giuro solennemente di odiarti a morte» rispondo acidamente, fissandolo. Da vicino i suoi occhi non sono così inquietanti. Non avevo mai notato che le sue iridi fossero piene di piccole pagliuzze verdi e nere.

«Tu sai cosa significa odiare?» mi chiede lui. Vedo una piccola fossetta formarsi tra le sue sopracciglia e mi piace.

«Sì, significa non sopportare più una persona tanto da volerla mandare via» dico io ma lui mi rimbecca subito.

«Significa non sopportare più una persona perché la si è amata troppo e si è rimasti troppo delusi da essa» dice sprezzante. «Anch'io in questo momento ti sto odiando.»

Scoppio a ridere e lo sfido ancora con lo sguardo. Se il cinismo non lo abbatte, l'ironia deve irritarlo tanto da costringerlo ad andare via.

«Non fare troppi viaggi mentali. Io ti detesto e basta» sputo velenosamente e lo sguardo assassino che vedo guizzare sul suo viso mi inquieta.

«Allora combatterai sotto la bandiera di un regno che ha a capo un Re che odi» mi ricorda lui.

«No, io non combatterò per te. Io combatterò per la libertà degli schiavi.»

«Allora non combatterai affatto. La guerra è prevista tra tre fazioni, non quattro.»

«Ovvero?»

«Il Re attuale di Sonenclair, suo figlio e il Consiglio del Popolo delle Terre. Non abbiamo bisogno di una quarta fazione. Sai, mi piace come hai mandato al diavolo con una frase il giuramento che mi hai fatto e la promessa che ci siamo fatti a vicenda» continua a dire lui, e non so come, forse il modo in cui ha formulato la frase, oppure le parole che ha usato, riesce a ferirmi. Il ricordo di quelle promesse mi blocca e mi scopre: è inutile fingere e mandarlo via per scappare da quel discorso.

«Non valgono più» mormoro mentre il suo sguardo mi

sgrida.

«Con quale scusa?» sibila e sento nel tono della sua voce la rabbia. Sono riuscita a farlo incazzare e il modo in cui stringe con le mani la coperta me lo conferma.

«Eravamo alleati allora» mormoro ancora.

«E ora cosa siamo?»

«Non lo siamo più» rispondo. «Siamo sconosciuti ora.»

«Sconosciuti?» ripete lui, incredulo. «Everly, stai cercando di uccidermi?»

«Tu stai cercando di sottomettermi ancora.»

«In amore non ci sono padroni e schiavi e se ci fossero sicuramente sarei io il tuo schiavo, non il contrario» mi rassicura lui e mi dà fastidio. Amore? Sta seriamente parlando di amore quando aveva pubblicamente affermato di amare un'altra?

«Infatti, non sono Brigitta. Ritorna da lei, ha bisogno di te» rispondo ritornando acida.

Stranamente scoppia a ridere e si allontana.

«È lei il problema? Pensi che io la ami davvero? Lei mi ha minacciato. È una falsa doppiogiochista. L'ho fatto per proteggere tutti voi. È stata arrestata ieri!» mi rivela, ma sinceramente non m'interessa di dove si trovi e di cosa abbia fatto.

«Per questo sei qui? Chiusa una porta, ne apri subito un'altra?» rispondo prontamente io.

«Non ti interessa nemmeno del perché è stata arrestata?»

«Esattamente.»

«Basta. Sei impossibile da capire» dice prima di bloccarsi e ritornare serio. «Sappi solo questo: io ti amo, Everly. E ti amo nonostante tu mi faccia impazzire, e continuerò ad amarti nonostante tu non voglia ammettere che provi qualcosa per me. Ero destinato a morire, Everly. Sin dalla mia nascita. Non dovrei nemmeno più esistere. Ero il più debole dei due gemelli, ed ero persino malato gravemente. Ma qualcuno mi ha dato una possibilità per vivere e io ho deciso di farlo. Ti voglio al mio fianco perché sei l'unica in grado di tirare fuori il peggio e il meglio di me» continua a dire in modo dolce e rude allo stesso tempo, ma il modo in cui si ferma mi fa capire che non ha finito. «E... ho detto a tutti che, una volta finita la guerra, quando salirò al trono, tu diventerai la mia regina.»

A questo punto non so se intenerirmi o spaccargli la faccia. Indecisa, scelgo di odiarlo ancora di più.

«Che cosa?» esclamo.

«E sai la bella notizia? Hanno tutti acconsentito. Abbiamo la benedizione anche di mia madre. Sono riuscito a entrare in contatto con lei» dice lui sorridendo. Si avvicina nuovamente a me quel tanto da averlo distante a pochi centimetri dal viso.

«Non ti sposerò mai. Preferisco morire!» replico io.

Io Regina? Io sono l'infiltrata che doveva ucciderlo, io sono quella ragazza che ha spento molte vite. Io sono un'assassina, una spia. Sono spietata, cattiva, ironica... sono tutto, fuorché una Regina.

No, io non ho sangue reale.

«Allora rimarrò vedovo perché, che tu muoia o no, io ti sposerò» rintuzza lui prima di accarezzarmi la guancia.

«Non diventerò mai la tua regina, e lo so che lo stai dicendo ora solo perché sai che non posso spaccarti la faccia» replico ancora una volta, giusto per rinfrescare la mia opinione riguardo a quello che ha fatto.

«Sei perspicace, vedo, e come ben saprai le possibilità di vittoria sono maggiori quando attacchi il nemico quando è vulnerabile. E sì, tu mi sposerai, perché sono sicuro che il tuo cuore mi appartiene. Ma non perché l'ho rubato: tu me l'hai ceduto di tua spontanea volontà.»

"Oh, quanto sei poetico" penso sarcasticamente mentre lo guardo.

«La cosa che non riesco a capire è perché non vuoi ammettere di voler accettare il mio» mormora lui, abbassando la voce fino a renderla poco udibile, ma io ho capito perfettamente.

E so anche che non lo ammetterò mai. Il mio orgoglio me lo impedisce.

Il suo viso ormai è a pochi millimetri. Sento il suo respiro lambire le mie labbra.

«Mi sembra ovvio: ti odio» ribatto sussurrando, in un ultimo tentativo disperato di sottrarmi ancora.

Sono debole, stanca, fatico a liberarmi: lui ha semplicemente deciso di attaccare adesso, con astuzia. Che bastardo.

Ma questa è solo una battaglia: la guerra tra noi due continuerà. E io mi vendicherò. Eccome se mi vendicherò.

«Non quanto ti odio io» risponde lui, sorridendo, prima di cancellare la distanza che c'è fra le nostre labbra.

Io rimango ferma, mentre lui canta vittoria e io subisco quella dolce sconfitta.

CAPITOLO 22

LA LETTERA

Everly

Sono passati tre giorni da quel bacio. Giorni in cui ho recuperato le forze e ho pensato alle possibili mosse del Re, dopo la formazione delle fazioni: da una parte il Re di Sonenclair, il Generale Greystone e gli infiltrati contro gli ideali dell'organizzazione, mentre dalla parte opposta il Principe Maximilian con gli infiltrati fedeli agli ideali dell'organizzazione e Il Consiglio delle Terre del Popolo.

Sono sicura che il Re di Sonenclair farà qualcosa per spaventare noi ribelli, la vera domanda è "Cosa potrebbe mai spaventarci"? Siamo fermamente convinti che ci sia bisogno di una rivoluzione nel modo di pensare delle persone, soprattutto in quello dei Nobili: la maggior parte delle convinzioni di molte famiglie nel regno si prospetta poco rassicurante per gli schiavi, a partire dal modo in cui ci vedono. Non siamo bestie non educate: è vero che l'istruzione nell'isola degli schiavi è poco curata per chi non è stato smistato tra gli infiltrati, perché dall'ignoranza non può uscire niente di buono; non siamo nemmeno oggetti su cui scommettere: spedirci al Colosseum è un modo come un altro per usarci a proprio piacere e vantaggio; e, cosa più importante, non siamo sottomessi per natura: non vogliamo obbedire a nessuno per il nostro puro piacere nel fare fede al nomignolo che ci ha propinato Edmund Sonenclair.

Noi vogliamo vivere liberi.

La situazione è così ostile che sento l'ansia spaccarmi i nervi: Ores è venuto stamattina a parlarmi mentre mi allenavo nella mia stanza, diversa da quella dove mi sono risvegliata perché avevo scoperto che era la camera che dovevo condividere con Maximilian; La mia richiesta di avere una stanza mia o con mia sorella era stata vista in modo strano dal Consiglio, dopotutto quello che aveva detto il Principe sul mio futuro come Regina di Sonenclair, ma la scusa che avevo usato sembra funzionare ancora: voto di castità. Nessuno può costringermi a condividere il letto con lui ora, e io ho il mio spazio.

Quando l'avevo detto, di fronte al Consiglio e a Maximilian, delle risatine sommesse si erano ben sentite mentre io cercavo di rimanere impassibile. In realtà avrei voluto metterli a tacere uno a uno.

Quella mattina Ores mi ha spiegato cosa tecnicamente pensava che mi fosse successo il giorno in cui fui catturata: a quanto dice lui, in ogni persona, mutazione o umano che sia, esiste una variabile che scatena tutta la forza che si può esercitare o immobilizza una persona, in parole molto povere un modo per dare il meglio o il peggio di noi.

Questa variabile, secondo il mio padrino, è il focus, conosciuto negli uomini come l'adrenalina, che può essere più o meno forte a seconda delle varie situazioni in cui ci si trova. Nelle mutazioni la storia è diversa: quando il focus supera il limite, la mutazione subisce un cambiamento esponenziale. Nel mio caso, tutte le ghiandole sudoripare del mio corpo emettono il gas che crea fuoco, senza il bisogno di una scintilla, in quello di Maximilian le sue ali diventano di cromo. Secondo Ores, il Principe dovrebbe essere in grado di mutare completamente in cromo.

Zio O pensa che si possa controllare, ed è per questo che cercava di aiutare Maximilian con la sala delle Simulazioni, ed è anche il motivo per cui ha chiesto al Consiglio di poter incaricare qualcuno nella riproduzione di una sala al centro di addestramento della Confraternita del Popolo delle Terre.

Ma cosa può scatenare il focus secondo Ores? La paura. Che sia del vuoto, della morte, della velocità, dell'ignoto...

Io ho paura della prigionia: essere forzata a rimanere immobile, in una cella lugubre, in compagnia del mio inconscio che mi sussurra "sei spacciata, non puoi scappare". Solo pensarci mi mette ansia, inizio a tremare e il mio focus si alza.

«Non ci pensare, bimba» mi aveva sussurrato Maximilian che si trovava dietro di me mentre Ores mi parlava. «Se vuoi ti alleno io al posto suo» aveva ammiccato poi con voce suadente, e io, in una reazione impulsiva, gli avevo tirato una gomitata, sperando di avergli rotto qualche costola ma, sfortunatamente, quello che ottenni fu solo qualche colpo di tosse, comprensivo di gocce di saliva da parte sua sulla mia nuca.

Ora, insieme a Felix Dherb, mi trovo davanti a un gruppo che devo addestrare al centro di addestramento, composto da volontari pronti a unirsi all'esercito del Consiglio delle Terre.

Sono ordini a cui devo sottostare, anche se è una responsabilità che potrei lasciare a qualcun altro, come a

Eduard che sicuramente sa insegnare più di me, ma lui è stato affidato agli strateghi per la sua abilità nel manipolare la forza di gravità.

Il centro di addestramento si trova a un miglio dal palazzo del Consiglio, nel bel mezzo del nulla: attorno al centro d'addestramento ci sono i ruderi di quelli che sembrano essere dei vecchi edifici e strade delle popolazioni addietro.

I volontari davanti a me sono per la maggior parte umani, che si presentano tutti vestiti con una tuta scura e larga.

«Mi chiamo Everly Greystone, mio padre è Armànd Greystone, alleato del nemico, nostro nemico comune, il Re» inizio a dire a voce alta attraverso un megafono per farmi sentire da tutti. «Ma da questo momento in poi io per voi sarò il Generale Hive. Se qualcuno proverà a chiamarmi in un altro modo, subirà una penale e le sue possibilità di unirsi all'esercito diminuiranno. Intesi?»

In molti stanno in silenzio, alcuni tossiscono, altri si guardano in giro e il loro comportamento rischia di farmi saltare i nervi. Non hanno ancora capito che il loro superiore sono io.

All'improvviso vedo uno di loro farsi largo.

«Ma sei solo una ragazzina!» esclama. «Avrai al massimo quattordici anni!»

Ghigno divertita. Sono sicura di poter dare una lezione a questo individuo. Passo il megafono a Felix prima di rivolgermi al volontario.

«Allora, vedi se riesci a mettermi a terra» lo sfido avvicinandomi a lui. Come se fosse una regola ben prestabilita, tutti gli altri si mettono in cerchio attorno a noi e si preparano a gustarsi lo spettacolo.

«Non picchio una femmina» replica l'altro incrociando le braccia al petto. È poco più alto di me, e per guardarlo in faccia devo alzare lo sguardo, ma so benissimo che l'altezza è un fattore poco importante in un combattimento. Soprattutto se voglio impormi.

«Meglio per me» ribatto. Cogliendolo di sorpresa, gli afferro con una mano il braccio e lo tiro in avanti, mentre con l'altra lo spingo sulla schiena e lo forzo a sdraiarsi a terra. Dopodiché gli spiaccico la guancia contro la terra appoggiandomi con un piede sulla sua nuca mentre gli torco leggermente il braccio.

«Come devi chiamarmi, pezzente?» sibilo tra i denti stretti.

«Everly» mi chiama Felix, probabilmente per dirmi di lasciarlo andare, ma se lo facessi rischierei di perdere la mia autorità. Lo guardo mentre continuo a torcere il braccio teso dell'uomo agonizzante per terra.

«Tranquillo, Felix» sussurro all'infiltrato mentre accendo il mio fuoco e lo avvicino al braccio scoperto dell'uomo a terra.

«G-gen-aah! Generale Hive! Generale Hive!» grida in modo supplichevole il volontario.

«Bene, vedo che hai capito» rispondo lasciandolo andare. «Alzati» gli ordino e faccio segno agli altri di ritornare al proprio posto, ovvero in fila davanti a me.

«Un addestramento può durare più di un'anno, a volte non basta una vita intera, ma voi vi farete bastare al massimo due mesi, e il tempo restante lo userete per migliorarvi: il nostro obbiettivo è trasformarvi in soldati. Tutto chiaro?» Dico a voce alta e, questa volta, la risposta arriva forte e chiaro.

«Signorsì, Generale Hive!»

«Bene, iniziate a correre il perimetro del centro di addestramento e, non appena pensate di non farcela più, correte anche più veloci di prima. Forza, forza, forza!» li incito io, battendo le mani. Non appena li vedo avviarsi tutti per la corsa, sospiro.

E la prima impressione è andata bene.

«Certo che il Principe avrà un bel da fare con te!» esclama maliziosamente Felix, mentre si avvicina a me e mi ripassa il megafono.

Incrocio le braccia al petto mentre vedo i miei uomini apparire e scomparire da dietro le mura del centro, già tutti con il fiato corto. Dovrebbero imparare a inspirare con il naso ed espirare con la bocca.

«Tra me e il Principe non c'è nessuna relazione» ribadisco io.

«Non direi, visto e considerato che nei tuoi giorni di convalescenza è stato lui a prendersi cura di te» replica Felix.

«E tu come lo sai?»

Non posso credere al fatto di essere sulla bocca di tutti.

«Così come lo sanno tutti» risponde. «Il Principe sembra ossessionato da te, ha "sgridato" la Confraternita e il Consiglio per non averti minimamente curata dopo che sei andata letteralmente in fiamme.»

«Tutti sanno quello che mi è successo?»

«In molti ti hanno vista nuda e piena di ferite. Tanti hanno pensato che tu fossi stata frustata, persino stuprata. Ti consiglio di fare attenzione: in parecchi ti considerano debole» mi avverte Felix e allora comprendo la reazione dei volontari alla mia presenza: sapevano chi fossi ancora prima di presentarmi e avevano già pensato male di me, persino di essere spacciati con me al comando.

«Sono ancora viva. Non sono debole» sibilo a denti stretti, irritata.

«Fa' attenzione comunque. Questi volontari sono per la

maggior parte criminali in cerca di riscatto e per l'altra parte violenti in cerca di altra violenza» continua a consigliarmi lui.

«Bene, hanno il Generale che si meritano: violenta, senza cuore e intoccabile» ribatto io mentre tengo gli occhi addosso ai volontari. In pochi secondi noto che stanno tutti rallentando, probabilmente ormai senza fiato.

«Chi ha detto di fermarvi!» grido al megafono, aggrottando le sopracciglia. «Correte! Veloci!» grido ancora.

Nel momento in cui accelerano, ritorno a parlare con Felix.

«Ores ha già detto quando arriveranno gli altri?» gli chiedo.

«Sì. Stanno arrivando soldati anche provenienti da altri popoli.»

«Ce ne sono altri?»

Annuisce. «C'è un mondo nuovo fuori dalla cupola di Sonenclair. Tu cosa ne pensi?» mi chiede prima di iniziare ad avvicinarsi agli uomini.

«Io? Io so solo che sarà una carneficina e che non vedo l'ora che tutto questo finisca» rispondo in modo ovvio.

Felix allunga la mano verso di me.

«Passami il megafono. Iniziamo a spaccare qualche schiena» mi dice e io glielo passo, divertita.

L'addestramento procede senza troppi intoppi: urla, pianti e il suono di scarponi che cadono nel fango sono la colonna sonora di quel giorno, qualche osso rotto da una parte e un paio di ferite dall'altra diventano un metodo di selezione naturale.

A fine giornata rimangono poche persone ancora integre, sia fisicamente che mentalmente.

Quelle rimaste sono le uniche che potranno mai sopravvivere a una guerra.

Ben presto il sole cala oltre i monti, lasciando il posto al buio, alle stelle e alla debole luce della luna.

Sento il rumore di una jeep arrivare. È un altro ordine del Consiglio e di Maximilian: non posso dormire al centro, solo al palazzo del Consiglio, mentre Felix e altri comandanti devono rimanere per tenere gli uomini sotto controllo.

«Andate dentro e riposatevi. I vostri effetti personali sono dentro gli armadietti con il vostro numero e cognome. Ricordate: io creo soldati. Sveglia alle prime luci dell'alba. Buonanotte» li congedo e, quando sento un sonoro "Signorsì, Generale Hive!", mi giro per salire in macchina e allontanarmi.

Nel momento in cui arrivo al Palazzo, vedo mia sorella nel giardino con lo stesso uomo con cui parla da giorni, sin da quando lo ha incontrato al porto del regno di Sonenclair.

Mi dirigo alla mia stanza senza farmi notare, una volta da sola vado in bagno per pulirmi e rinfrescarmi un po'.

Sotto il getto d'acqua calda della doccia mi strofino il corpo lentamente per non arrossire le poche ferite rimaste che sono guarite male. All'improvviso sento la porta della mia camera aprirsi.

Velocemente chiudo il getto e mi vesto con un paio di pantaloni da ginnastica puliti e una canottiera. Non mi preoccupo molto del mio seno, anche perché è piccolo e non si nota molto.

Esco dal bagno con un asciugamano in mano per strofinare i capelli e asciugarli. Sdraiato sul letto c'è Maximilian, vestito ancora in abiti eleganti, come un vero Re. Deve essere appena uscito dalla sala delle riunioni con il Consiglio e dalla faccia che ha sembra non avere buone notizie.

«Che ci fai qui?» gli chiedo mentre mi avvicino al letto.

«Sono venuto solo a trovarti. Non ti vedo da due giorni» risponde lui accennando a un piccolo sorriso.

«Gentile da parte tua, ma vorrei riposare» replico io, cercando di mandarlo via, ma il modo in cui si siede sul letto mi fa capire che non ha nessuna intenzione di andarsene. Mi arrendo: almeno mi ha lasciato posto per sedermi.

«Com'è andata con i volontari?» mi chiede mentre mi circonda con un'ala.

«È andata. Sono ancora un po' inconsapevoli di quello a cui vanno incontro» rispondo sospirando mentre mi asciugo le ciocche bagnate.

Il silenzio che si crea mi preoccupa: l'ultima volta che quel tipo di silenzio si era presentato è stato quando gli ho rivelato di essere un'infiltrata e lui si domandava cosa fosse reale e cosa menzogna.

«La guerra si farà, sicuramente» mi rivela all'improvviso e a quelle parole mi si gela il sangue nelle vene. Ero sicura che sarebbero giunti a questa decisione, ma mai mi sarei aspettata che ci arrivassero così in fretta.

Sentendomi tacere, Maximilian continua.

«Il Consiglio sta radunando il popolo in piazza per informarli. Il Re di Sonenclair ha fatto la sua mossa.»

«Ovvero?» gli chiedo.

«Ha iniziato a far credere agli schiavi che, per colpa nostra, loro verranno puniti in modo esemplare. Questa menzogna si nutre dell'ignoranza del popolo mentre gli schiavi vengono radunati per essere torturati, uno a uno, perché considerati tutti traditori. Anche mia madre è stata arrestata per alto tradimento.»

Scioccata, lo guardo e vedo nei suoi occhi tutto ciò che mai pensavo di poter trovare in lui: pietà, preoccupazione e... amore.

«Mio padre non può aver permesso una cosa del genere!» esclamo inorridita.

«È stato proprio lui a far credere a tutti che tu hai fallito la tua missione e li hai traditi» continua a dire prima di bloccarsi di nuovo. Poi mi prende le mani e le circonda con le sue. Sento che sta tremando, anche se riesce a coprire meravigliosamente l'ansia nelle sue parole.

«Everly, io sono venuto per chiederti di rimanere in disparte» riprende a parlare. «Se accetterai di essere Regina, verrai esclusa e mandata al rifugio del Popolo.»

A quelle parole mi ritraggo e mi allontano da lui. Non posso credere che mi stia veramente chiedendo di mettermi da parte e guardare la guerra da lontano.

«No, mai» dico chiaramente.

«Everly non posso rischiare di perderti in guerra» ribatte lui allungando una mano verso di me, ma io la evito.

«Invece rischierai perché io combatterò!» grido arrabbiata. «Ho passato quasi tutta la mia vita a combattere! Non puoi chiedermi di rimanere in disparte mentre tutti muoiono!»

«Everly, ti supplico» mormora lui, guardandomi con disperazione.

«Combatterò per la tua fazione» ribatto io, con una strana voce roca. Deve essere causata dalla paura di essere allontanata. So che lui può farlo, con o senza la mia approvazione. «Sotto il tuo comando, ma ti prego, risparmiami le tue suppliche e lasciami andare. Io voglio combattere» continuo a dire finché il mio nome sussurrato da lui mi blocca.

«Everly...»

Mi spalmo le mani sul viso prima di guardarlo. Sta giocando con le mie emozioni e con il mio raziocinio: non so se sta usando il suo amore per bloccarmi o il suo potere come Principe per controllarmi.

In ogni caso, sento di doverlo assecondare, ma la parte più testarda e cocciuta di me mi costringe a farlo ragionare.

«A volte un Re giusto deve rischiare di perdere tutto a favore del suo popolo, non del suo trono. Max, tu sei il nostro Re, e potrai governare con o senza una Regina, specialmente se abolirai questa monarchia gerarchica» gli ricordo io.

All'improvviso lo vedo alzarsi e tirare un calcio alla porta finestra della camera. Il modo violento in cui agisce mi fa capire che vuole sfogarsi e non può farlo con me. Prima di volare via, si gira verso di me e i suoi occhi gialli ritornano a inquietarmi, così come la cicatrice sul suo viso.

«Ores mi ha detto di darti questo» dice prima di tirare fuori una busta dalla sua giacca. L'afferro e la guardo. L'unica scritta che noto è il mio nome.

«Lui dov'è ora?» gli chiedo, ancora agitata.

«Penso che quella lettera te lo dirà» risponde velocemente lui prima di afferrarmi di nuovo per il braccio e stringermi con la mano fino a farmi male. «Per favore, pensa alla mia offerta: voglio sapere che sei al sicuro, ovunque io sia, e che alla fine tu sia viva perché ti prometto che ogni volta che mi allontanerò da te troverò sempre un modo per ritornare» mi assicura.

«Devi veramente smetterla di dire queste sdolcinatezze. È quasi imbarazzante» rispondo acidamente, spingendo via la sua mano. Il sorriso che si dipinge sulla sua bocca mi irrita, ma mai quanto le parole che dice dopo.

«Buona notte, bimba.»

Nel momento in cui lo vedo volare fuori dalla finestra, velocemente chiudo le porte per impedirgli di ritornare, anche se so che probabilmente gli basterebbe solo spaccare i vetri e tutto il resto della stanza.

Dopodiché mi sdraio sul letto per aprire la lettera di mio zio e iniziare a leggerla.

"Everly,

Nel momento in cui leggerai questa lettera molto probabilmente io starò già guidando una squadra di infiltrati per andare a uccidere il Re di Sonenclair.

Non sai quanta paura ho nello scriverti, perché so benissimo che ti sentirai esclusa dopo ciò che ho da dirti.

Innanzitutto, la guerra è stata ufficialmente dichiarata dopo che il Re ha rifiutato di cedere il trono a suo figlio Maximilian e ordinato ai suoi sudditi di denunciare ogni schiavo ancora presente sul suolo del regno, compresi quelli sull'isola degli schiavi. La buona notizia è che nel regno di Sonenclair l'85% di schiavi è composto da infiltrati. La brutta notizia, che si aggiunge alle altre, è che abbiamo recuperato, grazie a buona parte della flotta di Sonenclair, solo il 35% di 85% infiltrati perché la restante percentuale è fedele ad Armànd, tuo padre, e non agli ideali dell'organizzazione emanati da tuo bisnonno James.

Secondo tutti gli infiltrati rimasti la causa di tutto sei tu, che non hai eseguito la tua missione e non hai ucciso Maximilian.

Devi stare attenta: ascolta la proposta di Maximilian e diventa Regina per salvarti, ma dubito che lo farai per quanto sei testarda. Anche tua madre era così risoluta nell'ottenere e fare ciò che voleva: hai preso molto da lei, soprattutto il carattere forte.

Potrei non tornare da questa missione di regicidio, quindi stai attenta a queste parole: non fidarti di nessuno se non di Maximilian. Nessuno, non fidarti nemmeno di te stessa.

Maximilian è pronto a morire per te, e potrebbe anche rinunciare alla corona per sapere che stai bene mentre tutti ti vedono come una sorta di esca per entrare nelle grazie di chi è più forte: per ora, la fazione del Re può avere la meglio su di noi.

Non combattere, trasmetti le tue conoscenze come infiltrata a chi è *sacrificabile.*

Sono sicuro che starai guardando male questo foglio, ma non puoi nascondere la verità: tu sei diventata importante sin da quando Maximilian ha rivelato a tutti che sarai la Regina al suo fianco. Ovviamente le voci girano velocemente e hanno scoperto tutti che eri anche la sua schiava, infiltrata con la missione di ucciderlo, e la sfortuna ti assiste in questi ultimi eventi perché temono anche che tu sia fedele a tuo padre.

Penso che sia giunto anche il momento di dirti che cosa è il disturbo della personalità borderline e cosa significhi anima eccelsa. Attendi queste risposte da settimane ormai.

La prima è, in sostanza, un disturbo della relazione, che impedisce a Maximilian di stabilire rapporti di amicizia, affetto o amore stabili. Ha passato la maggior parte della sua vita senza sapere cosa vuole. Chi è affetto da questo disturbo trascina le persone attorno a sé, parenti, amici e partner, in un vortice di emozioni da cui non è facile uscire. In Maximilian il disturbo era evidente durante i suoi primi diciotto anni. Ora ne ha ventitré e da quando sei entrata a far parte della sua vita, il suo controllo si è distrutto per ricostruirlo attorno a te. Secondo lui tu sei tutto ciò che ha d'importante nella vita. Tu sei diventata la sua ragione di esistere e di vivere e ha paura che tu possa abbandonarlo. Il costante sentimento di paura di essere abbandonato lo logora.

Penserai che sia una cosa normale in una persona innamorata: beh, sarebbe normale se lui non esagerasse tutto e non provasse a uccidere chiunque ti si avvicini.

Il disturbo borderline di personalità non è incentrato sull'amore ma sulla sfera emotiva di una persona.

Nel caso di Maximilian, tu sei tutto.

Per quanto riguarda la sezione Paranormale, sono solo leggende. Si parla di questo gruppo di uomini, pronti a sacrificare la loro vita per uccidere e porre fine alle minacce di un nemico comune. I Cacciatori di Mezzosangue sono sotto il comando di un antico uomo devoto al Creatore, viene chiamato Lord Herz. I Mezzosangue, invece, sono creature mostruose con sembianze umane. Vivono e si cibano di anime dei comuni mortali, e questo disturba il Ciclo delle Anime. Un'anima nasce in un corpo, vive fino alla morte del corpo e lo lascia per occupare una nuova vita. Se un'anima viene catturata da un Mezzosangue, smetterà di esistere. Se un cacciatore muore proteggendo degli innocenti da un Mezzosangue, la sua anima diventa eccelsa e sarà in grado di reincarnarsi in un futuro Cacciatore di Mezzosangue. Temono che dentro Maximilian ci sia un ex Cacciatore di Mezzosangue chiamato Nelchael, e che qualcuno all'interno del castello porti l'anima di Noah, un essere spietato e malvagio che tradì i suoi confratelli per diventare capo dei Mezzosangue. Ripeto, sono solo leggende. Ci sono file che sostengono che anch'io ho qualche legame con queste storielle per spaventare i bambini.

Ecco quindi, quali sono i tuoi nuovi obiettivi, ma sta a te seguire questa lista oppure no:

1. Insegna agli altri tutto ciò che sai riguardo il combattimento e le tecniche strategiche;

2. Non fidarti di nessuno se non Maximilian;

3. Riporta in alto il tuo nome e dimostra a tutti che tu sei fedele agli ideali dell'organizzazione e non a tuo padre;

4. Mantieni Maximilian concentrato e non dargli nessun motivo di focalizzare tutta la sua attenzione su di te. Abbiamo bisogno di lui;

5. Questa è opzionale: diventa Regina.

Se dovessi ritornare, ne riparleremo. In caso contrario, sappi che è stato un piacere incontrarti di nuovo, piccola.

Ricordati che hai il futuro nelle tue mani. Non sprecarlo.

Zio O e zia Maribella ti vogliono bene e te ne vorranno sempre, siamo fieri della donna che sei diventata.

Sono sicuro che anche tua madre Evangeline direbbe lo stesso.

-Orazius Gallagher"

Non so a cosa pensare dopo queste parole, so solo che sto piangendo e ho paura di non farcela.

Il futuro è davvero nelle mie mani oppure vogliono solo farmelo credere, così che io possa fallire?

CAPITOLO 23

L'ALTRA FACCIA DELLA MEDAGLIA

Everly

Nel momento in cui scendo dal furgoncino che mi riporta al Palazzo tutti i giorni, vedo il Principe con una busta in mano che mi sta aspettando, e siccome indossa l'uniforme, deduco che sia appena uscito dalla sala riunioni del Consiglio.

«Ehi, ciao» lo saluto avvicinandomi a passo veloce verso di lui.

Guardo il suo solito sorriso sghembo dipingersi sul suo viso.

«Everly» mi accoglie allungando il sacchetto. «Ti ho portato la cena: pasta al sugo e un pezzo di torta al cioccolato» mi rivela.

Apro le due estremità della busta e vedo all'interno due piatti ricoperti con della carta in alluminio.

«Non ho mai assaggiato una torta e nemmeno il cioccolato» gli rivelo io. I suoi occhi si illuminano divertiti e la cosa mi dà leggermente fastidio.

«Sono sicuro, al cento per cento, che ti piacerà» mi assicura lui.

Faccio un respiro profondo per calmarmi poi guardo oltre le sue ali enormi per vedere se c'è Evelyn ad aspettarmi. Solitamente è alla soglia del portone per restare con me fino all'arrivo di Sebastian, il suo presunto fidanzato.

«Hai visto mia sorella?» chiedo a Maximilian. Lui scuote la testa e mi risponde con un «No, sono appena tornato» che conferma la mia teoria: è appena uscito dalle grinfie dei membri del Consiglio.

«Non la vedo da ieri» gli rivelo preoccupata. «Vado a dare un'occhiata alle cucine» dico e gli passo la busta, ma lui mi blocca. Lo vedo correre per dare la busta a una guardia al portone per ordinargli di mettere il cibo al caldo, prima di ritornare da me.

«Possiamo parlare prima?» mi chiede e io ho dei tentennamenti.

Annuisco comunque.

«Immagino che Evelyn sarà già a casa con quel soldato» penso ad alta voce, poi rivolgo completamente la mia attenzione a lui.

«Già...» mormora, prima di fissarmi. «Ti ricordi che ho parlato con mia madre» mi rinfresca la memoria con un tono di voce molto basso.

«Sì, me l'avevi detto. Lei come sta?» gli chiedo, ma dallo sguardo che mi dà capisco che non è questo il punto.

«Sta riposando in una delle camere qui al palazzo» mi rivela e la cosa mi sorprende.

«La Regina è qui?» gli chiedo meravigliata da questa notizia.

«Sì» risponde Maximilian.

«Questo è davvero alto tradimento nei confronti dell'attuale Re. Anche Ores è tornato?» chiedo speranzosa.

Torno sempre dal centro d'addestramento esausta; molto spesso, in quest'ultimo periodo da quando zio O è partito, ho sogni di tutti i tipi, dai più disastrosi ai più devastanti, ma non riesco a smuovermi per il semplice motivo che sono troppo concentrata a non realizzare l'incubo di milioni di persone: l a morte. Vederlo tornare è sicuramente una vittoria di cui ho bisogno.

«Non abbiamo ancora ricevuto notizie da parte sua. Mia madre è stata salvata da una squadra diversa da quella di O» continua a dire lui. «Everly, dobbiamo parlare in un posto più privato» mi fa notare dopo avermi afferrata per il braccio.

Ormai lo conosco e so che non mi tira per farmi del male, perciò evito di sprecare altre energie e mi lascio trascinare fino alla mia camera.

Una volta che siamo entrambi dentro la stanza, vedo Maximilian serrare a chiave la porta e chiudere le tende. Per vedere qualcosa, mi avvicino al comodino e accendo l'abat-jour.

Quando mi giro verso di lui, noto i suoi occhi puntati su di me e i suoi pugni chiusi ai lati del suo corpo.

«Dimmi tutto» dico per iniziare la conversazione.

Maximilian si avvicina al letto e si siede, dandomi le spalle e le sue ali lo coprono completamente. Mi tolgo le scarpe e alzo i piedi indolenziti sul letto.

«Mia madre mi ha detto che non sono nato come una mutazione» dice all'improvviso lui.

Quella rivelazione mi lascia di stucco.

«Come scusa? Forse non ho capito bene...» replico io

ma a quanto pare il mio udito non ha nulla che non va.

«Non ero una mutazione» ripete Max dopo un respiro profondo. «Sono stato infettato per salvarmi la vita. A quanto pare da Alexander Alpha, un Curatore di queste parti. Il Generale che ci ha trovati, il vecchio amico di Ores, conosceva Alexander Alpha» mi spiega.

Non so cosa dire, non so a cosa pensare. Ma ora collego i fatti: Maximilian doveva essere molto debole quando è nato e per questo devono averlo infettato.

«Oh, e... cosa pensi?» gli chiedo, non sapendo che altro dire.

«Che non sono l'unico, che ci devono essere altre persone come me con il sangue di Alexander. Che quel Curatore avesse scoperto qualcosa di importante nel suo sangue. Sono sicuro che mio padre vuole sapere cosa perché vuole utilizzarlo a suo favore per mantenere il suo potere in qualche modo, per... Nikolai» dice tutto d'un fiato, bloccandosi sul nome del suo gemello.

Deve essere davvero difficile per lui pensare a suo fratello: Nikolai era l'unica persona di cui poteva fidarsi, anche se Maximilian lo trattava male. Scoprire che anche lui faceva parte del gruppo di persone che lo studiavano per il Potere deve averlo ucciso dentro più di qualsiasi altra cosa.

«Max...» lo chiamo quando, dopo qualche secondo di silenzio, noto le sue spalle alzarsi e abbassarsi con un ritmo irregolare.

«Everly io non ci riesco!» esclama di punto in bianco, alzandosi all'improvviso dal letto. «Io fallirò: sono già fallito come figlio, come Principe, come amico, come fratello. Non posso diventare Re. Alcune volte sento che posso farcela, che devo farcela, per tutti, ma... è come se stessi mentendo a me stesso!» continua, camminando avanti e indietro, portandosi entrambe le mani sulla testa come se stesse per scoppiare.

Il suo repentino cambio d'umore mi agita: non è la prima volta che mi dice certe cose.

«Ascoltami Max, la ricerca della verità non è mai una cosa semplice: ricordati che non sei solo. Se può consolarti, in qualche misterioso e arcano modo, io ci sono per te, ok?» gli dico per cercare di calmarlo in qualche modo. Per avvicinarmi a lui gattono sul letto fino al bordo opposto e gli tendo la mano. Quando lui la afferra, lo tiro lentamente per farlo sedere di nuovo sul materasso.

«Prima o poi tutte le verità vengono a galla» continuo a dire io. «Non c'è nulla da fare. Devi solo avere la volontà e la forza di pazientare.

Ricapitolando: tu eri nato molto debole e la Regina ha detto che sei stato salvato da Alexander Alpha. Gli scienziati di Sonenclair quindi sapevano di lui, dato che hanno chiamato gli studi con il suo stesso nome» collego i vari elementi e lo guardo. Quando annuisce, continuo con il mio ragionamento. «Quindi devono averlo cercato quando sei mutato e la Regina deve essere stata costretta a parlare. Il che significa che il Consiglio del Popolo e il Re si sono già incontrati e non in termini molto pacifici. Ti hanno accennato qualcosa?» gli chiedo. L'espressione confusa che si crea sul suo viso non promette nulla di buono.

«Il Popolo delle Terre mi conosce come il Principe angelo e il Consiglio non ha mai intrattenuto nessuna relazione di affari con Sonenclair in quanto mio padre ha rifiutato qualsiasi collegamento e ha sempre tenuto il regno all'oscuro dell'esistenza di un popolo al di fuori della cupola» mi spiega Max. Il Re ha condizionato tutti.

Sospiro e lo guardo prima di dirgli: «Dobbiamo trovare Alexander Alpha e scoprire il vero scopo dell'utilizzo del

Siero. Hai detto che il Generale che ci ha portati qui lo conosceva, vero?»

«Dobbiamo parlare con lui» replica Max, annuendo convinto delle sue parole. Scuoto la testa per frenarlo. Non possiamo allarmare molte persone. È uno dei punti per essere un buon infiltrato: mai e poi mai invischiare altri soggetti nei propri affari.

«Prima cerchiamo: non dobbiamo allarmare nessuno. Quando ne avremo veramente bisogno, se ne avremo, parleremo con il Generale Houst e il Consiglio» gli spiego.

«Va bene...» annuisce e sorride, probabilmente con una nuova speranza rinata nell'animo. «Quanto vorrei che Ores fosse qui» sussurra poi abbassando lo sguardo.

«Anch'io» sussurro. Mi manca il mio padrino.

Dopo qualche imbarazzante secondo di silenzio, lo guardo e cerco di iniziare un nuovo discorso: stranamente non voglio ancora dargli la buonanotte o mangiare da sola.

Anche la curiosità di sapere che cos'è la torta al cioccolato è sparita.

«Hai fatto qualcosa di divertente in questi giorni?» gli chiedo.

«Strategie di Difesa e Attacco insieme al Consiglio e ai generali dell'esercito. Ora che ci penso, c'era anche Houst» mi racconta sorridendo.

«Devo ritenermi offesa per non essere stata inclusa?» sussurro sarcasticamente. Maximilian ridacchia.

«No, hai solamente più di mille reclute da seguire con gli altri generali» mi ricorda lui. Inarco le sopracciglia e sorrido.

«A quanto pare tu sai già cosa ho fatto in questi giorni.»

«Beh, tu sei lì per addestrare delle reclute e ce ne sono molte. Ho tirato le somme» mi spiega. «Ti rispettano?» chiede subito dopo.

«Di sicuro lo fa chi non vuole avere la faccia sotto i miei piedi» rispondo con finta cattiveria e lo vedo battere le mani in modo ironico prima di dire: «Complimenti per la tattica del "qui il capo sono io". Sei così prevedibile.»

«Prevedibile?» ripeto io, guardandolo male.

«Sì, hai pure un udito eccezionale» replica lui.

Aggrotto la fronte, leggermente infastidita e sibilo un: «Smettila di prendermi in giro pennuto.»

«Pennuto» dice nello stesso momento in cui lo dico io.

«Smettila!» esclamo, ma lui sembra veramente sapere cosa sto per dire.

«Smettila!»

«Ti brucio le piume.»

«Ti brucio le piume» mi conferma.

«Ok, ho capito!» esclamo esasperata. Non pensavo di essere così ripetitiva nei miei insulti.

Maximilian sorride e mi guarda dolcemente, prima di iniziare un altro discorso.

«Perché non vuoi accettare di andare al Rifugio del Popolo insieme a Evelyn? Sareste entrambe al sicuro. Non potresti mettere da parte l'orgoglio?» mi domanda ma io scuoto la testa in segno di risposta.

«Non posso» sussurro io.

«Come immaginavo» afferma lui sdraiandosi sul letto di fianco a me. «Posso restare qui... stanotte?» chiede e, quando mi giro verso di lui, alza la mano velocemente per precedermi.

«Non fare frecciatine... muovi solo la testa. Sì o no?» sussurra, come se non volesse farsi sentire. Il mio carattere mi dice di non eseguire il suo ordine. Invece mi sdraio sopra le sue ali per rispondergli prima di allungarmi per spegnere l'abat-jour. Se proprio vuole rimanere, dovrà sopportare l'odore di pioggia che ho addosso.

«Grazie. Ho stranamente bisogno di te. Sento che non ce la farei senza la tua presenza. Tu sei la mia debolezza» mi rivela, mettendomi un braccio sotto la testa per mimare il cuscino per me.

«Perché? Io stavo per ucciderti» gli ricordo. Maximilian sogghigna e guarda in alto, verso il soffitto.

«Proprio per questo, Everly. Prima di te io mi svegliavo la mattina convinto di sapere la verità sulla mia vita: pensavo di essere maledetto, la piaga della mia famiglia... ed ero convinto di tutto ciò perché mio padre era disgustato ogni volta che parlava con il suo Consigliere e lui diceva "Maximilian sarà un grande Re un giorno". Poi sei arrivata tu ed è cambiato tutto. Mi hai dimostrato che niente è come sembra, che non sono io quello da incolpare e che non devo comportarmi come tutti mi ritraevano: un mostro senza cuore. Everly, tu non sai cosa ha significato per me il tuo arrivo» sussurra.

«Cosa ha significato?»

«La mia vera seconda possibilità. Basta un tuo ordine, e io lascio tutto questo alle spalle per vivere con te. Il mondo è grande, scapperemo via, ovunque tu vorrai. Sapevo che il Re avrebbe trovato un modo per non farmi salire al trono, per questo mi interessavo di più a fare del bene agli altri sotto forma di Angelus e non di Maximilian. Pensavo di inscenare la mia morte per poter essere Angelus tutto il tempo, ma il Re non faceva niente, o almeno è quello che pensavo» continua a spiegarmi e il mio cuore si indurisce. Perché mi dice tutto questo? Qual è il suo vero scopo?

«Per questo bevevi così tanto Vilmix? Speravi che un giorno potesse lasciarti secco?» gli chiedo facendo ironia.

Lui alza le spalle e le abbassa velocemente.

«In teoria sì, ma il mio corpo guarisce i danni che mi

provoco, perciò per non sentire più niente, mi accontentavo di svenire per un giorno intero, o due. In ogni caso, non ho il fegato di togliermi la vita in altri modi» mi risponde e io non reggo oltre.

Il mio cuore si sta spezzando: lui è il Re per cui mi sto battendo. Dovrebbe mostrarmi forza, fierezza, incitare i propri uomini e guidare l'esercito verso la guerra come un vero capo.

Io sono parte dell'esercito: è mai possibile che il suo presunto amore per me sia più grande dell'amore per il suo popolo? È questo quello che fa un Re?

«Perché mi stai facendo questo?» gli chiedo esasperata.

«Che cosa?» mi domanda e io scuoto la testa.

«Affermi che sono la tua debolezza quando ho bisogno che tu sia la mia forza!» esclamo, turbata dal suo carattere.

Quando vedo il suo sguardo confuso puntato su di me, lo fisso di rimando.

«Max, io combatto sotto la tua bandiera. Tu sei il mio Re» inizio a dire. «Un Re deve essere forte, e mai debole. Io voglio combattere per te, ma se io ti indebolisco, sono costretta a rimanere in disparte. Io non voglio essere la dama che aspetta il ritorno del suo amato dalla guerra. Io voglio essere la dama che combatte al tuo fianco, nel bene o nel male. Sono stata cresciuta come una macchina da guerra e il combattimento è la mia unica religione. Perché mi fai questo?» gli chiedo ancora. Come posso ottenere ciò che voglio senza indebolirlo? Perché proprio io devo essere la sua debolezza quando al mondo c'è molto di più?

All'improvviso, spinta dalla voglia di vederlo nuovamente imponente e potente, mi getto su di lui, portandomi a cavalcioni del suo grembo. L'intento è ucciderlo e farla finita. Afferro il coltello nascosto nella fondina da caviglia che da quando ho iniziato a istruire le reclute ho sempre con me, e lo alzo davanti a lui, pronto a pugnalarlo.

«Ti odio, sin da quando mi hanno detto che avrei dovuto proteggerti» sibilo, spregevole.

«Everly...» sussurra lui, sorpreso da ciò che sto facendo. Poi noto che la vede: quella goccia scendere sulla mia guancia mi ha appena tradita. Maximilian si sbottona la camicia dell'uniforme, rivelando la sua pelle nuda, abbassa il mio braccio lentamente, e posiziona la punta della lama che ho ancora tra le dita sulla sua pelle, proprio sopra al cuore.

Nel momento in cui la mia mano inizia a tremare, il Principe la circonda con la sua, tenendola stretta.

«Una spinta, forte e decisa, e la tua missione sarà portata a termine con successo, hai capito? Sono tuo, Everly» sussurra e noto che sta spingendo la mia mano sempre più in basso. Sono io che sto facendo forza per non continuare. Nel punto in cui il coltello tocca il suo petto, noto una perla rossa diventare sempre più grande.

«No!» esclamo prima di dimenare il polso e liberarlo per gettare l'arma il più lontano possibile da noi due. Con il palmo strofino via il suo sangue e guardo la ferita rimarginarsi prima di scomparire completamente, poi mi abbasso e unisco la mia bocca alla sua.

Quando sento il respiro corto, mi allontano di qualche millimetro per riprendere fiato.

«Per cosa è stato questo?» ansima il Principe.

«Istinto» rispondo semplicemente.

Maximilian inarca le sopracciglia, compiaciuto.

«Il tuo istinto ti ha detto di...» cerca di parlare, ma io lo blocco e gli tappo la bocca nuovamente con la mia. Quando lui mi afferra per i capelli e mi tira all'indietro, uno strano brivido mi percorre la schiena, aumentando quando poi incontro i suoi occhi pieni di libidine.

«Mi piace il tuo istinto» ansima prima di riappropriarsi delle mie labbra.

Le mie mani viaggiano sul suo petto e lo accarezzano mentre sentono come si gonfia e si sgonfia a ogni respiro contro di me.

È una strana e nuova sensazione: per la prima volta, in tutta la mia vita, sento di potermi lasciar andare contro il muro che mi divide dalle mie emozioni.

E succede: come una palla demolitrice, sfondo quei mattoni e abbraccio ogni sentimento che ritenevo proibito per rimanere concentrata.

Paura, felicità, tristezza, rabbia, amore, angoscia... irrompono dentro di me tutte insieme. Scoppio in lacrime, sono così confusa, ma allo stesso tempo so quello che sta succedendo.

Sono consapevole del fatto che in questo momento, dopo un movimento fulmineo, Maximilian si trova sopra di me, e sta baciando il mio viso come se stesse cercando di catturare per sé ogni goccia che proviene dai miei occhi.

Non so come e nemmeno perché, ma mi ritrovo a rispondere ai suoi gesti: riprendo a baciarlo sulle labbra, e lascio che le sue mani si intreccino nei miei capelli; noto che si sta sostenendo sui gomiti per non premere su di me tutto il suo peso; circondo la sua vita con le mie gambe e premo le ginocchia ai suoi fianchi, lasciando che le piume delle sue ali mi accarezzino.

Le sue labbra, morbide e umide, iniziano a lasciare una scia rovente di baci lungo il mio collo fino al petto. Lì si separa da me per sfilarmi dalla testa la maglietta.

Non mi sono ancora fatta la doccia, ho ancora l'odore della pioggia addosso, ma non sembra importare a nessuno dei due. Siamo solo io e lui, e questa volta nessuno ci disturberà.

Non mi sto comportando come se fosse la mia prima volta. Sono controllata dal mio istinto, da tutto ciò che ho sempre represso.

Le sue labbra affondano nell'incavo del mio collo dolcemente e un gemito scappa dalla mia bocca.

Nulla ora lo fermerà.

Con il fiato corto, crollo sopra il petto di Maximilian e nascondo le mani tra le piume delle sue ali. Sento il sudore bagnarmi l'intero corpo.

Sono ancora messa a cavalcioni sopra di lui, proprio da come siamo partiti.

All'improvviso sento le sue braccia circondarmi. Il Principe mi stringe a sé.

Quando alzo gli occhi per guardarlo, le mie labbra sembrano attratte dalle sue come poli opposti di due magneti e si incontrano nuovamente per la milionesima volta, o forse anche di più, questa notte.

«Nulla di tutto questo è logico» sussurro sulla sua bocca.

«Lo so» risponde ghignando.

Deve star pensando ancora alla guerra tra noi due. Sto perdendo miseramente ma non mi dispiace affatto.

«Sono troppo stanca di pensare. Volevo solo...» cerco di ribattere, come dice il mio carattere sempre sulla difensiva.

Ma lui mi zittisce con un altro bacio.

«Non ho bisogno di chiarimenti. Va bene così, bimba» mi risponde lui, stringendomi ancor più a sé, subito dopo avermi fatta scivolare al suo fianco.

CAPITOLO 24

IL DIO HERMES

Ores
Due giorni prima della missione di Regicidio

Da quando siamo arrivati nelle Terre del Popolo, Maximilian ha indirizzato tutte le sue decisioni per due scopi: vincere la guerra e salvare Everly da essa.

Se soltanto capisse che mia nipote è molto più preparata di lui nel combattimento e nell'arte della guerra. Se fosse lei a capo, con ogni probabilità avrebbe già deciso i passi successivi, calcolato le probabilità e valutato le risorse. Invece Maximilian sta ancora contrattando con il Consiglio del Popolo, senza grande successo. Sta solamente allontanando le possibilità di avere un alleato forte, e alzando quelle di avere un nuovo nemico.

Guardo il Principe tenere i pugni stretti sul tavolo. È una vergogna che il suo maestro non gli abbia insegnato le basi del comportamento da tenere durante una contrattazione. Mai e poi mai tenere i pugni stretti ben visibili: è segno di istigazione e lite e, di sicuro, non è ciò che vuole ottenere.

«Il nostro popolo non andrà mai in guerra! Noi non abbiamo nulla a che fare con voi!» esclama un membro, che sembra non voler avere alcun rapporto con Maximilian. Da parte di quest'ultimo, invece, arriva una risposta calma ma si nota dalle sue mani che sta cercando di non spaccargli la faccia.

«Ci avete accolti» dice il Principe. «Per il Re di Sonenclair avete già fatto fin troppo: siete già diventati gli alleati del nemico!»

Il membro del Consiglio con cui sta argomentando emette una finta risata.

«Possiamo sempre rispedirvi da dove siete venuti!» sentenzia velenoso, guardando Maximilian con crudeltà.

«Voi vi battereste per gli stessi motivi!» esclama il Principe, alzandosi. Le sue ali si aprono nella loro massima estensione e colpiscono alcune persone, che prontamente gli puntano addosso le loro pistole.

«Silenzio!» esclama un membro del Consiglio, alzandosi di scatto e battendo con forza le mani sul tavolo. «Rimandiamo questa conversazione. I nostri ospiti sono appena arrivati. Non vi è alcun bisogno di attaccarli» sentenzia prima di sedersi nuovamente.

«Vi prego, riposatevi. Riprenderemo questo discorso in un contesto più calmo e rilassato.»

Quando la riunione finisce, schizzo fuori dalla sala.

Ho bisogno di respirare aria fresca.

Mi dirigo velocemente verso la foresta, senza rendere conto a nessuno del mio momentaneo allontanamento dalla città, ma una mano mi blocca.

«Ores?» mi sento chiamato da una voce familiare.

«Generale Houst» dico, girandomi per guardarlo.

«Dove stai andando?» mi chiede.

Sospiro.

«Ho bisogno di stare da solo e pensare. Vado a fare un giro.»

«È successo qualcosa all'interno della Sala delle Riunioni?»

«Nulla di preoccupante. Il Principe può essere una gran testa calda quando vuole. A dopo.» Mi congedo velocemente e continuo per la mia strada senza girarmi.

Cammino per più di mezz'ora nella foresta. I piedi iniziano a farmi male e il fiato comincia a mancare.

Poi sento la voce di quel bastardo. Di nuovo.

"Orazius Gallagher", mi chiama. "Mi sembri stanco."

«Chi sei, rivelati...» sussurro e chiudo gli occhi per un secondo sperando di vederlo davanti a me non appena li avrò riaperti. Ma non accade. Invece, ho solo nuovamente mal di testa a causa sua.

"Mi sei mancato", continua lui.

«Brutto bastardo, dove sei?» impreco, stufo di lui e del suo fare misterioso.

"È così che saluti un amico?"

«Esci dalla mia testa!» esclamo tenendo gli occhi fissi davanti a me.

"Mi dispiace, dovevo farlo..."

«E chi te l'ha chiesto?»

«Io.»

Mi volto solo per vedere che il Generale Houst mi ha seguito. Sono confuso, che cosa sta succedendo?

Houst mi mette una mano sulla spalla, poi una mano sulla fronte.

Quello che vedo successivamente chiarisce ogni mio dubbio. Mi mostra ogni cosa delle vite di Maximilian e di Everly, sin dalla loro nascita fino ad oggi. La voce che ho nella testa da così tanto tempo e che ho sempre cercato di mettere a tacere era in realtà l'unica da ascoltare. È Alexander Alpha.

«Devo solo dirti una cosa: per quanto tu ci proverai, il Re metterà le mani su Everly. Non cercare di cambiare i fatti. Non farlo» dice il Generale Houst.

Dovrei crollare ora che ho trovato le risposte alle mie domande.

«Per questo hai trovato Everly e la sua squadra quando siamo arrivati. Tu sapevi che saremmo arrivati! Sapevi che tutto questo sarebbe successo!» esclamo sempre più inorridito dalla realtà, mentre lacrime calde cascano dai miei occhi violentemente. Poi collego i fatti, e l'ansia mi pervade. «Non metterò mia nipote nelle mani del Re! Farò di tutto per impedirlo!»

E sono sicuro che anche Maximilian non lo permetterà mai.

"Non riuscirai mai. Tutto accadrà comunque. E se proverai a metterti in mezzo, combinerai solo altri problemi", mi rimprovera Alexander. Stufo della situazione, tiro un pugno all'albero più vicino a me. Qualche scheggia si conficca nella mia pelle, procurandomi una fastidiosa sensazione di bruciore. Al contrario di altre mutazioni, il mio corpo non si rigenera da solo.

Ho visto Maximilian crescere, è come un figlio per me. L'ho seguito più di quanto l'abbiano fatto i suoi genitori.

Everly ed Evelyn sono mie nipoti, figlie di una donna straordinaria. Sono parte della mia famiglia.

Sono cresciuto con gli ideali dell'organizzazione, con gli insegnamenti di mio padre.

Posso veramente mettere a repentaglio la loro vita per una teoria? Anche se Alexander mi ha già provato più e più volte di avere ragione?

«Alex... rivelami il futuro, ti prego. Non voglio sentire quello che già sta accadendo. Vai oltre a quello che voglio sentire.»

Guardo Houst indietreggiare. Qualsiasi cosa accadrà adesso, non sarà piacevole.

"Cambi idea velocemente. Sappi che non ti piacerà."

«Farò di tutto per aiutare il mio popolo» affermo, tenendo lo sguardo sul generale davanti a me.

"Sei così fedele agli ideali dell'Organizzazione."

«È tutto ciò che so.»

Ed è vero. Mio padre mi ha cresciuto con quel credo: non volterò le spalle al mio popolo proprio ora. E salverò la mia famiglia. Li salverò tutti.

"Bene. Ascoltami, perché non ripeterò nulla una seconda volta... ancora. Ti insegnerò ciò che devi sapere per manipolare la Sala delle Simulazioni al Palazzo del Consiglio nel mio vecchio laboratorio e renderlo in grado di selezionare l'opzione Viaggio nel Tempo. Non servirà a Everly, ma a Maximilian sì."

3 ore prima della partenza per la missione di Regicidio

Prendo tra le mani il cellulare e compongo il numero dell'abitazione in cui risiede Evelyn.

«Pronto?»

«Ciao, hai un minuto?»

«Zio O, che succede?»

«Sto per partire per una missione di Regicidio.»

«Stai ritornando a Sonenclair.»

«Sì.»

«Vuoi uccidere il Re.»

La sua è un'affermazione, non una domanda.

«Ci devo provare.»

«E se tu dovessi fallire?»

Non parlo. Mi blocco per qualche secondo. Devo pensare attentamente a ciò che dico.

«Qualsiasi cosa succeda, fa che il Re di Sonenclair smetta di pretendere Everly.»

«Il Re vuole Everly?»

«Sì, ma tu devi impedirlo. E non devi farlo sapere a nessuno. È chiaro?»

«Ma come? Cosa succederà a Everly se dovesse finire nelle sue mani?»

L'ansia nella sua voce mi fa sentire malissimo. Non vorrei mai mentirle in questo modo ma è l'unica maniera affinché tutto vada come deve andare. Alexander ha ragione e io devo eseguire alla lettera tutto quello che mi ha ordinato.

«La useranno, Evelyn. Le mentiranno, lei crederà alle loro menzogne e la sfrutteranno. Fingi. È tutto ciò che ti chiedo. Chiedi a loro di mandare Everly nel Rifugio del Popolo insieme a Sebastien. Devo andare. Prenditi cura di te, Evelyn. Ti voglio bene.»

«Zio O, io non so se...»

«Ce la farai. Avrai dei segnali da parte mia. Ricordati di guardare lo specchio dell'anima e della parola Hermes.»

«Hermes? Ma cosa?...»

«Devo andare.»

«Ores!»

Chiudo la telefonata.

Mi dispiace così tanto.

Sono giorni che io e la mia squadra stiamo girando le strade di Sonenclair, pur di non essere beccati.

Abbiamo salvato qualche schiavo dalla morte ma non abbiamo potuto fate niente per alcuni.

Siamo arrivati troppo tardi.

Abbiamo incontrato dei gemelli infiltrati, si chiamano Klea e Theo Dedaroy.

Klea è un'abile fuggiasca così come suo fratello.

Sono simpatici, fortunatamente, e ci stanno aiutando a orientarci per le vie di Sonenclair. Hanno studiato i movimenti dei soldati e adesso sanno con precisione quando e dove dobbiamo andare per non essere beccati e raggiungere il castello.

Per le strade di Sonenclair sono stati lasciati i cadaveri degli schiavi: donne, bambini, uomini, torturati e mutilati.

La puzza è insopportabile, per questo i nobili girano con delle mascherine e ignorano i corpi in stato di putrefazione.

Alcuni ragazzini, per divertimento o per noia, delle volte si avvicinano ai corpi per calciarli.

Noi possiamo solamente prendere i morti, uno a testa ogni notte, e dare loro una degna sepoltura. Abbiamo iniziato con i bambini.

Non avete idea di cosa significhi prenderli in braccio durante la notte e vederli con gli occhi aperti, ancora pieni di terrore. Ciò che ti distrugge e ti logora dentro è la consapevolezza di non essere riuscito a impedire la loro morte.

Ma il tempo scarseggia e, a ogni secondo che passa, aumentano sempre di più le vittime dei Carnefici di Sonenclair.

E noi siamo in pochi. Non riusciremo mai a portarli via tutti.

Così come non siamo riusciti a salvarli.

Mi hanno catturato. Alexander mi aveva avvisato. Diceva che non è la prima volta che non gli do ascolto su questo. I miei compagni di squadra sono morti. Sono stati appesi davanti a me, denudati dopo essere stati torturati.

Klea è riuscita a scappare grazie a Theo.

Io sono l'ultimo.

Improvvisamente mi arriva un altro pugno.

«Dimmi tutto sull'alleanza del Principe Maximilian con il Popolo delle Terre!» grida Dymitri come un pazzo.

La mia testa si gira a destra. Sento un dolore lancinante sulla mascella.

L'importante è che Evelyn faccia ciò che le ho detto nel video che ho lasciato.

Non importa di me.

Un altro pugno.

«Non vuoi parlare, eh?»

Questa volta vedo in maniera sfocata la parete alla mia sinistra. Inizio a sentire il sapore del mio sangue. Sento che esce sia dalla guancia che dalle gengive. Mi riempie la bocca. Sputo.

Un altro pugno.

«Dimmi tutto sull'alleanza del Principe Maximilian con il Popolo delle Terre!»

Sento il mio corpo reagire. Non reggerò a lungo. Sverrò per permettere al mio corpo di guarire.

Ma la guardia che si sta prendendo così tanta cura di me non vuole vedermi svenuto.

Almeno, non ancora.

Dal suo carrello prende una lama sottilissima, lunga e larga quanto un suo dito. La tiene con una mano, mentre con l'altra mi piega la testa all'indietro.

So cosa vuole fare. Lentamente passa la lama sul mio collo, tagliando la mia pelle. Pizzica, brucia. Non va velocemente: vuole che io senta tutto il taglio.

«Continuerò finché non saprò ogni cosa!»

Il dolore rimbomba nella mia testa. Ormai è insopportabile. Cerco di muovermi, ma sono completamente legato. L'unica cosa che posso fare è gridare.

Non tradirò nessuno.

Quando il taglio finisce e ne inizia un altro dopo avermi tirato un calcio sulla tempia, capisco per certo che non morirò. Non ora.

E ciò significa solo una cosa: continuerò a combattere per il Popolo Sconfitto e per il mio unico Re. E lo farò, ogni dannatissima volta.

Vedendomi resistere, Dymitri decide di usare la sua arma segreta. Esce dalla stanza e ritorna con una ragazza su una sedia a rotelle. Ha un braccio robotico.

«Ti presento Thunder, la mia ragazza.»

Mi ricorda Everly. Cerco di non piangere. Devo essere forte.

La ragazza è legata da capo a piedi e si dimena in continuazione. Le scintille elettriche che saltano sulle catene non passano inosservate.

Porta la ragazza vicina a me. È imbavagliata e sta guardando Dymitri con uno sguardo omicida.

Il ragazzo prende due caschi, uno dei quali si chiude fin sotto al collo, collegati tra loro da diversi cavi.

Il casco che copre l'intera testa spetta a me, mentre appoggia l'altro sul capo della ragazza.

Poi Dymitri si porta davanti a lei, si inginocchia e le toglie il bavaglio dalla bocca.

«Ti ucciderò, stramaledetto figlio di puttana!»

«Prima mostrami le scintille, piccola» ghigna Dymitri prima di baciarla.

Se questi sono i miei ultimi attimi, griderò e pregherò.

Griderò per me stesso e pregherò per gli altri.

Poi sorriderò.

Dymitri prende un coltello e lo infilza nella spalla della ragazza.

Poi sento le scariche elettriche trasmesse dal casco, che coprono le grida di dolore di Thunder.

«LUNGA VITA A RE MAXIMILIAN! LUNGA VITA AL RE!»

Ora che l'ho gridato, la mia gola fa anche più male.

Penso di essere morto. O almeno, so che questa puzza di bruciato proviene da me.

«Questo è un messaggio dal Regno di Sonenclair per il Consiglio delle Terre del Popolo e per i ribelli. Arrendetevi o morirete uno a uno. Ascoltate il Re e rinunciate alle vostre sciocche idee. Lui sa cosa è bene per il suo popolo. Lui vi perdonerà. Il Principe Maximilian Adam di Sonenclair deve ritornare al palazzo e se per convincerlo deve ritornare anche la sua schiava, Everly Greystone, vi proponiamo questo scambio: la mia vita in cambio della sua. Se entro una settimana non risponderete, la guerra che voi dichiarate sarà inevitabile, io morirò e il Re non avrà nessuna pietà, nemmeno per chi faceva parte del suo popolo. Qui Orazius Gallagher, schiavo di nome Ores di Sonenclair.

Ripeto: avete una settimana per decidere. Se Everly

Greystone non si presenterà al cospetto del Re allo scadere del tempo stabilito, la vera guerra avrà inizio e nessuno verrà risparmiato. Le vostre terre si tingeranno del vostro sangue.»

Finisco di recitare davanti alla telecamera. Hanno voluto girare un video per una trattazione. E io sono riuscito a mandare un segnale a Evelyn.

Nikolai sorride e mi applaude. I suoi occhi sono rossi.

«Bravissimo, Ores. Sapevamo di poter contare su di te.»

Questo è quello che pensi tu, figlio di puttana.

Tu non hai idea di ciò che sta per accadere.

Evelyn

Il mio sguardo è ancora incollato allo schermo: non posso credere a ciò che ho appena visto e sentito. Uno scambio: Everly o Ores, entrambi punti deboli di Maximilian. È questo il loro scopo? Renderlo debole ancora prima di iniziare?

Poi mi accorgo di una cosa.

«I suoi occhi. Guardate i suoi occhi» mormoro io.

Conto i secondi tra un battito e un altro, e anche per quanto tempo tiene le palpebre chiuse.

«Che cosa hanno?» mi chiede un membro del Consiglio.

Sperando di non essere considerata folle, indico lo schermo.

«Sta mandando un messaggio in codice morse!» esclamo ormai certa. Mi aveva detto di guardare lo specchio dell'anima: i suoi occhi.

«Cosa ve lo fa credere?» sento qualcuno domandare. Ormai non sto più facendo caso a chi apre bocca e chi no.

«Mia sorella... me lo ha insegnato lei» rispondo brevemente prima di alzarmi e avvicinarmi allo schermo.

«Vi prego, fatelo ripartire e raddoppiate la velocità. Datemi un foglio e una penna» chiedo velocemente e non appena li ottengo, con un gesto della mano ordino di far ripartire il video.

Quando ho finito, sul foglio si è formata una serie di punti e linette.

«Hermes. Accetta. Salva Everly.»

«Cosa significa Hermes?» interviene uno dei presenti. Sta per rispondere un membro del consiglio, ma lo precedo «Nella religione greca, Hermes era il Dio messaggero. Ci sta avvisando, è una trappola» spiego io. Poi ridacchio e sussurro:

«Ovviamente.»

In guerra, fidarsi del proprio nemico è da imbecilli.

«Come fai a sapere tutte queste cose?» chiede qualcun altro.

«Everly. Tutto quello che imparava lei come infiltrata lo insegnava a me. Mi prestava i suoi libri» rispondo prima di porre io una domanda. «Perché non avete chiamato mia sorella per questo?»

«Perché sappiamo benissimo come reagirà e noi abbiamo bisogno di lei per tenere Maximilian concentrato. I suoi seguaci credono in lui e hanno bisogno di un capo da seguire. Inoltre, ora che abbiamo scoperto l'utilizzo del siero Alpha, non possiamo perderlo» rivela prontamente quacuno.

«A cosa serve? Come avete fatto?» chiedo, estremamente curiosa.

«Gliel'ho detto io» interviene una voce nuova, ma che conosco. All'improvviso dall'ingresso compare la Regina di Sonenclair, Maria Rebecka.

«La Regina» sussurro sorpresa di vederla.

I suoi lunghi capelli biondi sono stati raccolti in una coda alta e indossa un vestito lungo e nero. Il contrasto che il tutto crea con la sua pelle ambrata è stupendo.

I suoi occhi sono tristi, mi guardano e sembrano cercare perdono.

«Mi dispiace così tanto che la pazzia di mio marito si sia spinta così oltre» inizia a dire, poi le cedo il mio posto.

«Spiegatevi, mia Regina» le chiedo e il sorriso che mi mostra mi fa provare una strana ansia.

«Il tuo principe Maximilian non era nato come mutazione. Era solo terribilmente debole» rivela lei. «Quando nacquero i gemelli, il medico mi rivelò che a causa di una complicazione, Maximilian avrebbe avuto solo poche settimane di vita. Mio figlio soffriva ma era già un uomo quando era nella culla: non piangeva. Una volta mi ritrovai a chiedermi che razza di madre fossi: mio figlio pativa le pene dell'inferno e io davvero non potevo fare nulla? Una settimana dopo la nascita dei gemelli, li lasciai alle cure di una governante e venni qui, nelle terre dei Vecchi Continenti, alla ricerca di persone che si chiamavano i Curatori, scienziati che dedicavano la loro vita alla ricerca di cure per qualsiasi malattia, utilizzando le scoperte che facevano attraverso lo studio su alcune mutazioni totalmente consapevoli e consenzienti. Al giorno d'oggi è rimasto un Curatore, ed è il generale che a detta loro, vi ha accolti alle coste.

Comunque sia, i Curatori all'epoca lavoravano sul Siero Alpha, ottenuto grazie a Alexander Alpha, la cui mutazione apparve mesi dopo la sua nascita. Speravo nella *contaminazione positiva del sangue*, chiamiamola pure così» dice, poi s'interrompe per qualche secondo.

«Feci un patto con Alexander Alpha. Mio figlio stava morendo e non avevo tempo di aspettare il siero completo e testato. Iniettò a Maximilian il suo sangue dopo averlo corretto con qualcosa che non ricordo e lo infettò. Rimpiango il mio egoismo: chi è destinato a morte certa non deve essere salvato perché se deve andarsene esiste un motivo valido. Ma io... non volevo vedere morire mio figlio.

Quando il suo sangue curò il bambino, lo ringraziai e gli promisi tutto ciò che avrebbe voluto, ma ci fu un problema qualche giorno più tardi: a Maximilian spuntarono le ali. Il Re, mio marito, andò su tutte le furie quando gli spiegai ciò che era successo. Il modo di Gregorio di vedere il mondo è orribile, ma rispecchia la nostra società: gli umani del regno sono privilegiati, tutte le mutazioni e gli umani schiavi sono discriminati. Davanti alla legge, quando uno schiavo diventa nobile, agli occhi di tutti rimarrà sempre lo schiavo fortunato, non diventerà mai un nobile rispettato. Mai... e nella famiglia reale, il sangue deve essere obbligatoriamente puro. Infatti, Gregorio ha fatto quello che ha voluto: dopo che spedii Maximilian nell'isola degli schiavi nei suoi primi anni di vita, sotto le cure di Armànd, tuo padre, ed Evangeline, tua madre, Gregorio pianificò molte cose, incluso il piano per trovare una cura alle mutazioni curabili, e uccidere quelli incurabili e ribelli definitivamente, ma, soprattutto, creare un esercito con le capacità di Maximilian. Per questo lo studiavano, per questo lo forzavano a fare molte cose. Ora, con questa guerra, abbiamo bisogno di Ores e di tutte le sue conoscenze. Abbiamo anche tremendamente bisogno di Everly per Maximilian» conclude lei, sul punto di crollare.

Chissà quanti altri segreti custodisce il suo cuore, quanto peso ha la Regina sulle spalle.

Annuisco e mi rimetto in piedi.

«Ditemi, qual è il vostro piano?» domando io al Consiglio intero. Un membro sospira profondamente prima di guardarmi.

«Saresti disposta a fingere di essere tua sorella per salvare Ores?» mi domanda in modo schietto.

«Volete sacrificarmi» affermo e i secondi di silenzio che seguono mi terrorizzano. Non stanno scherzando.

«Abbiamo bisogno di Ores» continua un altro.

La paura si insidia nelle mie viscere e le attorciglia.

«Mia sorella non mi lascerà mai andare» faccio notare io, ma il colpo di una mano sul tavolo mi fa capire che qualcuno è nervoso.

«Everly non lo dovrà mai sapere!» esclama una donna del Consiglio.

«Non appena lo scoprirà, cercherà in qualsiasi modo di salvarmi» replico io, ma sembrano tutti avere la risposta pronta.

«Se dovesse scoprirlo» mi interrompe un altro. «Ma sappiamo che sarà anche costretta a rimanere per non distrarre il Principe Maximilian.»

Mi guardo attorno e mi chiedo quando all'improvviso io sia diventata una soluzione.

Cosa centro io con tutto ciò che vogliono fare? Perché proprio io devo scarificarmi? Perché proprio la mia famiglia? Everly è tutto ciò che è rimasta di essa.

«State chiedendo a mia sorella di scegliere tra la sua famiglia e il regno» li accuso e non cercano nemmeno di smentire: sanno benissimo cosa stanno sperando.

«Tutti noi abbiamo un dovere verso l'umanità. Siamo noi la nostra famiglia ora» risponde un membro del Consiglio.

«Vi state dimenticando di una cosa abbastanza importante» preciso io. «Loro sanno che siamo gemelle.»

«Proprio per questo per tutti dovrai essere morta» risponde un altro. Morta?

«Volete inscenare la mia morte?»

«Esattamente» annuisce un altro. «Evelyn Greystone. Accetti questa missione?» mi chiede.

«Che cosa mi succederà non appena sarò arrivata lì?»

«Ores ci verrà consegnato e tu...»

«Non c'è un'altra soluzione?» provo ancora a domandare ma il modo in cui tutti abbassano lo sguardo minaccia le mie lacrime.

«Noi non ti stiamo costringendo, Evelyn. Ti stiamo spiegando che è questa la situazione e che se non accetterai, noi perderemo informazioni che Ores ha e che potrebbero decidere le sorti della guerra»

«Va bene. Lo farò» annuncio io. Sento dei sospiri di sollievo e dei sorrisi si creano sul volto di alcuni, però io non ho ancora finito di parlare. Ores sapeva tutto, e io devo eseguire i suoi ordini. «Ad una condizione: Everly e Sebastian verranno mandati al Rifugio.»

CAPITOLO 25

LA NUOVA FAZIONE

Everly

Mi risveglio sul petto di Maximilian. Sento il suo cuore battere a un ritmo veloce e irregolare. Porto i miei occhi su di lui e guardo il suo viso: ha le labbra leggermente socchiuse, tra le sopracciglia si sono create delle piccole fossette. Non ha un'aria tranquilla, è come se stesse sognando qualcosa di brutto.

«Ehi, sono qui...» sussurro lentamente mentre gli accarezzo la fronte imperlata da alcune gocce di sudore. So benissimo cosa significa avere incubi, in quest'ultimo periodo ne ho avuti anche troppi, ma ormai ho imparato a riconoscere l'evidente differenza che mi fa capire quando tutto è finto o reale: nel momento in cui a soffrire sono solo io, vuol dire che è solo un dannatissimo sogno; quando, invece, a soffrire non sono sola, è allora che vivo la realtà.

Maximilian emette uno strano mugolio di dolore prima di calmarsi.

Poi vedo le sue palpebre alzarsi leggermente, segno che

si è svegliato. Una piccola smorfia divertita si dipinge sulle sue labbra quando mi vede, prima di crollare nuovamente e abbandonarsi velocemente a Morfeo.

Quando sento il suo cuore battere un ritmo lento e regolare, segno che ora sta bene e che non è più cosciente, alzo leggermente la testa e osservo la stanza: c'è così tanto silenzio che riesco a sentire il mio stesso respiro.

È tutto così tranquillo che mi sento osservata e scaturisce in me la voglia di svegliare Maximilian. Anche i raggi di sole che filtrano dai vetri della camera sembrano volermi calmare.

Eppure la tranquillità è un fattore con dei tempi brevissimi. Non mi stupirei se in questo istante qualcuno irrompesse nella stanza.

Devo solo aspettare e godere di questo momento.

Non durerà per sempre.

Senza nemmeno accorgermene mi sono addormentata di nuovo.

Ma ora che sono più cosciente, noto che ho la testa semplicemente appoggiata a un cuscino, non più sul corpo del Principe.

Maximilian è in piedi vicino alla finestra: ha uno sguardo tenebroso illuminato dalla luce calda della stella mattutina ed è un contrasto che mette soggezione.

Indossa solamente un paio di jeans. Mi chiedo dove siano finiti giacca e cravatta di ieri sera, poi li noto appallottolati su una poltrona. Io invece sono ancora nelle stesse condizioni della sera appena passata: bisognosa di una doccia e completamente stanca. Nemmeno queste ore di sonno prolungate sono riuscite a farmi recuperare un po' di energie. Mi sento a pezzi.

Sospiro e Maximilian si gira verso di me. I suoi occhi gialli mi guardano come se fossi diversa: non vedo più rabbia nel suo sguardo, solo un'incredibile traccia di sollievo che sembra svanire poco a poco. Infatti, quando si avvicina al letto, le sue iridi si tingono nuovamente di libidine.

Io non so più che fare, se non abbandonarmi nuovamente. La guerra tra noi due sta davvero arrivando a una conclusione?

Sento che potrei spaventarlo se prendessi nuovamente l'iniziativa, così lascio che sia lui a baciarmi ancora. E ancora.

Le sue dita si insinuano tra i miei capelli, la sua lingua si intreccia con la mia, e io inizio a perdere fiato.

Ogni respiro è meno ossigeno nei miei polmoni ma più anidride carbonica che proviene da lui.

Non è proprio il modo più romantico di descrivere un bacio, ma io non sto ragionando da parecchi giorni, e non posso lasciarmi deconcentrare nemmeno un secondo di più.

Ho già lasciato che la mia mente si spegnesse per un'intera notte.

Se continuo così, mi ritroverò debole e vulnerabile.

Nel momento in cui cerco di allontanarmi, la bocca di Maximilian si fa più avida. È solamente quando afferro i suoi polsi e cerco di ustionarli che lui si ferma e mi guarda.

«Scusa» sussurra senza fiato prima di lasciarmi andare. Non so cosa dire, è la prima volta che mi ritrovo a respingere qualcuno.

Maximilian si allontana di nuovo e si dirige verso un carrello porta vivande. Deve aver ordinato da mangiare mentre stavo dormendo e i camerieri devono averlo portato mentre ero ancora addormentata.

Mi sporgo con un braccio dal letto e raccolgo da terra una maglietta, che deve essere la mia, e i pantaloni di ieri. Mi vesto velocemente e mi alzo dal letto, tutta intorpidita. Con la coda dell'occhio guardo l'orologio digitale segnare mezzogiorno. Sono in gravissimo ritardo per il centro di addestramento. Le reclute ormai mi staranno aspettando da ore ma con ogni probabilità qualcuno li avrà informati del fatto che il Principe non era nella sua stanza al coprifuoco e, se conosco bene le "spie", composti dal personale del Palazzo e dalle Guardie, sapranno ormai il motivo della mia assenza. Tanto vale non arrabbiarmi più di tanto per ciò che pensano di me o del loro Principe.

È stata solo una notte. Non dobbiamo sposarci.

Raccolgo i capelli in una coda alta prima di girarmi verso Maximilian. Sta mangiando un frutto che non ho mai visto se non in dei libri dell'era prebellica. Ha una forma sferica ed è rossa e lucida.

«Quella è una mela?» gli chiedo mentre mi avvicino a lui. Lui sorride

«Si direbbe di sì. Assaggia» afferma e con il coltellino che ha in mano taglia un pezzo, lo infilza con la punta e lo porge a me.

Afferro la fetta con due dita e la porto subito alla bocca. Quando inizio a masticarla, un sapore aspro e dolce invade il mio palato. È deliziosa!

«È così...» mugolo di piacere e mi avvicino al carrello per prenderne una e mangiarla.

«Buona e fresca, vero?» finisce lui la frase. «Sono stato alla Serra del Popolo. Hanno un frutteto e un orto enormi. C'è di tutto e la cosa bella è che non sono contaminati. Inoltre tutti hanno accesso libero a una condizione: dopo aver raccolto ciò che gli serve, ogni cittadino dà una mano ai contadini per almeno un'ora. Insomma, nessuna tassa, solo il buon senso di darsi una mano a vicenda per coltivare un bene comune. A Sonenclair non c'è nulla di tutto questo. La maggior parte del cibo deriva dalla coltivazione e dall'allevamento di organismi geneticamente modificati volontariamente da un gruppo di scienziati che si fanno pagare un mucchio di Syl.

Questa mela invece è stata colta dal suo albero da dove è cresciuta grazie a terra fertile, concime naturale, acqua e comunità. Ho dato una mano anch'io, mentre dormivi sono andato ad aiutare alcuni contadini per la chiusura di quel posto a causa della guerra» mi racconta lui, con un sorriso triste sul volto. Anch'io mi sentirei una schifezza se qualcosa di così bello come la Serra venisse chiuso a causa mia. Beh, in realtà c'entro lo stesso.

«Che depressione» commento io, con la bocca piena.

«Già. Tutti mi sorridevano e dicevano che non era colpa mia. Che un giorno, alla fine della guerra, la Serra sarebbe stata nuovamente aperta a tutti. Il Consiglio ha ordinato l'evacuazione della città. Sono partite anche le ultime famiglie rimaste per andare al Rifugio» continua a dirmi prima di bloccarsi.

Lo guardo e accenno un sorriso prima di dare un altro morso alla mela che sto tenendo tra le mani.

All'improvviso sentiamo qualcuno bussare.

«Avanti» risponde Maximilian, avvicinandosi alla poltrona per afferrare la camicia con cui coprirsi.

Nel momento in cui la porta si apre, compare una guardia.

«Buongiorno Principe Maximilian. Buongiorno Generale Hive. Siete stati convocati a una riunione con il Consiglio del Popolo» ci avvisa.

«Certo» risponde Maximilian, vestendosi.

«Arriviamo tra poco, puoi andare» dico io per congedare la guardia. Devo prima andare a farmi una doccia. Veloce.

Fuori dalla mia camera ci sono due guardie ad aspettarci. Quando esco io, nessuno fa nulla. Nel momento in cui fa la sua comparsa Maximilian, per inchinarsi portano un ginocchio interamente a terra.

«A quanto pare, sei un pezzo grosso» dico sarcasticamente, con un ghigno divertito.

Maximilian mi lancia un'occhiataccia e porta una mano avanti a sé per farli rialzare prima di circondarmi la vita con un braccio.

Poi iniziamo a camminare verso la sala riunioni del Consiglio. È la prima volta che vengo invitata.

È una sala enorme, che mette ansia.

Mi ricorda la sala riunioni della G.W.G.O..

«Buongiorno Signori» ci saluta uno di loro. Davanti a me c'è un posto libero con una busta su cui c'è scritto il mio nome.

«Generale Hive, si sieda» mi invita uno dei Membri. «Abbiamo da comunicarle un fatto davvero molto spiacevole, e abbiamo bisogno della sua capacità di autocontrollo» iniziano a dire. Avevo ragione: la tranquillità è passata. Il mio sesto senso mi dice che sta per succedere qualcosa di terribile.

«Parlate» li incito io.

È inutile essere cordiale: anche se sono solo un Generale qualsiasi, sono comunque considerata la debolezza di Maximilian. È da arroganti dirlo, ma con uno schiocco delle mie dita posso distruggere la psiche del Principe, ma fintanto che non voglio che il Re di Sonenclair vinca la guerra devo mantenere Maximilian tranquillo.

«Quella busta che è davanti a lei è una lettera che è stata scritta da sua sorella Evelyn. È stata ritrovata nel luogo in cui è stato rintracciato il cellulare di sua sorella dopo una telefonata di emergenza ai Servizi di Sicurezza del Palazzo. Sulle rive delle cascate Athirappilly» mi spiegano.

Incuriosita, apro la busta e tiro fuori la lettera per iniziare a leggerla.

«Cara Everly,

Non farò tanti giri di parole: le circostanze che si sono create sono troppo ostili per me. Mi sento così tanto di troppo. Non voglio più pesare su di te e su nessun altro.

Sono stanca di questa vita, sono stanca di tutto quello che mi circonda.

Sono soprattutto stanca di te.

Non ce la faccio più a starti dietro.

Ci rivedremo non appena la guerra sarà finita. E non sto parlando soltanto della guerra che c'è tra il Regno di Sonenclair e il Consiglio, ma anche della guerra che hai in testa.

Magari, veramente, quando tutto questo sarà finito, sarò felice.

Lo saprò tra pochi minuti.

Addio.

Evelyn

F.W. T i prego <u>sii mia sorella</u> per una buona volta.»

Nel momento in cui arrivo all'ultima riga della lettera, ho le lacrime agli occhi che mi annebbiano la vista.

Non pensavo mia sorella si sentisse così male vicino a me.

Poi lo noto. Non ha scritto P.S. ma F.W. in modo che sembri lo scarabocchio di un post scriptum. Ora capisco perché ha sottolineato "sii mia sorella": meno male che le ho insegnato a celare gli indizi. Come sorella le ho insegnato la maggior parte delle cose che apprendevo nella scuola dell'organizzazione.

F.W. significa Floor W, ovvero il piano in cui è situato la Sala delle Riunioni del Consiglio. Lei è già stata qui.

L'unica cosa sicura è che Evelyn non è morta.

Devo scoprire di più, e trovare mia sorella.

Inspiro profondamente e appoggio la lettera al tavolo. Ora mi devo mostrare distrutta per la notizia, non ho altra scelta. Quando porto lo sguardo ai membri del Consiglio, con voce dura inizio a parlare mentre fingo delle lacrime.

«Avete trovato il suo corpo?» chiedo, stringendo con fermezza i denti per recitare al meglio il mio ruolo.

Qualsiasi cosa abbiano in mente, qualsiasi cosa abbiano costretto Evelyn a fare, io lo scoprirò.

Una donna, membro del Consiglio, mi guarda con dolcezza e io provo disgusto.

«Si è suicidata gettandosi nelle cascate Athirappilly» mi spiega, ma io non posso arrendermi come se non mi interessasse, quindi mi alzo di scatto e batto il palmo delle mani sulla superficie del tavolo.

«Vi ho chiesto se avete trovato il suo corpo!» urlo mentre faccio scorrere altre lacrime. Odio quando devo fingere in questo modo.

«Non possiamo trovarlo! È dispersa! Potrebbe essere a pezzi!» urla un altro membro. Li guardo uno a uno, con occhi inceneritori, sapendo benissimo di avere il viso rigato di lacrime.

Io so cosa vogliono. Tutti vogliono che io non distragga Maximilian. Sono quasi sicura che sia per questo che stanno inscenando la morte di mia sorella.

Tanto vale accontentarli, ma io non mi arrenderò.

«Allora io dò le mie dimissioni» sibilo minacciosa, poi mi volto verso Maximilian.

Sono sicura che c'entra anche lui in tutta questa faccenda. Che stupida che sono stata ad abbassare le difese.

Sul viso il Principe ha uno sguardo confuso, come se fosse talmente sorpreso da non capire.

«Everly...» sussurra il mio nome, ma un sentimento per nulla nuovo mi coglie non appena inizio a guardare Maximilian come un traditore.

Lo odio. Lo voglio morto.

«Volevi tenermi al sicuro, no?» sputo acida. «Ci sei riuscito.»

Pochi secondi di silenzio passano prima che io senta la voce di uno dei Membri. E in quel lasso di tempo breve i miei occhi non hanno smesso nemmeno per un istante di incenerire Maximilian.

«Chi vota a favore delle dimissioni di Everly Greystone dal suo incarico di Generale alzi la mano.»

Quando con la coda dell'occhio, vedo tutto il Consiglio alzare la mano, sono sicura di quello che hanno fatto. Hanno inscenato la morte di mia sorella perché io mi dimettessi dal mio ruolo di Generale.

Ma ciò che spero non accade. Pensavo che almeno Maximilian non mi avesse usata. E invece alza anche lui la sua mano.

Sento che potrei picchiarlo, ridurlo in brandelli. Mi ha usata, e io ho lasciato che lo facesse.

«Chi è contrario alzi la mano» continua l'uomo e tutte le mani si abbassano. «Con le sue dimissioni, e l'approvazione della maggioranza assoluta, il consiglio e gli Alleati le tolgono ogni incarico, ma le saranno comunque imposti i doveri di ogni cittadino nei confronti della fazione. Verrà portata via e affidata ai Dirigenti al Rifugio del Popolo questa sera. Lasciatela andare» dichiara e io schizzo fuori dalla stanza, cercando di asciugarmi le lacrime, ma ben presto capisco che non sono più finte. Anche se lui non merita le mie emozioni, sto piangendo lo stesso. Cammino velocemente, ma sento che Max mi sta seguendo. Finge pure di essere preoccupato?

«Principe Maximilian, dobbiamo discutere di...» cerca di bloccarlo lo stesso uomo che mi ha dichiarata fuori dall'esercito.

«Non adesso» ringhia il Principe, prima di cercare di afferrarmi il braccio. «Everly aspetta!»

«Lasciami stare, Maximilian» lo avverto continuando a camminare. Odio i corridoi lunghi.

«Everly!» grida e mi afferra rudemente il braccio.

L'istinto mi costringe a creare una sfera di fuoco incandescente e a lanciargliela addosso. L'impatto lo spinge lontano da me. Lo noto perdere un po' l'equilibrio prima di alzarsi in volo e sbattere le ali in modo da spingermi e spegnermi con l'aria che provoca.

«Ho detto lasciami stare!» grido e creo altre sfere.

«Calmati» dice con tranquillità. «Non voglio farti del male» continua. Gli scaglio addosso un'altra sfera di fuoco, mirando alla sua faccia. Abilmente la evita.

«Va all'inferno» gli grido addosso. «Le nostre strade si dividono qui.»

Maximilian allarga le braccia.

«E cosa hai intenzione di fare eh? Seguire l'esempio di Evelyn?» mi provoca.

Sento che potrei vomitare per quanto mi fa schifo in questo momento.

Non gli rispondo: mi giro e continuo a camminare.

Quando ormai sono a pochi metri dell'ascensore, lui riprende a istigarmi.

«E quello che c'è stato tra di noi? A quello non ci pensi? O l'hai fatto solo perché sei una puttana?» mi insulta e io lo guardo con ancor più disprezzo.

«Avrei dovuto ucciderti quando ne avevo la possibilità. Ritorna in quella stanza. Aspettano solo te» gli ordino prima di girarmi, dargli le spalle e camminare fino all'ascensore.

Quando sono dentro il cubicolo, lo guardo. Le lacrime non vogliono fermarsi, scendono copiosamente, ma non bloccano la mia acidità.

«No, lasciatela andare» sento Maximilian dire alle guardie che hanno puntato contro di me delle pistole. Poi le porte automatiche si chiudono davanti ai miei occhi.

Ora so che devo agire. Ores aveva torto: non posso fidarmi di nessuno, nemmeno di Maximilian.

Qualsiasi cosa stia succedendo, devo ritrovare Evelyn.

Poi penserò ad Alexander Alpha.

Si è appena creata una nuova fazione, che prenderà il nome di Vendetta. Sono stanca di subire i torti di chiunque.

Farò capire a tutti che hanno reso loro nemica la persona sbagliata.

CAPITOLO 26

MAYA

Everly

Non faccio più parte dell'esercito, ho lasciato la mia carica come Generale, e adesso dovrei prepararmi per essere portata nel Rifugio del Popolo.

Ma, adesso che non faccio più parte nemmeno di una fazione, posso anche mandare al diavolo Maximilian e questa guerra per portare Evelyn al sicuro e scoprire la verità su Ores e su ciò che mi ha lasciato. Poi la mia vendetta brucerà uno a uno i membri del Consiglio del Popolo non appena scoprirò da Evelyn per cosa l'hanno costretta a fingersi una suicida. E infine mi vendicherò sulle ultime tre persone che devono morire per mano mia: mio padre, Armànd Greystone, il Re Gregorio II di Sonenclair, e per ultimo, solo perché voglio farlo soffrire come lui sta facendo penare me, il Principe di Sonenclair, Maximilian "Il pennuto".

Sono seduta sulla scrivania nella camera da letto di Evelyn e Sebastian, devo prendere le cose di mia sorella e parlare con l'unica persona che per lei è stata presente in quest'ultimo periodo.

È stato abbastanza facile entrare nella casa in città dove alloggiavano: gli allarmi erano spenti.

Di fianco a me ci sono delle penne e alcuni fogli. Evelyn stava disegnando dei vestiti. Ho sempre invidiato la sua capacità di raffigurare abiti così realistici su fogli di carta. Il mio forte è solo un piccolo omino stilizzato.

Sospiro e sposto lo sguardo sul letto disfatto. Anch'io, prima di uscire dalla stanza con Maximilian, ho lasciato le coperte appallottolate sul bordo del materasso.

Mi chiedo perché lui si sia comportato in quel modo. La sera prima era stato così perfetto. Stare con lui... vorrei che ritornasse a essere uno stronzo e rimanesse tale, così avrei un motivo in più per odiarlo, perché è questo quello che sto provando adesso, ma il suo disturbo della personalità sembra prendersi gioco di me perché mi costringe ad amarlo in ogni momento, anche se non voglio.

Anche se lo voglio morto.

Ma ora non è il caso di pensare al pennuto: devo trovare Evelyn.

All'improvviso sento la porta della camera aprirsi e un soldato fa la sua comparsa. Ha gli occhi gonfi e rossi, in mano tiene una bottiglia che sembra contenere un liquido alcolico molto pesante.

Non appena mi nota, fa un passo indietro sorpreso e alza la bottiglia, facendo colare la bevanda inconsciamente su di sé e sul pavimento. Poi mi osserva con più attenzione prima di abbassare il braccio. Ha capito chi sono.

Lo guardo perplessa e mi avvicino a lui lentamente per strappargli dalla mano la bottiglia.

«Sei tu Sebastian, vero?» gli chiedo mentre lo guardo barcollare verso il letto. Non è esattamente lo stato in cui avrei voluto parlargli.

«Sì, sono io» mi risponde freddamente prima di buttarsi sul materasso. Sembra essersi arreso al pensiero che non rivedrà più Evelyn. Ora sono indecisa: dovrei dirgli che c'è una possibilità che mia sorella sia viva, oppure no?

All'improvviso gira il volto verso di me e ghigna, come a prendermi in giro.

«Mi parli ora che Evelyn è morta? Non ho bisogno della tua pietà, sempre se ne hai, perché dubito tu stia cercando una spalla su cui piangere» dice con un tono secco. Quella frase non ha senso: dovrebbe essere lui a piangere sulla mia spalla, non il contrario. Vorrei riempirlo di pugni, ma i suoi occhi quasi del tutto sbarrati e la sua faccia rossa per colpa dell'alcol mi fanno capire che è così stordito da non capire quando tacere e quando aprire bocca.

«Sono qui per prendere le sue cose» gli spiego, prima di puntare con la mano una scatola vicino al letto su cui c'è scritto Evelyn. «L'avevi preparata per il mio arrivo?» gli chiedo, ma non risponde, anzi, mi minaccia.

«Il Consiglio ti sta cercando, dovrei denunciarti seduta stante» sentenzia velenoso prima di guardarmi con occhi freddi ma spenti allo stesso tempo.

«Provaci» lo sfido, ma non si muove. Non ha nemmeno la forza di alzarsi e fare qualsiasi tipo di movimento. Figuriamoci correre dal Consiglio, o meglio, prendermi, legarmi e tenermi ferma.

«Come pensavo» mormoro scuotendo la testa.

Appoggio la bottiglia sul comodino, prima di afferrare la scatola, stranamente molto leggera, e appoggiarla sulla scrivania.

Quando tolgo il coperchio, vedo che ci sono i suoi vestiti, in cima i miei guanti e una foto. La foto che raffigura mia madre che tiene in braccio Maximilian da piccolo. Giro la foto e leggo delle frasi scritte da Ores.

«Madre, moglie, amica, sorella, infiltrata. Lei non era una semplice aiuto cuoca, lei era stata smistata come Infiltrata, ma era rimasta incinta, perciò era stata costretta a rimanere sull'isola. Ti racconterò questa storia, te lo prometto.

È nel tuo sangue far parte dell'orga, Everly. Ma puoi essere chi vuoi, la decisione è tua. Hai infinite possibilità, ma quella che ti consiglio è questa: combatti per chi vuoi essere, per il mondo che accoglierà la futura te, per la tua famiglia e non mollare proprio adesso. So che non mollerai. O.»

Quando finisco di leggere quelle parole, noto di avere gli occhi lucidi non appena premo il palmo della mano buona sulle palpebre, ma le lacrime non scendono: non ora, sento solo un grande dovere sulle spalle. Perché la vita di molti deve dipendere dalle mie scelte? È questa la verità sulla libertà?

«Le hai messe tu?» chiedo al soldato, ma in risposta ricevo un gemito. «No» gracchia.

Sospiro e indosso i guanti, poi infilo la foto in tasca.

«Prenditi cura delle cose di mia sorella» raccomando a Sebastian prima di aprire la finestra. «Prenderò solamente queste cose.»

Non posso più rischiare di uscire dalle porte e affacciarmi direttamente alle guardie che poco ma sicuro mi stanno cercando.

Mi giro verso il letto e noto che Sebastian si è alzato con uno scatto fulmineo che lo costringe a ricadere sul materasso. È buffo quando una persona ubriaca marcia cerca di alzarsi.

«Dove andrai ora?» mi chiede, mettendosi a sedere.

«Devo scappare. Non possono portarmi al Rifugio» dico

mentre mi aggrappo alla finestra per farmi da leva e saltare fuori. Se i miei calcoli non sono sbagliati, dovrei atterrare su un tetto che mi farà da via per arrivare a un garage. Ho bisogno di un passaggio.

Prima che io possa darmi la spinta, sento Sebastian appoggiarmi una mano sulla spalla.

«Evelyn è viva vero?» mi chiede con una voce spezzata dai litri di alcol in cui doveva essere sicuramente annegato insieme alle sue lacrime. Sospiro.

Anche lui ha bisogno di saperlo: Evelyn lo vorrebbe.

«Ci vuole molto per uccidere una Greystone» gli rivelo.

Nel secondo in cui apprende la notizia, scatta dicendo: «Voglio venire con te.»

«Sei impazzito?» gli dico, dopo aver mollato la presa sulla finestra. Mi sta facendo perdere tempo, ma devo assicurarmi che non mi segua o mandi le mie coordinate a qualcuno.

«Devo rivedere Evelyn, per favore» mi scongiura congiungendo le mani davanti a sé.

Scuoto la testa.

«Non se ne parla. Dai le tue dimissioni e unisciti alle persone al Rifugio. A quanto pare mia sorella ha bisogno di te» gli ordino, ma lui non vuole capire. Nel suo sangue c'è così tanto alcol da non farlo ragionare seriamente.

«Ti prego, posso esserti utile» mi supplica un'ultima volta, prima di tirargli un gancio destro, facendogli perdere i sensi. Fortunatamente è crollato sul letto, così mi toglie il dovere di trascinarlo sopra di esso.

«Mi dispiace, ma non posso portarti con me» sospiro prima di prendere la rincorsa, aggrapparmi alla finestra e darmi la spinta per saltare fuori, sul tetto opposto.

La Dea della Fortuna deve essermi amica in questo istante perché nel garage c'è una moto a energia elettrica con un tablet incorporato. La sua potenza non mi farà viaggiare per molto ma riuscirò almeno ad arrivare velocemente al centro d'addestramento. Salgo in sella e accendo il motore. Devo andare a prendere alcune armi ma con ogni probabilità avranno già bloccato il mio accesso a qualsiasi edificio.

Senza distogliere gli occhi dalla strada, compongo il numero di Eduard Grave. Solo lui può aiutarmi ora, nessun altro mi conosce e si fida di me tanto da farmi avere accesso all'armeria.

Il suo telefono squilla per un paio di secondi prima che io possa sentire la sua voce. È assonnato, devo averlo svegliato. Mi dispiace, so che lavora sempre fino a tardi e le sue ore di sonno settimanali sono all'incirca dieci, o dodici, ma è letteralmente questione di vita o di morte.

«Eduard Grave, chi parla?» dice lui. Con il vento che mi sferza il volto, mi abbasso di poco per avvicinarmi al microfono del tablet.

«Eduard, sono io, Greystone» rispondo con gli occhi incollati sul sentiero dove ho deciso di tagliare la strada per arrivare con qualche minuto di anticipo. Forse così riesco a guadagnare un po' di tempo per respirare.

«Generale Hive, cosa posso fare per lei?» mi chiede, dandomi del lei come da protocollo anche se sa benissimo che può chiamarmi semplicemente per nome.

Le formalità non sono il mio forte, anche se sono stata cresciuta con questo obbligo.

«Non lo sono più. Sono solamente Everly. Ho bisogno del tuo aiuto» gli chiedo, poi aumento la velocità. I rametti che si spezzano sotto le ruote e il rimbombare del motore mi inquietano e disturbano la quiete dei dintorni. Spero solo che i sensori di movimento siano lenti a trasmettere informazioni ma, escludendo questa ipotesi, sicuramente avrò pochissimo tempo per prepararmi.

«Certo, qualsiasi cosa» mi risponde Eduard.

«Incontriamoci al Centro di Addestramento, veloce» dico prima di interrompere la connessione e concentrarmi sulla mia guida spericolata.

Nel momento in cui arrivo davanti le porte del centro, butto per terra la moto scarica e corro verso Eduard che mi sta aspettando.

«Allora, di cosa hai bisogno?» mi chiede mentre entrambi ci dirigiamo verso l'armeria.

«Puoi procurarmi qualsiasi cosa?» gli chiedo. Lo sguardo torvo che mi rivolge mi fa capire che è confuso.

«Cosa devi fare?» mi chiede mentre si avvicina a un armadio da cui estrae uno zaino. Dalle dimensioni ridotte capisco che non può darmi molta roba: mi accontenterò di tutto e me lo farò bastare.

«Trovare mia sorella» gli spiego semplicemente, ma a lui non basta questa risposta. Vuole i dettagli o, almeno, il minimo per capire.

«Cos'è successo a Evelyn?» mi chiede mentre mette dentro lo zaino una tuta.

«A quanto dicono è morta. Ma lo dubito seriamente. Anzi, sono sicura che non lo è. Mi ha lasciato degli indizi» gli spiego, poi estraggo dalla tasca la lettera che il Consiglio mi ha dato, lasciata da mia sorella, e la passo a Eduard.

«Leggi questa, i membri del Consiglio dicono di averla trovata a pochi metri dalle cascate Athirappilly. Sono convinti che si sia buttata.»

«Non può essere morta» bisbiglia dopo aver letto la lettera. Poi scuote la testa e riporta la concentrazione su di me.

«Cosa farai con le reclute?» mi domanda con una nota amara. Sa benissimo che la maggior parte delle reclute, se non tutte, mi danno ascolto più di quanto non lo diano ai miei colleghi.

«Ho dato le mie dimissioni» rispondo afferrando la mia cintura con i pugnali. Dò una veloce occhiata a ognuno di essi prima di indossare la cintura sulla vita. «Al mio ritorno, o non appena mi troveranno, sarò portata e affidata ai Dirigenti al Rifugio del Popolo sotto ordine del Consiglio grazie alla maggioranza. Per questo non posso essere catturata» gli spiego mentre inserisco alcuni coltelli nelle loro fondine da polpaccio.

«Questo mi dice che è successo qualcosa con il Principe» ipotizza Eduard dopo essere scomparso in una stanza adiacente all'armeria. Ormai non so più cosa rispondere per quanto riguarda Maximilian.

«Niente di particolare, ha solamente fatto il bastardo senza cuore come sempre» borbotto, stizzita e amareggiata. Anche il solo ricordarlo mi provoca il voltastomaco. È mai possibile che io possa veramente innamorarmi di una persona così orribile e cattiva?

Eduard mi guarda e scuote la testa nuovamente. È come se tutto quello che sto facendo fosse sbagliato.

«Ti sto procurando ciò di cui potresti aver bisogno, ma rifletti su cosa vuoi fare. Potrebbe costarti la vita» si raccomanda, prima di appoggiare la mano scura sulla mia spalla.

«Mi dispiace dirtelo Eduard» gli rispondo, scostando le sue dita. «Ma finché non troverò mia sorella, non ho più nulla da perdere.»

Lo guardo mentre annuisce e chiude il borsone. Non so quante cose ci siano lì dentro, spero solo che mi aiutino a sopravvivere.

«Per qualsiasi cosa, puoi contare su di me. Ora mi spieghi cosa sta succedendo?» mi chiede,

«Succede che non puoi fidarti di nessuno ed è per questo che me ne sto andando. Stai attento qui, potrebbero usarti come hanno usato me.»

«Ti ho procurato delle bombe a mano: basta che stacchi la sicura e premi il bottone, e detoneranno in cinque secondi. Sono sempre utili quando ti stanchi di usare la tua abilità» mi spiega prima di passarmi lo zaino. Fortunatamente non è troppo ingombrante e nemmeno pesantissimo. «Ho trovato anche un drone: sopporta il peso di due persone, è carico al cento per cento ed è un po' pesante da portare in spalla, penso tu senta il suo peso sulla schiena, ma ti servirà se vuoi scendere le cascate senza morire. Poi... ho una sorpresa per te.» Dopo aver spiegato il perché della presenza di un drone di tre chili sulle mie spalle, vedo che allunga la mano per mostrarmi ciò che Ores aveva ideato apposta per me.

«È quello a cui sto pensando?» gli chiedo mentre mi giro per farmi installare dietro l'orecchio il congegno.

«È ancora un prototipo, ma ci sto lavorando duramente. Ti presento uno dei congegni che Ores ha lasciato come eredità al mondo: il Demat-X.»

«Non parlare come se mio zio fosse morto» lo fermo. Ores è essere ancora vivo e non si deve permettere di pensare il contrario.

«Scusa» borbotta mentre con un tocco poco delicato mi perfora il cranio con il sottilissimo ago che mi fa provare un dolore molto acuto. Nonostante ciò, riesco ancora a sentirlo mentre trattengo il grido per il dolore. Sento che potrei disintegrarmi i denti per quanto li sto stringendo. Eduard non può comprendere il mio dolore e per questo, quasi come se fosse senza pietà, porta a termine l'operazione con successo. «Il Demat-X ti aiuterà moltissimo: visione notturna a infrarossi, rilevatori di movimento, zoom della vista, calcolo della traiettoria e chi ne ha più ne metta. Funge anche da operatore sanitario personale. Ha tutto ciò che si deve sapere sulle ferite e, in caso di svenimento, un segnale verrà trasmesso automaticamente a me e mi invierà le coordinate della tua posizione» mi rassicura lui prima di lasciarmi andare. Sento le ginocchia cedere, il respiro corto e la gola in fiamme.

Mi massaggio la nuca, senza avvicinarmi al Demat-X nemmeno con un dito.

«Perfetto» gracchio e mi asciugo le lacrime che, bastarde, sono riuscite a scappare. «Ora devo andare.»

«Mi raccomando. Stai attenta» dice guardandomi negli occhi. Se non dovessi più tornare, so per certo che questo sguardo sarà sulla lista di quelli che mi mancheranno di più.

«Come sempre» rispondo con un mezzo sorriso prima di sentire la mano di Eduard sulla guancia. In questo gesto, sento uno strano amore paterno. Mi chiedo perché solo mio padre non mi abbia mai trattata in questo modo.

«Sto parlando con la migliore infiltrata» sussurra.

So che lui non è a conoscenza dei dettagli ma il semplice fatto che si fidi delle mie parole infonde in me la sicurezza di cui avevo bisogno.

Non posso più utilizzare la moto, perciò, una volta fuori dal Centro, inizio a correre velocemente verso la fitta foresta che si estende dietro l'edificio. Pensavo di aver bisogno di una mappa, ma ora che ho il Demat-X accedo velocemente nel programma di navigazione e inserisco nella ricerca del database le cascate Athirappilly. Non è l'unica pista che ho per trovare Evelyn ma tornare adesso in città per entrare nella stanza di Ores portrebbe solamente danneggiarmi.

Tornerò, se non troverò nulla e solo se avrò un valido motivo. Per ora mi concentro a immergermi tra gli alberi e nell'oscurità; ed è proprio per questo che la visione notturna è appena stata attivata.

Quando ormai disto più di dieci chilometri dal Centro di Addestramento mi fermo per potermi appoggiare sul fianco di un albero. È inutile dire che sono esausta.

Mi tolgo lo zaino dalle spalle e guardo in alto. I rami degli alberi sono troppo sottili e in questo periodo devono essere sicuramente molto instabili. Non ho nessuna possibilità di arrampicarmi per potermi riposare tranquilla.

Per questo mi lascio cadere per terra e chiudo gli occhi, stremata.

Sono passate circa sei o sette ore da quando sono scappata dalla città. Mi sono liberata dentro la cavità di un albero di tutte le armi che ingombravano nello zaino per alleggerirlo prima di ripartire. Devo averlo fatto quattro ore fa, quando non ho più retto il peso sulla schiena.

Mi dispiace di averlo fatto ma così posso continuare a usare la mia agilità e la mia abilità per combattere.

Mi sdraio sopra lo zaino che uso come cuscino e in pochi secondi, il tempo di capire che sono veramente isolata, mi addormento. O meglio, rimango in dormiveglia.

Non so dopo quante ore io sia veramente crollata dal sonno, ma ora che sono sveglia noto che ho un piccolo amico con me.

I raggi del sole, che filtrano tra le foglie degli alberi, illuminano il suo piccolo muso peloso.

Non ho idea di cosa sia, so solo che è un animale, quadrupede, innocuo perché si è addormentato vicino a me, lungo quanto il mio braccio, e che non assomiglia per niente a una mutazione tra diversi animali. Se dovessi tentare a indovinare, direi che è un felino.

Mi metto a sedere lentamente per poterlo prendere tra le braccia. Il suo manto arancione e bianco è tempestato di strisce nere.

«Certo che sei strano come animale» mormoro mentre inizio ad accarezzargli la testolina, proprio in mezzo alle orecchie a punta.

All'improvviso sento un fruscio che fa scattare lo sguardo alla mia destra. Da un mucchio di cespugli vedo spuntare una bambina e sono sicura che sia una mutazione: ha due bellissime ali, uguali a quelle di Maximilian, così come i suoi occhi. Ha dei lunghi capelli ramati e un'infinità di lentiggini sparse su tutto il suo piccolo, olivastro e paffuto viso.

«Perché non è una mutazione» inizia a dire e dalle sue labbra sembra uscire una melodia, «ma un cucciolo dei pochi esemplari rimasti di Tigre del Bengala. C'è un piccolo branco a nord. Deve essersi smarrito» mi spiega con un sorriso delicato sulla bocca.

La guardo, confusa: perché una bambina sui sei o sette anni si trova nel bel mezzo della foresta? E come mai sembra così tranquilla?

«E tu chi sei?» le chiedo, mettendomi su un ginocchio per essere alla sua altezza. Le sue iridi mi fissano, poi la sua mano mi accarezza i capelli. Sembra affascinata dalla consistenza, siccome li arriccia per giocare su un dito.

«Mi chiamo Maya Athert. Tu hai appena conosciuto Gamēsha. Vieni con me, ti stavo aspettando» mi dice dolcemente prima di inchinarsi leggermente per tendersi e prendere la mia mano.

«Che cosa?» le chiedo. Sono ancora così confusa dai suoi occhi veramente uguali a quelli di Maximilian...

«Tu sei Everly Greystone, la nipote di Orazius Gallagher, soprannominato Ores, vero?» si accerta lei, ma è come se ne fosse altamente sicura. Inoltre, mi trasmette una strana sensazione di calma.

«Come fai a sapere chi sono e chi è Ores?»

«C'è chi ha l'abilità di manipolare il fuoco e chi riesce a leggere dentro le persone» mi spiega, e io mi alzo. «E ora seguimi se vuoi sapere perché mio padre ha infettato il Principe Maximilian» continua a dire. Io stacco la mia mano dalla sua: nonostante lo strano effetto che mi fa, il mio essere infiltrata predomina sempre.

«Quindi, è stato tuo padre... provamelo» la sfido, ma lei risponde con la medesima sfida.

«Mi spiace ma penso che dovrai fidarti di me, anche se Ores ti ha specificatamente scritto, nella lettera che ti ha lasciato, di non fidarti di altre persone oltre al Principe Maximilian. Ci stavi pensando vero?»

«Questo non prova nulla.»

«Allora sei libera di non seguirmi, anche se dovresti essere ancora curiosa di sapere cosa ci faccio immersa nella foresta a moltissimi chilometri di distanza dalla città del Popolo. Ci hai pensato, non appena mi hai vista, no?»

CAPITOLO 27

IL CURATORE

Everly

Non so perché sto seguendo questa bambina e la sua rarissima tigre del Bengala.

Ha uno strano effetto su di me, è come se emanasse da tutti i pori calma e serenità.

Maya sembra un angelo, come descritto dai cristiani dell'epoca prebellica.

Mi incuriosisce, è vero; non è la prima mutazione che vedo, ne ho potute guardare di più strane e orribili, ma lei è così angelica. Ha un viso così splendido che sembra provenire da un altro pianeta; il modo in cui cammina a piedi scalzi sulle foglie e sui rametti pare quasi la scena di un romanzo e mi ricorda vagamente lo stato in cui era Maximilian quando mi ero svegliata nel letto insieme a lui un giorno fa. Tutto della bambina, in realtà, mi riporta con la mente al Principe, soprattutto i suoi occhi gialli, nonostante sia così diversa da lui.

Camminiamo per altri cinque minuti quando Maya si

ferma davanti all'enorme tronco di un albero cavo e mi fa cenno di entrare.

Esito per un secondo, per il semplice fatto che vedo la tigre correre via, ma la accontento: la mia curiosità, adesso, prevale su tutto ciò che sto provando.

Maya entra dopo di me e prende con tranquillità la mia mano robotica.

«Mio padre è molto vecchio, per favore sii rispettosa e non attaccarlo» mi sussurra la bambina, prima di premere la mano libera contro il tronco. Allora capisco che è un ascensore. La discesa è lenta e più sprofondiamo meno luce ci illumina.

Nel momento in cui ci fermiamo, davanti a noi si accendono le luci al neon di un corridoio che dà su una porta.

Poi succede: la vedo cambiare, alzarsi in statura mentre mi lascia la mano e cammina precedendomi. I suoi vestiti si lacerano per la sua improvvisa crescita. Diventa più alta di me. Oppure devo dire più alto. Le ali spariscono, miniaturizzandosi e sparendo nella schiena.

Vedo dei muscoli formarsi sulle sue braccia e peli scuri crescere sulle sue spalle. Quando si gira verso di me intravedo appena il suo viso prima di rimanere al buio per qualche secondo.

Colta alla sprovvista, creo una sfera di fuoco pronta a essere lanciata e con cui illumino il corridoio per poter avanzare verso la porta.

Sento il cuore battere all'impazzata con un ritmo irregolare.

Quando mi ritrovo a prendere tra le dita la maniglia per aprirmi l'accesso, sento la voce di un uomo esclamare:

«Prego, accomodati!»

Confusa e leggermente stranita, entro in quello che sembra un laboratorio. In ogni dove ci sono campioni di vegetazione, molti sono dentro delle capsule allineate, alcuni becher sono riversi su un lavandino mentre dietro una vetrata vedo che la stanza adiacente contiene un tavolo su cui sono posti centinaia di cilindri graduati.

Alzo lo sguardo verso l'alto e noto che l'illuminazione è composta da quadri di luce alogene.

Quando vedo l'uomo riapparire da una porta, mi sorprendo di come è vestito e del suo aspetto: i suoi occhi sono identici a quelli di Maximilian, ha i capelli brizzolati ai lati, le rughe che gli tempestano la fronte e gli angoli delle palpebre; porta dei pantaloni in pelle e il petto da bambina ha lasciato il posto a dei pettorali da uomo adulto e coperto da una maglietta nera con impresso il simbolo dorato di un elmo da guerriero con un'aquila sulla fronte, e una frase sotto che lo accompagna. «In fidem accipio» inizia a dire lui. «Nell'epoca prebellica, si direbbe essere scritta in latino. Significa "accogliere sotto la propria protezione". Interessante, non trovi?»

«Oh merda» impreco mentre lo guardo sedersi su una poltrona fatta di legno e pelliccia di animale ed estraggo un pugnale dalla mia cintura.

«Ciao» mi saluta lui con un sorriso sghembo sul viso.

«Ma tu cosa sei?» chiedo stupita, anche se so cos'è. Non ho mai visto, e nemmeno sentito, nulla del genere. Una mutazione che può cambiare aspetto?

«Una mutazione nel vero senso della parola. Sono io Alexander Athert. O, come sono conosciuto, Alexander Alpha» si rivela.

Nel momento in cui sento la parola Alpha, sento la schiena irrigidirsi e il mio istinto stringe la presa sul pugnale.

«Tu, invece, sei Everly Greystone, nata il 25 Dicembre

del 2091 da Evangeline Winspeare e Armànd Greystone. Infiltrata dell'organizzazione G.W.G.O. e amante della lotta e delle strategie di guerra. Segretamente innamorata del Principe per cui nutri anche un profondo odio, a causa del quale ora ti trovi a un bivio» racconta prima di allungare una mano verso di me e invitarmi a sedere sulla sedia vicino a lui. «Ora sei agitata» continua a dire, «perché vuoi sapere il motivo per cui il mio sangue è così importante, ma soprattutto se tua sorella, Evelyn, è ancora viva. Dimmi se ho dimenticato qualcosa.»

Annuisco e mi siedo di fianco a lui, sempre tenendo il pugnale in mano.

«Sì: quando sono andata in bagno stamattina?» gli chiedo ironica. Alexander ghigna e si sistema meglio sulla poltrona, prima di appoggiare i piedi sul tavolino davanti a lui.

«Ho voluto evitare questi dettagli. Non giudicarmi dal mio aspetto precedente, non sono un maniaco.»

«Sempre che tu ne abbia uno permanente, o sbaglio?» preciso io, per rimarcare il fatto che io non lo conosco e non so quale sia il suo vero aspetto.

«Perché hai creato il Siero Alpha?» gli chiedo all'improvviso. Mi deve delle spiegazioni, e lui lo sa.

«Con calma, ti prego» dice sospirando, come se gli avessero fatto questa domanda un centinaio di volte. «Mia cara, prima che io inizi il mio racconto, vorrei che tu sapessi che, oltre a trasformarmi in qualsiasi cosa io voglia, ho anche la capacità, per non chiamarla maledizione, di vedere il passato, il presente e il futuro. Tuo zio, Ores, è capace di scavare nei ricordi di una persona, ma io so tutto di tutti non appena ne percepisco la presenza attorno a me. Non è una fortuna: covo nel mio animo il dolore di miliardi di persone e in questo momento sto provando tutto ciò che stai passando» mi spiega prima di catturare il mio sguardo con il suo. I suoi occhi gialli, tremendamente uguali a quelli di Maximilian, mi fissano con insistenza. «Sei una ragazza piena di ansia, paura, confusione, dolore, ma allo stesso tempo vuoi dimostrare al mondo ciò che sei oltre a ciò che si può intuire. Vuoi mostrarti come una ragazza forte, astuta, intelligente ma devi sapere che tutto ciò si vede non appena ti si guarda negli occhi con un po' di attenzione: la determinazione arde nelle tue iridi, così come il fuoco della vendetta brucia e scorre nelle tue vene. Lasciati andare di più alle emozioni e impara a controllarle, non incatenarle dentro di te. Ma, soprattutto, impara a reprimere il senso di vendetta e non unirlo alla tua passione per la guerra.»

Quando distoglie lo sguardo dal mio, allento la presa sul pugnale e lo ripongo nella cintura.

Non so cosa mi stia succedendo, non so se sia una cosa buona o cattiva, ma sento di essermi liberata di un peso dal cuore, e di averlo sostituito con un macigno sulle spalle.

Il sorriso che Alexander sembra volermi regalare mi tormenta. Sta giocando con il mio raziocinio e la cosa non mi piace.

Se vede il passato, il presente e il futuro... per quale motivo sono qui? Per sottomettermi anche al suo volere inconsciamente? Non bastano mio padre, il Re, Ores e Maximilian? Devo seguire anche i suoi ordini?

«Ora che sai di cosa sono capace è il momento che inizi a spiegare. Dopotutto questo te lo devo. Ero giovane, inconsapevole, e le mie abilità non erano al massimo della loro potenzialità. Avevo poco più di venticinque anni e la smania di diventare uno scienziato rispettato e ammirato aveva superato qualsiasi pudore. Quando inizialmente comparvero delle visioni di cui non conoscevo il significato mi spaventai, e la paura alimentò la mia smania. Aiutare la Regina è stata la prima visione chiara che ho avuto. Per questo dovevo farlo. Il Destino era stato scritto. Inoltre, stavo sperimentando il potere del mio sangue sugli altri. Oltre a essere un Curatore, ero pur sempre uno scienziato. Il Principe, a quei tempi, era solo una mia cavia» spiega gesticolando.

«Perché sei scappato? Perché il tuo sangue è speciale? Oppure perché hai usato un neonato malato per i tuoi depravati esperimenti?» chiedo velenosamente, sputando una domanda dopo l'altra. Sto provando così tante emozioni ora, non so che umore avere, non so come comportarmi. So solo di essere agitata.

Alexander sospira di nuovo prima di congiungere le mani sul grembo.

«Il mio sangue è raro perché è l'unico compatibile con tutti i tipi di sangue ed è in grado di dare, così come è in grado di togliere. Dopo un certo dosaggio, oltre a infettare, guarisce.»

«E cosa succede alle mutazioni?»

«Anche il sangue delle persone che infetto cambia. Te lo spiego in parole semplici: il mio sangue è chiamato Alpha perché distrugge il gene umano trasmesso dal padre, sostituendolo con il mio» dice prima di spostare lo sguardo verso il vuoto e iniziare a scandire l'ultima frase. «Quindi, in sintesi, dopo la mutazione sono diventato io il padre di Maximilian» mi rivela.

«Che cosa?» chiedo; più che una domanda, è un'esclamazione. Se davvero lui è suo padre, Maximilian non è il Principe, non può esserlo... come?

Alexander sorride, ma nel suo sorriso c'è una traccia di tristezza che mi colpisce.

«Poche cose ha preso dal padre, una di queste è il colore degli occhi, ma il resto è della madre. Si spiega così la somiglianza con il gemello. Pur essendo chiamato il mio sangue quello dominante per la sua caratteristica molto prepotente, il vero sangue predominante è quello della madre. Per questo il suo aspetto è ancora molto uguale a quello del fratello, se togli le ali, gli occhi gialli e la robustezza, si intende.»

«Ma come è possibile?» gli chiedo, ora più incuriosita dalla genetica.

È davvero possibile che ora sia lui il padre di Maximilian, solo perché il suo sangue presenta un DNA in grado di sostituire il gene del padre biologico?

«Ci sono cose che si ritenevano impossibili: prima l'uomo non poteva volare, mentre adesso ha pure le ali, due più due farà sempre quattro, ma chi mi assicura che non si possa rimpicciolire il proprio corpo a piacimento?» risponde lui, ridacchiando.

Io non ci trovo nulla da ridere.

Sono di fronte alla situazione in cui ci sono dei gemelli con la stessa madre e due padri diversi. È difficile da comprendere appieno e per questo lascio perdere. Qualsiasi sia la spiegazione, ora finalmente Alexander risponde a delle domande.

«Che cosa vuole il Re dal tuo sangue allora?» gli chiedo ancora.

«Non è esattamente il Re, ma chi lo controlla a volere il potere che ne deriva» inizia a dire.

«Chi lo controlla?» chiedo confusa.

«Qualcuno di molto più pericoloso, e non ci crederai ma non riesco a capire chi è. È nascosto a tutti. Poche sono le cose che possono uccidere le mutazioni. Molti hanno la possibilità di curarsi autonomamente, oltre ad avere altre abilità. Con il mio sangue è semplice trovare il siero compatibile con tutti i tipi di sangue, che può diventare cura o veleno. Bastano pochi millilitri, in proporzione alla quantità di sangue presente, per guarire una mutazione e farla diventare come Maximilian e altrettanti pochi millilitri, aggiunti agli altri, per ucciderla. Contro il mio sangue, o il siero, non c'è cura che tenga. Per questo sono un pericolo per tutti, per questo sono scappato. Per questo ho represso il mio essere scienziato. Per questo mi hanno cercato e mi hanno ridotto in questo stato di uomo delle caverne» mi spiega agitando le mani come disperato, quasi impazzito. Così, in quello stato, gli faccio l'unica domanda che si può fare.

«Perché non ti sei ancora ucciso?»

Alexander scoppia in una risata isterica.

«Perché non sono io ad avere il controllo della mia vita. Non sarò io a porre fine a essa. Avverrà per mano di qualcun altro!» esclama, come affascinato da se stesso.

Il modo in cui sta reagendo mi preoccupa ma, nel momento in cui allungo una mano nuovamente verso uno dei miei pugnali, lui si calma.

«Da chi?» azzardo la domanda.

«È una domanda che otterrà la sua risposta nel momento opportuno» sussurra appoggiandosi completamente sullo schienale.

«Quindi chiunque sia... vuole solo altro potere. Sai cosa c'entra Nikolai?»

«Lui non èMa Nikolai non è chi dice di essere, o almeno, anche lui è manipolato. Il piano era semplice: permettere a Nikolai di vendicare il fratello di fronte a tutto il popolo per essere ammirato, per renderlo Re. Tuo padre, Armánd, ha accettato di usarti come esca solo per suo interesse. Penso che ci sia un'altra cosa che tu debba sapere.»

«Cosa?»

Ormai non gli chiedo nemmeno più spiegazioni.

«Ho incontrato Ores prima che partisse. Vagava per la foresta in cerca di calma e l'ho portato qui da me. Era destino.

Ores, prima di partire per la missione di Regicidio, sapeva cosa sarebbe successo. Provò a impedire i fatti, ma gli svelai le conseguenze. Quell'uomo ti ama come se tu fossi veramente sua figlia» dice dolcemente, sorridendomi.

Abbasso lo sguardo a terra.

Mi sento così... strana. Tutto ciò che sto vivendo è così surreale.

«Non puoi rivelare il futuro anche a me?»

«Ritorna al Palazzo del Consiglio del Popolo ed entra nella stanza di Ores. Troverai un corridoio nascosto che ti porterà in un laboratorio di mia conoscenza. Non appena avrai capito di cosa si tratta torna da me» mi spiega.

Ed ecco che mi ritrovo nuovamente a eseguire ordini. È mai possibile che devo sempre essere la schiava?

«Una cosa: Ores sapeva di Evely...» inizio a dire.

«Sì» risponde Alpha.

Inspiro ed espiro lentamente. Il desiderio di riavere mia sorella si impossessa di me per qualche secondo prima di lasciare nuovamente spazio alla concentrazione.

«Lei dov'è? Come sta?» chiedo semplicemente per tranquillizzare la parte ansiosa di me.

«Non posso dirti nulla che possa interferire con il continuo del tempo. Ora va, e torna da me solo se sarai pronta ad affrontare le mie parole» ribatte, come seccato dalle mie domande.

«Che cosa significa?»

«Lo capirai» dice alzandosi e accompagnandomi all'ascensore.

Ho ancora troppo da chiedergli, ma se lui mi sta mandando via è perché è così che devono andare le cose. Avrò modo di porgli altre domande, me lo sento.

«Come farò a ritrovarti?» gli chiedo mentre lentamente camminiamo lungo il corridoio.

«Mi farò trovare» risponde semplicemente.

«Ho un'ultima domanda. Me ne andrò solo se sarai convincente nella tua risposta, ma immagino tu sappia già cosa sto per chiedere.»

Alexander annuisce e mi risponde come se gli avessi già fatto la mia domanda.

«Il Principe Maximilian non ha intenzione di diventare Re, se tu non sarai la sua Regina» inizia a dire, ma non era ciò che volevo sentire. Lo sguardo che mi lancia mi fa intendere che è vero, non volevo sentirmi dire ciò, ma ne avevo bisogno.

«Everly, la vostra relazione è come un'eclissi solare: rara e magnifica. Cosa ti blocca dall'accettare chi siete?» mi chiede prima che io salga sulla piattaforma dell'ascensore, ma non rispondo.

Alexander sospira, ancora.

«Ti sei chiesta perché mi hai seguito quando ero trasformato in una bambina con le caratteristiche più evidenti di Maximilian?»

«No...»

«Tu ti fidi di mio figlio e quelle caratteristiche ti ricordano ciò che è. Oltre a fidarti di lui, lo ami così tanto da perdonarlo inconsciamente: inseguiresti Maximilian nonostante tutto perché sai in fondo, molto in fondo, che la tua felicità è che lui sia con te, e sai benissimo che tutto ciò è egoistico da parte di entrambi.»

Le sue parole mi scuotono.

«Cazzate» rispondo e mi allontano da lui.

«Pensaci. Io ti conosco meglio di quanto tu stessa possa farlo. E ora, addio Everly» mi ricorda prima di premere velocemente il pulsante nel tronco e farmi salire in superficie. Come sarebbe a dire "addio"?

Nel momento in cui mi ritrovo fuori dall'albero cavo, inizio a correre verso il punto in cui mi sono svegliata per prendere le mie cose.

Devo andare alle cascate, non posso non andarci. Devo vedere se Evelyn ha lasciato qualche traccia. Poi ritornerò al castello e farò ciò che mi ha chiesto Alexander Alpha.

CAPITOLO 28

L'INGANNO

Everly

Mi sto muovendo il più velocemente possibile per raggiungere le cascate. Ho rischiato di inciampare qualche volta. Sono ancora così lontana ma non devo lasciarmi abbattere.

Se tutto quello che Alexander Alpha, o Athert, ha detto fosse vero devo assolutamente fare qualcosa, non solo per salvare l'ultima percentuale di umanità ancora rimasta, ma per salvare Maximilian. Se dovesse ritornare al Palazzo di sicuro il Re lo userebbe come mai prima d'ora. E io non posso permetterlo.

Non riesco ad ammetterlo a me stessa, perché sento il mio cuore stringersi, ma ci tengo a Maximilian. Alexander ha ragione: qualsiasi cosa lui faccia o dica, sono pronta a perdonarlo pur di non perderlo per sempre.

Maledetto inconscio, mi fai sempre apparire come una persona debole.

L'aria che mi sferza il viso odora di terra bagnata: ha

piovuto mentre ero nel covo di Alexander. Effettivamente si sentono ancora alcune leggere gocce cadere. Fortunatamente, gli alberi mi proteggono dalla pioggia diretta.

Almeno fino a quando, all'improvviso, sento una folata di vento spostare i rami e le foglie per rivelare un elicottero multiruolo dell'esercito di Sonenclair. Lo riconosco dallo stemma dorato che, con prepotenza, splende sul lato.

Trattengo il respiro e lo guardo avanzare e atterrare a qualche decina di metri più avanti, in una radura.

Lo seguo: se è qui, significa che chiunque sia su quel velivolo sta cercando qualcosa di veramente molto particolare.

Mi nascondo dietro gli alberi, il rumore delle pale sembra sincronizzarsi con il mio battito cardiaco.

Attivo il Demat-X e uso lo zoom visivo e la messa a fuoco per vedere chiaramente chi sta per scendere.

Quando vedo Nikolai, il fratello gemello di Maximilian, rimango stupita.

Ma cosa diavolo ci fa qui?

Poi accade qualcosa di inaspettato. Nel momento in cui le pale dell'elicottero si fermano, inizia a gridare il mio nome: perché mi sta cercando?

Ma la domanda più importante è: come ha fatto a sapere dove mi trovo?

«Everly! So che sei qui!» grida ancora, questa volta con l'ausilio di un megafono.

Se è riuscito a trovarmi in questo posto sperduto, di sicuro mi troverà anche altrove. È inutile stare nascosta: devo affrontarlo, ma con cautela.

«Nikolai» lo chiamo, uscendo fuori dal mio nascondiglio e avanzando verso di lui. Non ho molte armi: solo le mie capacità di combattente, alcuni pugnali e la mia abilità nel creare il fuoco. Se devo combattere una squadra dell'esercito di Sonenclair, devo farmeli bastare.

Nikolai posa gli occhi su di me e sorride. Sembra stranamente felice.

«Ciao Everly» dice, abbassando il megafono e avvicinandosi di qualche passo.

Quando nota le mie mani a fuoco, si ferma.

«Che cosa ci fai qui?» gli chiedo minacciosa. Il medico butta per terra il megafono e alza le mani.

«Tranquilla, non voglio farti del male» cerca di rassicurarmi, ma io so che non posso abbassare la guardia.

Qualcosa deve volere, tutti vogliono sempre qualcosa.

«E io dovrei crederti?» sputo, velenosa, prima di fermarmi a pochi metri da lui. Nel momento esatto in cui abbassa le mani, le guardie che lo scortavano mi circondano, puntandomi le loro armi addosso.

Nikolai sorride, alza il lembo dei suoi pantaloni, e rivela una protesi al posto della sua vera gamba.

«Mi avete sparato, siete scappati, lasciandomi con una gamba da amputare a partire dal ginocchio e io non ho chiesto a nessuno di inseguirvi. Voi mi avete frainteso» si spiega lui.

«Come hai fatto a trovarmi?» gli chiedo.

«Sono un ottimo medico, ma me la cavo bene anche con la tecnologia. Ho rintracciato la frequenza presente in quella cosa che hai dietro l'orecchio. Ores mi aveva parlato di un nuovo gadget prima della decisione di mio padre di prendere uno schiavo per Maximilian» mi spiega indicandomi l'orecchio.

Sentirlo parlare del Principe e di mio zio mi irrita. Creo una sfera di fuoco e la punto contro di lui.

«Dammi una buona ragione per cui non dovrei incenerirti all'istante!» lo minaccio e lui raddrizza la schiena e alza il mento.

Vuole fare l'eroe? Beh, non ci sta riuscendo.

«Perché so che vuoi sapere di più su mio fratello!» ribatte sicuro di sé. «E sono sicuro che non vuoi finire come il bersaglio di un poligono di tiro.»

La sua autostima mi fa ridere. Davvero crede che io abbia bisogno di lui per un qualsiasi cosa? Illuso.

«Certo. Perché non mi spieghi come mai il popolo di Sonenclair ti odia e preferisce Maximilian come Re? Perché non mi spieghi la tua invidia? Non sono stupida Nikolai» dico, seccata.

«Certo che no, ma tu devi vedere le cose anche dal mio punto di vista. Io non sono il cattivo della storia, Everly. Sono un personaggio di parte, io non servo. Ma sono qui per permetterti di capire che mio padre vuole che Maximilian torni a casa e che non pensi a questa storia della guerra» cerca di spiegarsi, ma io non riesco a credergli. Dopo tutto, non può essere solo una messinscena di Maximilian.

«Stai bluffando» lo sfido, ma lui scuote la testa.

«Ti sto dicendo la verità. Ti prego. Vieni con me. Andiamo a Sonenclair, e ti dimostrerò che mio padre non ha intenzione di fare guerra a nessuno.»

Nella sua voce sento una strana disperazione.

«Non seguirmi e lasciami stare. Sta" fuori da questa guerra e nasconditi, prima che io...»

Non mi lascia il tempo di finire il mio avvertimento -minaccia- e mi interrompe.

«Tu lo sai che Evelyn è con me?» dice.

«Che cosa?» chiedo. Penso di aver capito male.

Nikolai si gira verso l'elicottero e tende la mano. Esce una ragazza, dai capelli bruni, come i miei. Ha addirittura il mio stesso stile nel vestiario. Il suo viso è identico al mio, ma la riconoscerei a chilometri di distanza. È proprio lei.

Evelyn.

«Oh mio dio...» sussurro e corro verso di lei. «Che cosa le è successo?» chiedo, abbracciandola. Finalmente l'ho ritrovata. Ma che cosa ci fa con Nikolai?

«Il Consiglio del Popolo l'ha obbligata a fare questo» dice il medico, avvicinandosi a noi per accarezzare a Evelyn i capelli.

«Che cos'è successo?» chiedo a mia sorella. Ha uno strano bagliore negli occhi, ma è lei. Sono sicura che è lei.

«Il Re di Sonenclair ha mandato un video al Consiglio in cui chiedeva al Principe Maximilian di ritornare a Sonenclair. Ma sapeva che non sarebbe mai ritornato a casa senza di te, per questo hanno chiesto te al posto di Ores. Il Consiglio non poteva perdere entrambi... perciò hanno sacrificato chi era sacrificabile.»

Le sue parole sono come mille pugni in faccia.

«Non pensare mai e poi mai di valere meno di me. È chiaro?»

«Sappiamo entrambe che è così» sorride dolcemente lei.

Sono così arrabbiata. No, sono furiosa. Assolutamente incazzata nera.

Sento il mio fuoco ardere. Ho voglia di staccare la testa di tutti i membri del Consiglio.

Mi hanno mentito, hanno spedito mia sorella ad affrontare un regno intero: se dovessi mai rivederli, beh... spero per loro che non accada.

Mi giro verso Nikolai.

«Ores? È vivo?» gli chiedo. Devo salvare la mia famiglia.

«Sì, è vivo. Si trova ancora a Sonenclair. L'hanno trovato mentre cercava di uccidere mio padre. Ma è stato risparmiato.»

Mentre ascolto Nikolai, noto ciò che mai avrei voluto vedere. La mano sinistra di Evelyn non c'è più.

«Ti hanno amputato loro la mano?» chiedo a mia sorella, che ha capito subito che mi riferisco al Consiglio del Popolo. Evelyn annuisce.

«Sì, mi hanno anche tinto i capelli» aggiunge, mordendosi il labbro.

Stringo le labbra in una linea sottile mentre inizio a pensare a vari metodi di tortura da provare sui corpi dei Membri.

«Everly, se tu verrai con noi, tu e tua sorella potrete ritornare sull'isola degli Schiavi, nella vostra casa, oppure potete diventare delle Nobili, sotto mio consiglio. Maximilian ritornerà a casa e tutto sarà come prima» mi offre Nikolai ma io, nonostante la rabbia, non posso consegnare nelle sue mani Maximilian.

Lo guardo mentre tengo tra le braccia Evelyn.

«Non posso crederti, ci sono tante domande a cui devi darmi una risposta se vuoi veramente che io passi dalla tua parte» gli rivelo. Lo sento sospirare.

«Risponderò a tutto» replica.

«Perché stavate studiando Maximilian?»

«Per il suo sangue. Cercavamo un siero per curare le mutazioni.»

«Curare o uccidere?» ghigno, ironica.

«Ma cosa stai dicendo?» mi chiede lui, sul viso un'espressione confusa.

«Perché mia sorella era una vostra cavia?» gli chiedo, precisando. Evelyn non ha nessuna mutazione, eppure era in una di quelle capsule nel laboratorio del Progetto Alpha.

«Abbiamo il permesso di usare gli schiavi come cavie» risponde tranquillamente Nikolai.

«Evelyn non aveva padroni» preciso io ma lui controbatte all'istante.

«Se vostro padre vi ha vendute, non è colpa nostra. Non avete ancora compiuto vent'anni, e fino a quel giorno siete sotto il possesso di vostro padre, così come dice la legge di Sonenclair» mi ricorda lui.

«Il Re ha sempre saputo dell'organizzazione e degli infiltrati?»

«Sì. Ma non ha fatto niente perché non creavano problemi. Cercavano solo informazioni per creare una comunità migliore nell'isola degli schiavi, senza voler essere superiori a noi Nobili.»

Tutte le mie certezze si stanno sgretolando lentamente.

«E l'attentato alla tua vita?» gli domando.

«Non è mai successo niente. Il mio schiavo non è morto e ora si diverte a Sonenclair con la sua famiglia da quando è diventato Nobile e si è sposato. Non è successo niente! Serviva solo per calmare i bollenti spiriti degli infiltrati che stavano diventando ribelli, che iniziavano a pretendere di più» mi spiega Nikolai.

«Perché Maximilian non sapeva nulla dei vostri studi?»

«Maximilian tende a esagerare qualsiasi cosa. Lui ne era al corrente. Lui sapeva di essere speciale.»

«Non è vero» ribatto, scettica. Quel giorno, quando Maximilian aveva visto il contenuto delle cartelle, era rimasto scioccato. Lui non sapeva niente. Però è vero che la sua personalità borderline lo rende parecchio imprevedibile. Che abbia recitato?

«E invece sì. Non c'era alcuna possibilità che lui nascesse come una mutazione. Ma la sua mutazione è comunque comparsa. Poi sono iniziati i sintomi di personalità borderline. Ha iniziato a bere, frequentare taverne e a rinunciare alla sua educazione...»

Più continua a parlare, più tutto sembra essere vero.

«Ma il Re ha provato ad ucciderlo...» penso ad alta voce. Nikolai sembra sorpreso.

«Ti ha detto questo?» chiede, incredulo. «Mio padre non vuole Maximilian morto.»

«E la cicatrice che ha sul viso?»

«Una rissa, e la ferita non è guarita bene» risponde.

«Il Re ha ucciso degli schiavi e sta cercando di convincerli che siamo noi i colpevoli della loro morte!»

«Everly, non sta succedendo nulla del genere. È stato solo per mettere paura al Consiglio del Popolo e a Maximilian. Mio padre non farebbe mai una cosa simile!» lo difende lui.

«Perché mai dovrei crederti? Ho dei mirini puntati alla testa.»

Nikolai ordina alle guardie di abbassare i fucili e indica loro con la mano di ritornare nel velivolo.

«Ho riportato Evelyn qui affinché tu possa capire che noi non siamo il nemico. Avete iniziato una guerra senza senso.»

«Combattiamo per la Libertà!» esclamo, adirata.

«Combattete per morire!» ribatte lui.

«Voi nobili mandate gli schiavi al Colosseum per uccidersi tra di loro solo per il vostro divertim...!» continuo a dire ma, ancora una volta, mi blocca.

«Ho chiesto a mio padre di chiudere il Colosseum, o almeno di abolire la regola "fino all'ultimo respiro".»

«Ah sì?»

Vedo Evelyn annuire.

«È vero Everly. Il Re ha approvato la richiesta. Ora gli schiavi possono decidere di abbandonare la lotta» dice dolcemente.

«E sono iniziate le pratiche per annullare la schiavitù. Ci vorranno un po' di anni, perché il Consiglio del Re e il Governo sono scettici e non vogliono approvare nulla, ma dei Movimenti Anti-Schiavitù stanno lavorando affinché ci siano diritti uguali per tutti.»

«E Ores?» chiedo. Non può rimanere a Sonenclair: potrebbe essere condannato.

«Il Re non può sorvolare sul fatto che ha provato a ucciderlo. È ovvio che è ancora rinchiuso nelle prigioni di Sonenclair.»

«Se davvero state facendo tutto questo perché non rivelate tutto a Maximilian e al Consiglio del Popolo?»

«Perché ho fatto una stupidaggine. Ho rinunciato al trono per perseguire i miei studi come medico e non come futuro Re. Me ne sono pentito. Siccome non ho più il titolo, devo affidare tutto al governo di Sonenclair e agli Strateghi dell'Esercito di Sonenclair. E loro pensano che la paura sia l'unico modo per riportare Maximilian a casa. Non ho più voce in capitolo. Pensano anche che in questo modo, il Consiglio delle Popolo delle Terre smetta di vedere l'isola come una fonte di beni.»

«Allora... ammettiamo che tutto ciò che stai dicendo sia vero. Perché mio padre mi ha mandata per uccidere Maximilian?»

Nikolai sorride.

«Indovina dov'è tuo padre adesso, Everly» mi sfida, e io ghigno minacciosa.

«Non lo so, ma so dove finirà non appena lo rivedrò.»

Guardo il medico portare le mani sui fianchi.

«Sarà un po' difficile per te rivederlo. Si è suicidato.»

«Cosa?»

«Lo hanno trovato sui binari del treno che porta gli

schiavi al Regno. Era... a pezzi. Letteralmente.»

«Chi c'è ora al governo dell'organizzazione?»

«Un uomo di nome Cormac Wexor. Il tuo presunto fratello maggiore, Elizabeth» dice, e guarda Evelyn, poi riporta gli occhi su di me. «Rispetta gli ideali dell'organizzazione, e ora che non è più un segreto, alcuni ingegneri di Sonenclair tengono nell'isola delle lezioni e delle Conferenze agli infiltrati ogni tre, quattro giorni.»

Abbasso lo sguardo per terra.

Per tutto questo tempo, sono stata dalla parte di mio zio Ores, che si fidava di Maximilian. Poi, dopo gli ultimi eventi, scopro che è tutta una menzogna? Oppure Nikolai sta veramente bluffando. Perché non ho prove? Forse perché mi sono fidata, mi sono comportata come una schiava e come un infiltrata: esegui e non domandare.

«Vieni con me, Everly» riprende a dire Nikolai. «Io voglio solo che Maximilian ritorni a casa.»

«Ho visto tutto, Everly... dice la verità» sussurra Evelyn. «Se non vuoi credere a lui, credi a me. Non ti mentirei mai su questo!»

«Perché stai facendo tutto questo?»

Questa è la mia ultima domanda. Nikolai guarda Evelyn e le sorride.

«Sono scappato con un amico e Evelyn, quando l'ho vista arrivare. Ho capito subito che non eri tu. Non avete lo stesso fuoco negli occhi. Le ho staccato la mano robotica perché si stava infettando. I medici nelle Terre del Popolo non sono stati accurati. Vorrei lavorare con te, riportare Maximilian a casa. L'ho perdonato. Ormai sono abituato ad avere una gamba robotica.»

«Va bene. Verrò con te. Ma voglio vedere con i miei occhi tutti questi cambiamenti. Sono stufa di eseguire senza sapere nulla.»

A quanto pare il laboratorio di Alexander Alpha dovrà aspettare.

O forse no.

«Con piacere» risponde lui, sorridendo.

Cammino con Evelyn verso l'elicottero per salire. Le tengo il braccio con la mano robotica e le accarezzo l'avambraccio.

Pensavo di essere una persona migliore, ma a quanto pare non sono nemmeno quello.

Sono una macchina da guerra, un robot senza pietà, un prodotto finale.

Non capisco più niente: cos'è giusto? Cos'è sbagliato?

«Everly.» La voce di Nikolai mi arriva come da lontano.

«Sono felice di vedere che stai bene» dice subito dopo aver incontrato i miei occhi.

Non posso fidarmi di lui.

«Di sicuro non grazie a te» rispondo e, insieme a mia sorella, saliamo sull'elicottero.

Devo trovare Ores. Devo parlare con lui.

Eppure non mi fido di loro, assolutamente no. Nemmeno di mia sorella. Non sono una stupida, so che c'è qualcosa sotto, e lo deduco soprattutto dal fatto che Evelyn si sta comportando come una persona che non conosco. Non sono nemmeno sicura che sia effettivamente mia sorella.

Se lo fosse? Se fosse davvero lei? Se tutto quello che stanno dicendo fosse reale e non frutto di un complotto ben architettato?

Tutto questo deve essere falso, la vita nel Regno di Sonenclair e i contatti con l'organizzazione non possono cambiare da un giorno all'altro. Evelyn e Nikolai, se davvero sono loro, mi stanno ingannando. Non appena atterreremo a Sonenclair, mi useranno e allora sarà troppo tardi per me.

So benissimo di essere una grande minaccia per tutti, sono perfettamente consapevole delle mie capacità e del fatto che utilizzando me, ed è quasi incredibile a dirsi, Maximilian si piegherà al loro volere.

L'elicottero inizia ad elevarsi di quota: se non agisco subito, mi ritroverò in un casino più grande, ovvero quello di battermi contro il Re di Sonenclair e i suoi soldati, da sola.

Finchè devo sconfiggere solo questi pochi soldati, che mi stanno guardando ora, posso anche farcela con largo vantaggio, ma non posso scontrarmi contro un esercito intero. Sarebbe un suicidio.

Probabilmente siamo solo a pochi metri da terra, posso ancora bloccare tutto questo, prendere mia sorella e scappare con lei. Posso ancora farlo.

Mi guardo attorno per vedere dove sono le leve di emergenza. Se il mio piano dovesse funzionare, mi ritroverò a combattere solo con mia sorella. Se dovesse fallire... morirò.

«Evelyn, tieniti forte!» grido quando individuo la leva d'emergenza che apre lo sportello posteriore. Mi alzo di scatto, afferrando il fucile del soldato che è seduto di fianco a me. Poi lo colpisco con il calcio dell'arma con forza per stordirlo, sparo agli altri soldati, che nel frattempo si sono attivati per bloccarmi, e li perforo proprio al collo o alla gamba, dove i giubbotti anti-proiettile non li proteggono. Subito dopo guardo Nikolai e lo immobilizzo, sparandogli alla spalla e al ginocchio già precedentemente ferito da Maximilian.

«Tu non sai cosa stai combinando, Everly! Tu non hai idea!» grida l'ex Principe, mentre si tiene raggomitolato a terra per il dolore. «Ti troveranno e ti uccideranno!» mi minaccia.

«Lascia che ci provino, voglio giocare anch'io!» rispondo, beffarda, e giro la leva. Lo sportello posteriore si apre, e l'aria che inizia ad infiltrarsi nell'elicottero lo fa sobbalzare ripetutamente. Sento che colpisce qualcosa con una pala, forse un albero.

Cercando di non perdere l'equilibrio, mi getto nella cabina del pilota, dove provengono i suoni del pannello di controllo completamente in tilt, e guardo il soldato presente cercare di non farci scontrare contro il suolo. Gli tiro un pugno sul viso poi lo tolgo dalla sua posizione, e l'elicottero si schianta definitivamente.

All'impatto, sbatto contro il vetro in plexiglass.

Nell'arco di pochi secondi, dopo un lieve stordimento, mi rialzo per uscire dalla cabina del pilota e trovare Evelyn. Tossisco e la cerco tra la nube di polvere e fumo che si è innalzato nell'aria. In mezzo alle macerie vedo i soldati, tutti morti.

Quando individuo il viso di Evelyn, accelero il passo, cercando di non inciampare negli ostacoli che mi sono davanti. Nel momento in cui riesco a vederla completamente, noto che è sdraiata con la pancia rivolta verso l'alto, con un pezzo di metallo che le trapassa l'addome.

«Evelyn!» grido, avvicinandomi a lei. Sta ancora boccheggiando, inspira ed espira velocemente. «Ti tiro fuori da qui, non mi lasciare, ti prego! Continua a parlarmi!» le dico, per incoraggiarla a rimanere cosciente.

Io posso salvarla! Ne sono sicura! Lei vivrà!

«Everly, lasciami qui, è troppo tardi...» sussurra lei, ma io scuoto la testa. «Mi dispiace...» continua a dire.

Inizio a sentire le lacrime spingere contro le mie palpebre. Mi rifiuto di farle uscire. Lei non morirà!

Nei suoi occhi non vedo più quella strana luce che avevo notato prima, e da questo lo capisco: l'avevano manipolata, le avevano fatto il lavaggio del cervello.

«Smettila, non dirlo nemmeno...» le rispondo mentre con le dita di una mano premo sul suo collo per controllare il battito, e con l'altra inizio a sciogliere il metallo vicino al suo corpo per poterlo spezzare ed estrarre il pezzo dal suo addome con più facilità. Il mio unico pensiero è tirarla fuori da questo il prima possibile, viva.

Non dovrei farlo, il mio fuoco potrebbe appiccare anche l'aria densa di gas combustibile e far esplodere i resti dell'elicottero, ma non posso lasciarla così. Non posso, sono sua sorella, devo proteggerla, io devo...

«Everly, non ti fidare di nessuno, se non di Ores. Lui sa cosa devi fare...» la sento sussurrare, poi il silenzio. Nessun battito.

Alzo lo sguardo verso di lei e vedo i suoi occhi, privi di vita, che sembrano fissare il nulla.

A questo punto, smetto di provarci.

E' troppo tardi, spengo la fiamma.

Con la mano, debolmente le abbasso le palpebre.

Poi il mio grido squarcia il cielo.

«Guardala, ha cercato davvero di uccidermi!»

Mi giro di scatto solo per vedere Nikolai traballante. A quanto pare non è morto all'impatto come gli altri. Il suo corpo è pieno di ferite, ma la cosa che mi sorprende di più sono i suoi occhi: sono diventati rossi. «Stanno venendo a prenderci, Everly. Dobbiamo andare.» La sua voce è cambiata, le sue parole non sembrano appartenergli, come se stesse parlando un'altra persona, totalmente diversa.

«Ti ucciderò maledetto bastardo!» La risata che proviene da lui quando commento la sua pazzia mi raggela il sangue. All'improvviso si prende la testa fra le mani e grida. Poi mi guarda, e per un momento sembra ritornare il vecchio Nikolai, con i suoi occhi chiari, la persona che mi ha medicata il mio primo giorno a Sonenclair.

«Scappa Everly! Non riesco più a controllarlo! Scappa!» ringhia.

Poi scuote di nuovo la testa e quando i suoi occhi ritornano su di me, Nikolai non c'è più. Era sempre stato controllato, e penso che fra poco conoscerò il vero nemico.

«No, no, Nikolai. Non si fa» ridacchia e il suo corpo avanza verso di me. «Dobbiamo portarla a casa!» continua a dire. Inizio a lanciargli addosso il mio fuoco, ma lui le schiva abilmente. Tiro fuori i miei pugnali e lo attacco, ma ogni colpo non va a segno.

Inizio a sentire il mio corpo rigido che non risponde più ai miei comandi. Lentamente anche la mia vista sparisce. Sento qualcuno prendere le redini delle mie azioni. Poi lo percepisco. Qualcosa è dentro di me. Non sono più sola nel mio corpo.

«Sai che è davvero un grande piacere fare la tua conoscenza?»

«Chi sei? Che cosa vuoi?»

Mentre parliamo sento il mio corpo muoversi e, anche se non riesco a capire cosa sta dicendo, percepisco la mia voce uscire dalle mie labbra. Tutto questo non è possibile.

«Sono Noah, vedo nei tuoi ricordi che hai sentito parlare di me. Ora ci credi alla mia esistenza o sono solo una storiella?»

«Non puoi essere reale. I Mezzosangue non esistono. Tutto questo non è vero!»

«Allora mi divertirò a stare qui insieme a te. Sai, è stato difficile prendere il controllo di Nikolai. Ha una volontà ferrea il ragazzo! Ha rinunciato al trono nel momento in cui ha capito cosa stava per accadere, e tutti i miei piani

sono andati in fumo! Ma suo padre... oh, da poco è diventato il mio migliore amico! E ora, andiamo a vedere insieme
la caduta di Nelchael! Oh, non lo sapevi? Maximilian ha
dentro di sé qualcuno di veramente molto importante per
me...»

CAPITOLO 29

GUERRA

Maximilian

Se dovessi cercare la parola "schifo" in un qualunque dizionario, penso che troverei come esempio il mio nome.

Sono passati giorni da quando Everly se n'è andata. L'ho lasciata andare, non l'ho rincorsa, ma sto solo seguendo il suo consiglio: con o senza di lei, io sono il futuro Re di un popolo che ha un bisogno insaziabile del suo sovrano. E nonostante io la voglia vicino a me come Regina, mi sto rendendo conto che non posso averla. È una guerriera, una combattente nata, uno spirito libero amante degli scontri, fisici o armati.

Eppure io la amo e quando sarà tutto finito la ritroverò. Per quanto si possa allontanare, e spero vivamente che sia dall'altra parte del mondo ora dopo quello che le ho detto e quello che le ho fatto, io la ritroverò e non la lascerò più andare via.

«Principe Maximilian, la stanno aspettando nella Sala delle Riunioni» mi avverte una guardia.

Annuisco e mi allontano dalla finestra da dove guardavo la vastità delle Terre del Popolo.

Anche Sonenclair sarà pacifica, un giorno.

Mi dirigo verso la Sala delle Riunioni e, non appena ci metto piede dentro, i Membri del Consiglio mi salutano con uno strano sguardo terrorizzato negli occhi.

«Buongiorno Principe Maximilian. Abbiamo un video abbastanza importante da farle vedere» parla uno di loro.

«Di che si tratta?» chiedo io prima di sedermi alla mia solita sedia.

«Proviene dalle reti di Sonenclair. È stato trasmesso alle nostre frequenze qualche minuto fa» mi spiega un altro prima che parta un video davanti a me.

Raffigura le strade di Sonenclair, con centinaia di morti. Riconosco gli schiavi che frequentavano il Covo, ora con il corpo riverso sul loro stesso sangue. Poi vedo un altro corpo cadere entrare nell'inquadratura. Un bambino.

Poi riprendono il suo assassino e vedo la persona che mai mi sarei aspettato di vedere.

«Everly...» sussurro, scioccato.

Nel video ha in mano uno dei suoi pugnali e negli occhi ha una strana luce. Sembra non capire cosa sta facendo.

«Siamo sicuri che sia lei?» chiedo agli altri, e la risposta affermativa mi scuote terribilmente, ma mai quanto mi fanno incazzare le immagini che si susseguono poi.

Il mio gemello compare e prende Everly tra le braccia. Lei sorride e gli accarezza il viso con la sua mano robotica prima di baciarlo con foga.

Ma perché lo sta facendo?

«Sì. Temiamo che sia sempre stata dalla parte del Re di Sonenclair» parla uno di loro.

Sento le mie ali diventare di cromo. Da quando ho imparato a controllarlo grazie a Everly, la paura di morire non è più la causa della trasformazione.

«Avete le prove che sia veramente lei?» chiedo, disperato di sentire che è tutto uno scherzo.

«Penso che questo filmato basti come prova» parla un altro membro.

Mi alzo di scatto sbattendo così forte le mani sul tavolo da sentirlo scricchiolare sotto i miei palmi.

«Avete altro da mostrarmi?» domando. Non so cosa sta succedendo dentro di me. Un turbine di emozioni trascina il mio raziocinio nelle fogne. Mi sento tradito, usato, sfruttato.

Quando li sento rispondere in modo negativo alla mia domanda, tuono fuori dalla stanza.

Il mio inconscio mi porta dritto nelle prigioni, dove Brigitta è stata rinchiusa per cospirazione. Ha una cella tutta sua.

Quando la vedo, rinasce in me la voglia di Vendetta.

«Ma guarda chi si fa vivo...»

Brigitta sorride sensualmente e si avvicina alle sbarre. «Vuoi divertirti? Per questo sei venuto a trovarmi?» mi chiede languidamente.

«Tu sapevi che Everly era sempre stata dalla parte di mio padre?» le chiedo. La vedo ghignare maliziosamente prima di passarsi una mano lentamente sul collo.

«Ogni informazione ha un prezzo» mi risponde lei. So cosa vuole.

Allungo una mano verso di lei e, tenendola per i capelli, le espongo il collo come facevo quando, mesi prima, era la mia fonte di sesso.

Sento le sue dita tirarmi. Se non fosse per le sbarre che ci dividono, adesso sarebbe già premuta contro di me.

«Non ti toccherò mai più come prima. Rabbrividisco

solo al pensiero» sibilo io, e la lascio andare.

Non è giusto. Non devo fare nulla del genere per avere informazioni. Non so nemmeno se è veramente Everly. Qualsiasi cosa io faccia, la rivedo nella mia mente in continuazione mentre bacia Nikolai.

Spingo via Brigitta e ritorno sui miei passi. Esco fuori dal sotterraneo, e ritorno nella Sala delle Riunioni.

Nikolai vuole la guerra? E che guerra sia.

Sto per rientrare nella sala, ma una guardia mi ferma e mi tira indietro.

«Signore, Orazius Gallagher è arrivato! È ricoverato nell'infermeria.»

Quando sento nominare il nome di Ores, so solo che devo andare a vederlo.

«Portami subito da lui!» ordino al ragazzo, e gli corro dietro.

Nel momento in cui arriviamo nell'infermeria, una stanza con circa quaranta posti letto sul retro del Palazzo del Consiglio, la guardia mi mostra Ores, sdraiato esanime su un lettino. Il suo aspetto è terrificante. È pieno di lividi, ovunque sul suo corpo ci sono tagli netti, zampilli di sangue e ferite che non sembrano voler guarire. Ha il viso così tumefatto che è quasi irriconoscibile.

Mi avvicino a lui e guardo il dottore che lo sta medicando.

«Quali sono le sue condizioni?» gli chiedo, estremamente preoccupato. Il dottore scuote la testa.

«In fin di vita, mio signore. La sua mutazione gli impedisce di guarire. Il respiro è debole. Abbiamo trovato una quantità troppo alta di quello che sembra la composizione del Siero Alpha nel suo sangue» spiega prima di staccare il cardiografo. Con un movimento fulmineo, lo spingo via e riaccendo il macchinario.

«Quanto tempo gli rimane?» gli chiedo.

Lo vedo tirarsi su a fatica. Forse avrei dovuto evitare quello spintone. Ora, lui è l'unico in grado di tenerlo in vita.

«Non più di qualche ora» conferma lui.

«Io posso salvarlo. Il mio sangue può salvarlo. Provate» dico tirando su la manica del mio braccio destro. Se davvero il mio sangue è importante, riuscirà a salvarlo. Deve salvarlo.

Il medico mi guarda scettico ma allunga comunque una mano verso un vassoio e prende una siringa.

«Ne è sicuro? Se gli iniettiamo sangue diverso dal suo, rischia un collasso completo degli organi entro pochi secondi...» cerca di farmi cambiare idea, ma io sono fermo sulla mia decisione.

«In ogni caso morirà! E io non te lo sto chiedendo. Questo è un ordine» dico duramente tendendo il braccio e sedendomi su una sedia lì vicino. L'uomo si avvicina e preme le dita sul mio avambraccio per trovare una vena.

«Devo prelevarle cento millilitri di sangue» mi spiega lui, infilando l'ago nella mia carne.

«Fa pure» sibilo.

Sono passate alcune ore da quando il dottore ha iniettato il mio sangue nel corpo di Ores. Il battito del suo cuore si è stabilizzato, il che è un bene. Prima andava in tachiapnea ogni cinque minuti.

Lo hanno fasciato, dalla testa ai piedi, lasciando liberi solo gli occhi e la bocca. Spero solo che guarisca: ho bisogno di lui, non riuscirei mai ad andare avanti sapendolo morto.

All'improvviso sento un gemito di dolore provenire da Ores e capisco che si sta svegliando.

«Ores!» lo chiamo e lui cerca di alzarsi. Lentamente lo spingo giù. «No, non ti affaticare» lo avverto, il più delicatamente possibile. «Rimani giù. Chiamo un medico» dico io, ma lui mi afferra per la maglietta e inizia a parlare.

«Sono felice di risentirti, ragazzo. Spiegami come faccio ad essere vivo o non aprirò gli occhi. Dovrei essere già morto» gracchia lui, prima di tossire. Afferro il bicchiere d'acqua dal comodino vicino al letto e lo aiuto a bere.

«Ho chiesto al medico di iniettarti il mio sangue... e a quanto pare ha funzionato. Perché non apri gli occhi ora?» gli chiedo.

«Tu...» inizia a dire lui. «Hai usato il tuo sangue per guarirmi?» mi domanda, come preoccupato e non ne capisco il motivo.

«Sì» rispondo tranquillamente.

Ores stringe le labbra fino a farle somigliare a un'unica linea dritta.

«Ascoltami Max. Devo spiegarti alcune cose» riprende a parlare lui ma io lo blocco.

«Dovresti riposare, Ores... sei ridotto uno straccio. Non riesci nemmeno ad alzare le palpebre» gli faccio notare ma lui scuote la testa e stringe con più forza la presa sulla mia camicia.

«Dimmi cosa vedi quando apro gli occhi» dice Ores.

Io annuisco e rispondo:

«Va bene.»

Tengo lo sguardo fisso sul suo viso bendato e, quando le sue palpebre si alzano, rivelando due occhi dello stesso colore dei miei, mi spavento.

«Che cazzo è successo? Perché i tuoi occhi sono gialli?» gli chiedo, allarmato.

«Il tuo sangue, oltre a curarmi, ha cambiato il mio patrimonio genetico. Alexander ha cambiato il suo cognome da Athert in Alpha proprio per questa caratteristica. Quando mi toglierò le bende, assomiglierò anche di più a te» replica lui.

Non ci posso credere, è impossibile!

Eppure lui ha le iridi uguali alle mie. Sono identiche.

«Quando dici che il mio sangue ha cambiato il tuo patrimonio genetico, stai dicendo che...» inizio a dire affinché lui finisca la frase.

«Per ogni test del DNA, tu risulterai mio padre» continua Ores.

«Non ci posso credere...» sussurro meravigliato.

«Io non ho lenti colorate sugli occhi» ribatte gracchiando.

«Ma cosa diavolo è successo a Sonenclair?» gli chiedo, ma lui evita di rispondere.

«Everly dov'è?»

«È a Sonenclair...» rispondo, riportando alla memoria il video che ho visto.

«Perfetto. Merda» impreca e costringe il suo corpo a mettersi seduto sul materasso. Le bende devono stringerlo parecchio.

«Ores che cosa sta succedendo?» gli chiedo.

«Il tempo» inizia a rispondere. «Alexander me l'aveva detto. Nulla può cambiare l'andamento della linea del tempo se non l'ultima scelta.»

«Ma cosa stai dicendo? Ores sei impazzito? Tu sai chi è Alexander Alpha? Tu gli hai parlato?» Lo guardo confuso, ma lui non sembra meravigliato.

«Nemmeno io volevo crederci» mugola. «Non c'è tempo per parlare di questo. Dammi un foglio e una penna» mi ordina.

Velocemente recupero un foglio e una matita con la punta leggermente smussata. Non ho trovato di meglio.

Vedo che inizia a tracciare sul foglio una linea retta che attraversa tre cerchi e nel mentre spiega cosa sta disegnando.

«Questa è la linea del tempo, ed è composta da questi cerchi del passato, presente, e futuro» dice per poi iniziare a puntare con il dito. «Questa è la circonferenza del presente. Ogni punto di questa circonferenza è una dimensione, e ogni dimensione è collegata in modo perfetto e coeso alle dimensioni delle circonferenze del passato e del futuro. Qualcuno è riuscito a rompere la connessione con il futuro, agendo nella dimensione del passato. Secondo Alexander Alpha, la terza guerra mondiale non sarebbe mai dovuta accadere nella nostra dimensione e qualcuno deve ritornare nel passato per evitare che scoppi.»

Lo ascolto con attenzione, ma ogni parola che esce fuori dalla sua bocca sembra senza senso.

«Che cazzo stai dicendo, Ores? Dimensioni parallele, viaggi nel tempo...» provo a dire qualcosa, ma lui mi parla sopra.

«So che è difficile da comprendere adesso, ma è tutto possibile. E, siccome Everly non potrà andare, dovrai andarci tu» mi spiega. Io lo blocco immediatamente.

«Fermati subito... Everly è...»

«Con ogni probabilità la tua Everly non c'è più. Se non è qui con te, allora Nikolai o qualcuno a lui vicino le ha già fatto il lavaggio del cervello e la starà addestrando per uccidere qualsiasi cosa o persona che si trova davanti a lei. E tu conosci il potenziale di Everly. È una macchina da guerra» mi ricorda.

«Non può essere... Ores, tutto questo è...» cerco di parlare, ma ogni secondo che passa mi sento un cretino.

«Impossibile? Fidati, è tutto vero. Se Everly è a Sonenclair, e non qui, allora è davvero sotto il controllo di qualcuno» mi assicura lui, appoggiando sul suo grembo la matita e il foglio.

«Cosa devo fare?» chiedo incuriosito.

«Alexander Alpha ha parlato di un uomo che ha attivato il Protocollo Statunitense Double A-C che significa Alliance Against China, e consiste in una serie di istruzioni, tra le quali è presente anche l'attivazione dei missili diretti contro la Cina, che si devono compiere se il Giappone è attaccato da quest'ultima. Nell'epoca prebellica la Cina era diventata la prima potenza mondiale e cercava di annettere al suo territorio delle isole che si contendeva con il Giappone. Tokyo è legato agli Stati Uniti da un accordo di difesa reciproca. Ma qualcuno è riuscito ad attivare il Protocollo e la Cina ha risposto all'attacco missilistico, facendo così scoppiare la III Guerra Mondiale.»

Nessuno sa o si ricorda come era iniziata la terza grande guerra, ma se lui la conosce, sempre che sia veramente andato tutto in quel modo, allora dice la verità.

«Mi stai dicendo che devo viaggiare nel tempo e bloccare quest'uomo?» chiedo per conferma.

«Sì» afferma Ores. «Una volta fermato, finirà tutto.»

«Che cosa succederà?»

Ores si blocca per un paio di secondi prima di riprendere a parlare.

«Tutto ciò che conosci... smetterà di esistere.»

«E poi?»

«So solo questo: è meglio non esistere che essere schiavo.»

Il mio sguardo si perde nel vuoto mentre riporto alla memoria tutti i miei ricordi. Sapere che la vita che sto vivendo fa parte di una sola dimensione, e che là fuori c'è ne siano infinite mi terrorizza.

«È troppo... troppo» inizio a balbettare, ma Ores cerca di farmi mantenere la ragione.

«Devi farlo, Maximilian. Ora sei la nostra ultima possibilità.»

Tutto ciò che conosco, tutto ciò che so, tutto ciò che sono, si dissolverà nel nulla, come se niente fosse mai esistito.

Non rivedrò più Everly. E l'amore che provo per lei scomparirà con questo mondo, pieno di morte e dolore.

Posso davvero restare solo per una persona?

«Va bene. Lo farò» dico, convinto. «Passiamo alla parte più tecnica. Come faccio a viaggiare nel tempo?»

Ores sorride, ma non è un sorriso felice. Per la prima volta in tutta la mia vita vedo un sorriso che significa tristezza e speranza.

«Portami nella mia camera. È il momento che tu parta.

La Sala delle Simulazioni ti riporterà indietro nel tempo, collegandosi alla prima Sala delle Simulazioni. Ritornerai nel 2 Aprile 2020. Non ho idea di dove ti troverai, esattamente, ma dovrai andare al Pentagono. Riconoscerai l'edificio. E riconoscerai anche l'uomo da fermare. Non chiedermi come, non lo so nemmeno io, ma so che dovrai riuscirci entro ventiquattro ore» mi spiega lui, mentre lo aiuto a sedersi su una sedia a rotelle.

«Avevi programmato questo viaggio nel tempo per Everly, vero?» gli chiedo. Everly sarebbe stata perfetta per una missione del genere: è nel suo sangue fare l'infiltrata.

«Sì, ma Alexander me l'aveva detto che Everly sarebbe finita nelle mani del Regno di Sonenclair per controllarla, in qualsiasi caso. E io... non volevo credergli. Le sue parole erano follia, ora sono la nostra unica possibilità.»

Quello che sta dicendo mi distrugge il cuore.

«C'è una possibilità di salvarla?» chiedo, sapendo già la risposta.

«Maximilian, sai cosa succede se vengono cambiati gli eventi? Con ogni certezza non appena sarai partito, non ritornerai indietro e non rivedrai più nessuno» mi ripete lui.

«Non ritornerò più...»

Dirlo fa un altro effetto. Se è così brutale pronunciarlo, non immagino farlo.

È strano come proprio io, che ho sempre avuto paura di morire, adesso debba andare a cercare la morte e la condizione di non esistenza.

«Maximilian, questa sarà la tua ultima decisione da Re: che cosa devi fare per il tuo popolo?» mi stimola Ores.

All'improvviso il pavimento inizia a tremare dopo una fortissima esplosione che proviene da fuori.

Il putiferio che scoppia è evidente. Le persone iniziano a correre verso ogni dove. Fermo Herbert che riconosco dalle ali, prendendolo per il braccio per chiedergli spiegazioni.

«Che cos'è successo?» gli domando preoccupato.

«Ci stanno attaccando! Everly Greystone è a capo dell'armata!» mi spiega lui. I suoi occhi sono sgranati, è completamente terrorizzato. Lo vedo dal suo viso che è ancora un ragazzino, non deve avere più di sedici, diciassette anni.

«Come sono messe le truppe?» gli chiedo.

«Che cosa?»

La guardia si rivolge a me con un'espressione confusa e

agitata. È nel panico.

Gli tiro uno schiaffo per farlo riprendere.

«Ho chiesto, come sono messe le truppe!»

«Posizionate, mio signore» risponde alla fine.

«Bene. Porta questo mio ordine ai generali. Voglio che fermate Everly Greystone! Trovatela e fermatela! Non si deve avvicinare al Palazzo del Consiglio! Mettete delle difese attorno al Palazzo! Corri! Vai!»

Quando Herbert schizza fuori dall'infermeria, prendo Ores in braccio. Non c'è tempo da perdere. Esco fuori dalla finestra e prendo il volo. Mentre mi alzo in aria verso la finestra della camera di Ores al Palazzo, noto sotto di noi il fumo di un'esplosione, il fuoco bruciare l'intera foresta. Porto il mio sguardo su Ores e gli chiedo: «Qual è la deadline?»

Lui continua a guardare in basso, verso gli spari, la confusione, la morte. L'inizio di una battaglia che farà parte della guerra.

«Se Everly riuscirà a distruggere il Palazzo del Consiglio, e così anche la Sala delle Simulazioni, tu non riuscirai a fermare l'uomo che avvierà il protocollo nel passato. Moriremo tutti e non ci sarà più nulla da fare per noi.»

CAPITOLO 30

IL CACCIATORE DI
MEZZOSANGUE

Maximilian

Non ho molto tempo da perdere. Anzi, non ne ho proprio.

Inizio a sentire gli spari, le esplosioni, le grida amplificarsi e aumentare, secondo dopo secondo.

Guidato da Ores, mi ritrovo dentro la Sala delle Simulazioni nel Palazzo del Consiglio, è la prima volta che ci entro. Si trova attraversando un corridoio nascosto nella stanza di Ores, che scopro essere stato di Alexander Alpha.

La sala delle Simulazioni è identica a quella nel Regno di Sonenclair.

Nel momento in cui sono in piedi al centro della sala, diviso da Ores dalla vetrata in diamante e dal pannello di controllo, abbasso lo sguardo alle mie mani tremanti e inizio ad avere paura.

Non ho armi con me, ma non mi servono. Non so nemmeno dove andare non appena sarò là...

«Maximilian, buona fortuna» sento Ores dire attraverso il microfono. Lo guardo e cerco di formulare una frase. Le bende che circondano il suo viso mi permettono di guardarlo solo negli occhi, gli stessi che ho già guardato più di un milione di volte nella mia vita.

«Se non dovessi ritornare...» inizio a dire, ma lui mi blocca con un sorriso che sembra racchiudere una richiesta: devo accettare l'evidenza.

«Mio Re, non hai ancora capito? Questo è un addio» ribadisce lui.

Devo farmi forza e combattere: se devo dire addio al mio popolo e sacrificarmi per salvarlo, allora lo farò.

Lo farò per tutti: per Ores, per mia madre, per il mio popolo e per l'unica persona in grado di addomesticare la mia anima, Everly.

«Addio Ores» sussurro. «...e grazie.»

Lo vedo abbassare lo sguardo e quando riporta gli occhi su di me, li noto gonfi e lucidi.

«Max...» mi chiama con un tono di voce pesante.

«Sì?»

«Sono orgoglioso di te, qualsiasi scelta farai. Sono fiero dell'uomo che sei diventato.»

Alle sue parole, non riesco a rimanere fermo. Faccio un paio di passi in avanti, per raggiungerlo, ma lui è più veloce di me e preme un pulsante che cambia i miei piani.

All'improvviso, nel brevissimo tempo di un nanosecondo, mi ritrovo in mezzo a una foresta.

Mi rendo conto qualche secondo più tardi che ho viaggiato indietro nel tempo.

Devo trovare il Pentagono.

Mi guardo attorno, ma non ho la minima idea di dove andare.

Con il palmo della mano mi asciugo gli occhi bagnati e

ragiono. Non posso sapere dove sono se non ho una panoramica del luogo.

Così guardo in alto e... non riesco a volare. Porto una mano sulla mia schiena ma non sento niente. Giro la testa quanto mi è consentito per guardarmi dietro e non vedo le mie ali.

«Cazzo.»

Sto per avere un attacco di panico: non ho la più pallida idea di cosa fare ora, ma devo agire. Inizio a correre, forse riesco a trovare una strada che mi porti da qualcuno.

Continuo a correre finché non sento una voce.

«Ehi!»

Mi fermo e mi guardo attorno, riscuotendomi non appena vedo un uomo:

«Tu chi sei?» gli chiedo, stranamente speranzoso: forse è qui per aiutarmi.

Nella flebile luce della luna che riesce a trafiggere gli spazi creati dalle foglie degli alberi, vedo che è un uomo molto alto, forse quanto me o di più, con dei capelli ricci che sembrano avere vita propria. Indossa una giacca pesante in pelle e dei pantaloni in jeans. Alla vita ha una grossa cintura a cui sono attaccate pistole e pugnali.

«Chris, penso di averlo trovato!» urla per avvertire qualcuno, poi mi risponde. Non appena fa un passo, noto i suoi occhi: verdi, come smeraldi lavorati. Sono impressionanti.

«Sono Gregory, lui è Christopher» dice indicando un altro uomo che appare poco dopo. È molto più alto di me e di quello che si chiama Gregory. I suoi capelli sono lunghi e raccolti in una coda appoggiata alla sua spalla. Sulla tempia destra ha tatuata una luna crescente. «Tu sei Maximilian?» mi chiede con un tono di voce molto duro, ma al contempo sento una strana sensazione di calma pervadermi.

«Come fate a sapere chi sono?» rispondo io, confuso come non mai.

«Il Creatore ci ha mandati a cercarti. Dobbiamo portarti al Pentagono, giusto?» continua a dire Christopher.

«Chi? Che cosa?»

Gregory sorride, mi affianca e mi porge la sua giacca. Solo in quel momento noto di essere a busto scoperto e che fa veramente freddo.

«Te lo spieghiamo mentre ci andiamo» mi assicura Christopher.

«Come faccio a fidarmi di voi?» azzardo la domanda, allontanando la mano con cui Gregory mi sta dando la giacca. So resistere a un po' di vento.

«Noi stiamo cercando la stessa persona che stai cercando tu» mi rivela l'altro, prima di rimettersi sulle spalle l'indumento.

«Mi porterete davvero al Pentagono?» chiedo, ormai senza altre opzioni. Mi conoscono, sanno dove devo andare e sanno cosa devo fare. Non ho molta scelta.

«Lo giuriamo» risponde Christopher, affiancandomi. «Ma dobbiamo sbrigarci, non hai molto tempo...»

«Dove ci troviamo?»

«Nel New Hampshire, 2 Aprile 2020. Ti sei ritrovato qui, perché ti sei collegato a noi. Siamo i tuoi fratelli» mi rivela Gregory con un certo entusiasmo.

«I miei fratelli?»

Sono così confuso, e stordito. È come se fossi ubriaco, mi sento così tranquillo e non so cosa mi stia succedendo.

«Dentro di te c'è l'anima di un Cacciatore. Noi siamo i Cacciatori di Mezzosangue. Gli Hellreis» continua a dire Gregory.

«Greg, non penso sia il momento giusto per parlargli di

questo...» lo blocca Christopher.

«Giusto. Andiamo?»

Mentre iniziano a camminare, io rimango fermo al mio posto e cerco di scacciare dal mio corpo questa sensazione di stordimento perpetuo che sembra cercare di calmarmi. Grido.

«Io non sono un cacciatore di Mezzo-qualsiasi-cosa-abbiate-detto. Io vengo dal futuro, ci crediate o no, io sono il futuro Re di Sonenclair!»

Christopher stringe le labbra e mi guarda con più insistenza, come se fosse lui a infondermi quella calma. Quando incrocio i suoi occhi mi sembra di svenire. Ho la testa completamente leggera. Non so come riesca a farlo ma ora sono completamente certo del fatto che sia lui a manipolare il mio stato.

«Noi ti crediamo!» risponde velocemente Gregory. «Conosciamo la tua missione.»

«Portatemi al Pentagono, il più velocemente possibile» ansimo e mi appoggio sulle mie ginocchia. All'improvviso sento la mia testa meno leggera, come se tutto stesse ritornando com'era prima dell'arrivo di questi due.

«Se ti fiderai di noi» sento Christopher sussurrare.

«Non ho altra scelta» rispondo, poco convinto della piega che ha preso la situazione.

In poco tempo mi ritrovo seduto sui sedili posteriori di una macchina insieme ad altre due persone che sembrano schiacciarmi per quanto sono enormi. Mi sembra di essere tra due armadi. Al posto del conducente c'è Christopher, vicino c'è Gregory.

Per quel che ho capito, alla mia destra c'è Adam, un altro Cacciatore di Mezzosangue capace di diventare invisibile, alla mia sinistra c'è Evan, che si è materializzato vicino a me in un nanosecondo. Una parte del suo viso è coperta da una mezza maschera. Mi chiedo perché ma so che non sono affari miei. Ho altro a cui pensare.

Non ho capito molto bene se sono mutazioni o meno.

«Spiegatemi. Questa teoria dei cerchi del tempo...» inizio a dire io. Mi risponde Evan.

«Nell'universo ci sono infinite dimensioni, che con il passare del tempo si uniscono al passato, al presente e smettono di essere futuro.

Nel momento in cui il futuro in sé smette di dare dimensioni al presente e di esistere, un'anima ritorna indietro nel passato per correggere l'errore che qualcuno ha commesso e ripristinare il futuro.»

Ghigno e mi porto una mano sul viso. Ormai non so più cosa è reale e cosa non lo è.

«E questa anima sarei io, non è così?»

Sto cercando conferma delle mie parole. Mi sento un pazzo.

«Solo tu potevi farlo. Hai dentro di te l'anima di uno di noi» riprende a dire Evan.

L'anima di uno di loro? L'anima di un cacciatore di Mezzosangue?

«Di chi esattamente?»

«Di Nelchael, l'acerrimo nemico di Noah. È lui che stiamo cercando» si intromette Christopher. All'improvviso dentro il veicolo cala un silenzio assurdo. Noto Christopher stringere le mani sul volante fino a far diventare le nocche bianche e emaciate.

Non capisco questa reazione al nome Noah, ma deve essere veramente un bastardo.

«Potrò ritornare indietro?» rompo il silenzio, e Christopher mi risponde ancora.

«No, sparirai non appena la tua dimensione smetterà di esistere.»

Quindi è vero: tutta la mia vita sparirà. Tutto ciò che conosco e per cui ho vissuto sparirà per poter ridare un futuro all'umanità intera.

Per cui non sto decidendo solo la sorte del mio Regno: tra le mie mani c'è il destino della popolazione del mondo. Ogni vita dipende dalla mia scelta.

Mi abbandono completamente sullo schienale, lasciandomi andare, sentendo improvvisamente il peso che già avevo sulle spalle continuare a moltiplicarsi. E va avanti, non si ferma.

E io devo essere così forte da sorreggere il mondo da solo? Un mondo che non sa della mia esistenza?

È questo il destino di un vero eroe? Morire sapendo di aver fatto la cosa giusta senza essere ricordato da nessuno?

La gloria che tutti bramano... io dovrò farne a meno.

«C'è qualcuno che ti sta aspettando nel tuo tempo?» mi chiede improvvisamente Evan.

Chi mi sta aspettando? Dubito che ci sia qualcuno. Però vorrei davvero ritornare per rivederla, Everly, anche se fosse solo per un breve secondo, anche se dovessi guardarla da lontano.

Mi manca il suo carattere, l'unica che riesce a mandare il mio raziocinio a farsi fottere.

In più, voglio capire perché era tra le braccia di Nikolai...

«L'ultima volta che le ho parlato le ho dato della puttana» rispondo senza pensare, e sento Evan scoppiare a ridere.

«Sei proprio tu, nostro fratello. Non può essere altrimenti. La tua compagna è testarda, ha una lingua velenosa e pensa di essere capace di tenere testa a tutti, non è vero?»

Improvvisamente tutti scoppiano a ridere, e io continuo a non capire.

«L'hai descritta» rispondo semplicemente.

«Vedila in questo modo. Non morirai, non morirà ed entrambi non sentirete dolore quando scomparirete» cerca di rassicurarmi Gregory. Non mi aiuta, mi fa sentire solo uno schifo. In più, come se non bastasse, sento l'ansia aumentare.

Lo stato di non esistenza non mi ha mai attratto.

«Noi scompariremo... e poi?» chiedo, non aspettandomi una risposta ma, sorprendentemente, ne arriva una da Christopher.

«Ci rivedremo in futuro e stai sicuro che ti ricorderai di questo momento. Ti ricorderai di noi, probabilmente dentro di te non avrai più l'anima di Nelchael» mi assicura lui.

Ritornerò a esistere?

E mi ricorderò di loro?

Sento la paura per l'ignoto aumentare.

«Benvenuto nella Villa degli Hellreis, Maximilian, la base operativa dei Cacciatori di Mezzosangue.»

La villa che sto guardando è immensa, nascosta perfettamente nella foresta. È circondata da mura alte in mattone. Davanti alle scalinate che portano all'enorme portone dell'ingresso principale, ci sono due colonne e sulle loro sommità ci sono delle statue di gargoyle.

Metterebbe una gran inquietudine a chiunque io conosca ma io finalmente mi sento a casa, più di quanto mi ci sentissi al castello di Sonenclair.

Tutto questo mi conferma che ero davvero inutile al

Regno: questa villa così tetra, questi uomini... sono loro la mia famiglia, questo è il mio posto.

I miei piedi si muovono quasi da soli quando saliamo la scala per entrare nell'edificio.

L'interno è come me lo aspettavo: c'è un lungo tappeto bordeaux che continua fino alla scalinata interna. Sulle pareti sono appesi centinaia di quadri tutti diversi fra di loro.

Tutti gli altri spariscono, chi su per le scale, chi dietro alcune porte, ognuno a prepararsi per aiutare me.

Tutti tranne Christopher.

«Seguimi, Maximilian, è ora che io ti prepari» mi dice e io lo seguo.

Camminiamo per un paio di minuti, e io mi gusto ancora la sensazione di sentirmi a casa.

Guardo ovunque attorno a me: i quadri, le foto, i dipinti, i mobili di qualunque stanza, sembrano tutti così familiari. La mia attenzione viene catturata da una foto in particolare: è molto semplice, e ritrae un uomo sulla cinquantina. Al collo porta un ciondolo a forma di rombo, con una "H" al centro. Qualcosa dentro di me si smuove. Devo veramente avere l'anima di Nelchael. Sono io Nelchael. Sono un cacciatore.

Arriviamo a una stanza molto grande, con le pareti tappezzate di armi.

«Sai come si usa questa?» mi chiede Christopher, allungandomi una pistola. Una semiautomatica.

Controllo se è carica e non appena mi assicuro di aver tolto la sicura allungo il braccio e miro il manichino presente nella stanza.

Poi sparo, esibendo la mia perfetta mira, bucando il manichino in mezzo agli occhi.

«Vedo proprio di sì» si risponde da solo Christopher

prima di passarmi un paio di ricariche, un giubbotto anti-proiettile e una cintura di pugnali, simile a quella di Everly.

Solo ricordarla mi fa male ma devo andare avanti.

«Come devo agire al momento del...?» inizio a parlare, ma Christopher mi blocca.

«Devi riconoscere l'anima che scatenerà la tua dimensione e non devi ucciderla. Devi bloccarla. Noi faremo il resto.»

«E basterà solo questo? Come farò a riconoscerla?»

Guardo la lama e mi faccio un taglio sul palmo. Il sangue scorre, mi tinge la pelle, ma la ferita non guarisce. Sono mortale. Sono completamente vulnerabile.

Christopher tampona immediatamente la mia mano con uno straccio ma non fa nessuna domanda. Deve aver capito la mia confusione.

«Lo capirai. Non sappiamo come ma lo capirai» mi rassicura.

«Bene» annuisco e tengo stretto lo strofinaccio nella mano.

«Quando l' avrai bloccata, dovrai dire "in fidem accipio" così l'anima si indebolirà. Questo perché poniamo la nostra anima come cacciatori sopra un'anima corrotta. Una volta indebolita l'anima, non potrà lasciare quel corpo nemmeno dopo la morte e avremo la possibilità di catturarlo» mi spiega, si blocca poi continua. «Noi ti libereremo la strada ma possiamo veramente fare poco.»

«Come può una frase indebolire una persona?» domando confuso. In tutta la mia vita ho visto molte cose e sto cercando di abituarmi a quello che sto vivendo in questo momento, ma indebolire fisicamente una persona con una frase è quasi impossibile.

«Questo è fattibile solo perché la persona a cui lo dirai ha un'anima che dobbiamo fermare a tutti i costi» risponde

Christopher.

«D'accordo. Quando lo riconoscerò vi farò un segno.»

«Catureremo Noah una volta per tutte!» esclama Jacob, uno dei cacciatori che ho conosciuto alla Villa.

Ho conosciuto anche George Reed, il vero inventore della Sala delle Simulazioni, che mi ha prestato una maglietta nera e rossa con su scritto "San Francisco 49ers". Gregory Reed è solo il fratello.

«Chi è Noah?» chiedo.

«L'anima che stiamo inseguendo. È l'anima che ha vissuto in molti distruttori. È stato anche l'anima di uno dei più grandi dittatori, Adolf Hitler» mi spiega Christopher. «Noah è il più grande pericolo per la razza umana che possa esistere. È capace di molte cose, tutto pur di vedere la vittoria fra le mani.»

«Oh, Noah si inventa di tutto pur di uccidere...» sibila disgustato Evan.

«Come fate a sapere tutto questo?» chiedo rivolto a tutti mentre saliamo nelle macchine.

«Come fa lui» risponde Evan. «Stai parlando con il nostro capo, l'unico che ha avuto il permesso di consultare il libro delle Anime del Creatore per questa missione.»

«Libro delle Anime?»

«Nulla si crea, nulla si distrugge, tutto si trasforma. Il libro delle Anime guarda il passato, il presente e il futuro di ogni anima che il Creatore ha plasmato. Conosco molte cose ora» continua Christopher. «Adesso andiamo, abbiamo un lungo viaggio in macchina da fare.»

CAPITOLO 31

FADE TO BLACK

Maximilian

«Bene. Maximilian, qualcuno ti ha dato una scadenza?»

Sono pronto ad affrontare il mio destino.

Guardo sopra di me il cielo ancora dormiente, con solo la luna ad illuminare il mondo.

«Sì, quando la Sala delle Simulazioni viene distrutta nel 2109. Qui, ho tempo ventiquattro ore dal mio arrivo» rispondo alla domanda di Christopher.

«Perfetto. Evan teletrasportati al Pentagono e stai attento. Qualsiasi persona non identificata come umana deve essere fermata. Maximilian, tu ti godrai un bel viaggio in macchina con noi» finisce di dire Christopher. Mi accompagnano tutti i cacciatori: Christopher, Jacob, CJ, Gregory e Adam.

«Come se avessi altra scelta, vero?» rispondo, con un mezzo sorriso dipinto sul volto.

«Almeno avrete più tempo per spiegarmi un po' di cose» concludo.

Successivamente, Christopher incomincia a parlare di sua spontanea volontà.

«Molti anni fa, comparvero i primi Mezzosangue. Centinaia, addirittura migliaia, di Anime venivano catturate da un unico Mezzosangue, che poneva fine alla loro esistenza. Più Anime la creatura intrappola, più la sua forza vitale aumenta.

E con il passare del tempo i Mezzosangue si erano moltiplicati, diventando così un pericolo per le anime di tutte le persone.

Per questo motivo Lord Herz, il "Vice" del Creatore, fu costretto a creare noi, i Cacciatori di Mezzosangue, per distruggerli e liberare le anime ingabbiate. Ci sono vari gruppi di cacciatori che stiamo addestrando nel resto del mondo. Molti sono umani. Quando aumentano i Mezzosangue... aumentano anche le reclute.

I Mezzosangue sono concentrati ad Haverhill, per questo le reclute non hanno veramente a che fare con un Mezzosangue, però alcune volte capita.

Noah era uno di noi, era capace di manipolare la mente di chiunque, ma quando ha scoperto come controllare i Mezzosangue... è stato accecato dal potere. Ci ha traditi. Ma la cosa per cui siamo preoccupati è che cerca di uccidere tutti gli umani per nutrire i Mezzosangue. E noi dobbiamo fermarlo.»

«"Vivi libero o muori" insomma!» esclama CJ. Si nota che è il più piccolo dei cacciatori. Ha ancora l'entusiasmo di un bimbo che gioca con un giocattolo nuovo per la prima volta. Quello era il loro credo?

«Raccontaci qualcosa del futuro. Sono davvero curioso!» continua poi il ragazzo, guardandomi con i suoi occhi color ghiaccio.

«Non ho presente com'è il mondo in quest'epoca...» gli ricordo, facendo una smorfia.

«C'è il KFC?» mi chiede speranzoso.

«Cosa?» replico stranito.

«Il pollo fritto!» esclama CJ.

«Non esistono animali non mutati se non pesci allevati in acque filtrate. Però c'è la carne» gli spiego.

«Che futuro orribile» dice, facendo una faccia disgustata e non posso dargli torto. Il mondo da cui vengo io fa veramente schifo.

«Beh, cambierà quando io fermerò Noah, vero?» chiedo rivolgendomi a Christopher.

«Assolutamente sì» mi risponde lui.

«Bene» dico espirando.

«In che senso animali mutati?» riprende CJ.

«Ehm, non solo animali, ma anche le persone...» inizio a spiegare. «Io avevo delle ali, per esempio.»

«Ali? Intendi ali... ali?»

«Sì, come un'aquila.»

«O come un fenice» si intromette Gregory. «La fenice è il nostro simbolo.»

Sorrido.

«La strada è lunga. Se vuoi dormire fai pure» mi avverte Christopher. Io scuoto la testa.

«Preferisco restare sveglio. Non riuscirei a chiudere occhio proprio ora» dico sistemandomi meglio sul sedile.

«Beh, almeno puoi raccontarmi di più sulla tua dimensione!» ricomincia CJ.

Può una persona essere davvero così curiosa?

Sono passate alcune ore, durante le quali ho spiegato a

CJ e agli altri cacciatori presenti di come è fatto il Regno di Sonenclair. Sono rimasti sorpresi dal Vilmix. Dio, quanto mi manca berlo.

Loro sostengono che nella loro dimensione, c'è una gran varietà di alcoolici, tanto da farmi sentire in paradiso. Ma niente può sostituire il Vilmix, o almeno nulla che si chiami Tequila o Knob Creek.

Ho raccontato a loro del Colosseum, del Covo, del governo e della struttura gerarchica della popolazione. Mi hanno confermato che è proprio il mondo che vuole Noah. Ho spiegato la mia visione di mondo, e di come avrei governato io se fossi mai diventato Re, e anche in quell'occasione mi hanno confermato che avrei preso le stesse decisioni di Nelchael.

Ho detto a loro degli animali mutati e di Styphàn. Dio quanto mi manca.

Ma, soprattutto, ho raccontato a loro di Everly, di come l'avevo conosciuta e di come la nostra storia si era evoluta.

All'improvviso una strana sensazione si impossessa del mio corpo. Come un magnete che è attratto al metallo, sento che qualcosa o qualcuno, sta cercando la mia attenzione. Guardo attorno a me, nel panico. È qui. È vicino.

«Christopher» lo chiamo mentre guardo fuori dal finestrino una macchina. Al posto del conducente c'è una persona così familiare. E sento anche che è lui. È Noah.

«Sì?» mi risponde.

«Quella macchina. Noah... lo sento, è lì dentro!» li avverto.

«Cazzo, siamo in autostrada!» lo sento imprecare e tirare un pugno al volante.

«Non possiamo lasciarci scappare un'occasione come questa!» urla in preda al panico Gregory. «Dobbiamo bloccarlo. Fa ribaltare la macchina!» esclama.

«Attireremmo l'attenzione degli umani e rischieremmo di ferire dei civili o di uccidere degli innocenti!» cerca di farlo ragionare Jacob.

«Cazzo... chiama Evan, digli di venire qui. Maximilian deve bloccarlo!» ordina Christopher.

Gregory afferra un ciondolo a forma di rombo che nascondeva all'interno della maglietta e lo schiaccia. Capisco che è qualcosa che usano per comunicare.

«Evan, vieni subito! Abbiamo bisogno di te!» grida Gregory.

L'attimo seguente mi ritrovo davanti Evan che si guarda attorno.

«Che succede?» chiede preoccupato. Christopher mi indica, prima di indicare anche la macchina che ho segnalato.

«Teletrasporta Maximilian in quella macchina. C'è Noah!» gli ordina, poi si rivolge a me.

«Max, quando gli sarai vicino, ricordati che devi dirgli "in fidem accipio"!»

All'improvviso Adam, l'unico che ha parlato pochissimo durante il viaggio raggiunge Christopher con una mano. Ha uno sguardo perso nel vuoto, ma allo stesso tempo sembra guardare esattamente qualcosa.

«Chris, non ti piacerà quello che sto per dirti...» inizia a dire. «Ma siamo circondati da Mezzosangue. Non c'è nessun umano qui nei dintorni» spiega Adam.

«Tutti?» chiede conferma Christopher. Deve essere quella l'abilità di Adam.

«Tutti» risponde affermativamente l'altro.

«Allora, scendete ragazzi. È il momento di fare un po' di baldoria» annuncia Chris.

«Non vedevo l'ora» dice CJ, tirando fuori i suoi pugnali, e afferrando la maniglia del portone del furgone, pronto a farlo scorrere.

«Jacob, blocca la strade all'estremità! Dobbiamo isolare il luogo!» ordina ancora Chris, prima di rivolgersi a me e a Evan. «Max, Evan, andate! Evan lascialo da lui poi vieni ad aiutarci!»

Evan mi afferra per il braccio e mi teletrasporta nella macchina prima di sparire di nuovo per raggiungere gli altri, che nel frattempo sono saltati giù dal furgone.

Al posto del conducente c'è colui che mai mi sarei aspettato di trovare, ma effettivamente ha senso: con le mani attaccate al volante, Edmund Sonenclair, mio bisnonno, guarda davanti a sé.

Io non perdo altro tempo ed eseguo gli ordini di Christopher, sperando che basti.

«In fidem accipio, in fidem accipio, in fidem accipio» continuo a ripetere all'infinito, ma nulla succede. È inutile.

«Dovrai ripeterlo più volte per uccidermi, Nelchael» dice Edmund all'improvviso.

Non sapendo cosa fare, mi getto sopra il volante per afferrarlo, per sterzare e far ribaltare la macchina.

I colpi che il veicolo subisce non attutiscono quelli che arrivano a me. Edmund afferra la maniglia, attende qualche secondo e, nel momento propizio, apre la portiera, facendo rimbalzare entrambi fuori dalla macchina.

Quando vedo il suolo sotto di me, penso di attutire l'urto con le mie ali, fino a quando mi ricordo di non averle. E allora sento tutti i colpi fin dentro le viscere.

In brevissimo tempo, non so nemmeno come abbia fatto, mi ritrovo con Edmund a cavalcioni sopra di me.

Quando lo vedo, lui afferra uno dei miei pugnali e cerca di infilzarmi subito al petto, ma io blocco la lama tra le mie mani.

«Non te ne andrai senza soffrire» lo sento sibilare prima di portare una mano sulla mia fronte. «Oh, ma guarda» ghigna. Mi sta leggendo dentro, sta guardando i miei ricordi. Lo sento, lo vedo. Davanti ai miei occhi sta passando in rassegna tutta la mia vita.

Ogni attimo, ogni emozione, si stanno riversando dentro di me come una cascata violenta. Fa terribilmente male. Grido e tremo per il dolore. Poi vedo Everly mischiarsi con il volto di un'altra donna simile a lei e percepisco la rabbia di Nelchael. Le ultime immagini sono quelle con Ores dove mi spiega la mia missione qui. Edmund ride.

«Sapevo che questo corpo era debole, ma non pensavo di reincarnarmi nel tuo gemello. È buffo il destino, eh?»

Gemello? Vuole forse dirmi che anche dentro Nikolai c'era l'anima di Noah? Per questo Everly e Nikolai si comportavano in quel modo? Avevano la mente completamente manipolata da Noah. Così come tutti quanti, in fondo. Tutti tranne me.

«Nikolai...» sussurro a denti stretti. Volto la testa per vedere la situazion e noto i cacciatori in difficoltà combattere con un numero sproporzionato di persone che sembrano non avere raziocinio. Sono i Mezzosangue.

«Non farai la scelta giusta» beffeggia Edmund, ridendo e spingendo con più forza la lama verso di me. «La Terza Guerra Mondiale scoppierà» sibila prima di spingere ancora sulla mia mano e trafiggermi con il pugnale.

Sento la lama accarezzare la mia carne e tagliarla. E arriva così a fondo che penso che la punta abbia toccato il suolo.

Ma io non l'ho lasciato andare. Io ho permesso a Noah di uccidermi perché Nelchael me l'ha detto.

«Noah...» boccheggio.

Percepisco Nelchael prendere possesso della mia ragione e trasformarmi in ciò che è lui: un cacciatore di Mezzo-sangue a tutti gli effetti.

E anche Noah lo nota: il suo nemico è qui e lo reclama.

«Ma guarda chi si rivede! Pensavo mi avresti fatto com-battere davvero contro questo novellino!» ghigna Edmund. Nelchael spinge via Noah con talmente tanta forza da farlo volare a qualche metro di distanza, liberandomi così dal suo peso. Il mio corpo si alza da solo, io non sto più deci-dendo niente.

Tutto il mio corpo è controllato da Nelchael. La sua ani-ma mi sta facendo capire che siamo una cosa sola. Gli cedo il mio posto, il mio corpo è suo.

«Cosa farai questa volta, cacciatore? Ti batti o mi lasci andare? Non vuoi finirla qui, una volta per tutte?» lo pun-zecchia Noah, mentre deforma la sua bocca in un sorriso maligno. Nelchael si guarda attorno. I Cacciatori, i nostri fratelli stanno soccombendo. Jacob sta scatenando la sua abilità, fulmini a ciel sereno colpiscono l'autostrada, bru-ciando i Mezzosangue; Evan li aiuta, teletrasportandoli quando non hanno via d'uscita, ma diventa sempre più dif-ficile aiutarli tutti. Gregory è in volo e con la sua balestra cerca di colpire più nemici possibili, così come Christo-pher, Adam e Cj con le loro pistole; Ci sono troppi nemici, non ce la stanno facendo. Noah deve aver radunato più mostri possibili per quel giorno. Non c'è altra spiegazione. I Cacciatori moriranno se Noah rimarrà in vita, e non c'è tempo per catturare la sua anima. A quanto pare, esiste solo una soluzione.

«Animam agere, animam ducere!» sento me stesso bi-sbigliare mentre allungo un braccio verso Noah. Non so nemmeno cosa significhi, ma qualsiasi cosa sia funziona. Il corpo di Edmund si accascia per terra e inizia a soffocare. Nei suoi occhi, però, non vedo il terrore di chi sta morendo. Anzi, i suoi occhi mostrano una vittoria. In pochi secondi emette un ultimo respiro.

E tutti i Mezzosangue si dileguano: il loro capo è morto e stanno aspettando la sua reincarnazione in un'altra vita.

«No!» grida Christopher e si avvicina a Edmund, non perché è preoccupato. Nelchael me lo sta dicendo: con la morte di Edmund, l'anima di Noah è uscito dal suo corpo, ed è impossibile rintracciarlo ora. Passeranno anni, anche decenni, prima di ritrovare Noah e la sua anima avrà il tempo di escogitare un altro piano.

Nelchael ha deciso di lasciarlo andare: ha perso questa battaglia per aiutare i suoi fratelli e l'umanità, ma la guerra contro Nikolai non è ancora finita. Questa è stata la scelta giusta. La terza guerra mondiale non scoppierà oggi. La mia dimensione non esisterà.

Prima che io possa sbattere con tutto il corpo per terra, sento CJ accompagnare la mia discesa per attutire il colpo.

Il mio ventre è stato squarciato dalla stessa lama di cui sono stato per un breve lasso di tempo il padrone e io mi sento bene.

Devo essere impazzito.

«Cazzo. Resta sveglio, Max! Forza!» sento l'incitamento alla vita del ragazzo, ma sono certo che il mio tempo qui è finito.

«Lascialo, figliolo. Non possiamo fare niente ora, ma lo rivedremo presto» lo rassicura Christopher. «Dobbiamo andare.»

CJ mi adagia lentamente al suolo e si alza.

Li guardo. Sono tutti riuniti attorno a me.

«Vivi libero, o muori» dice Christopher, mentre si inginocchia e allunga la mano verso di me. Così fanno anche gli altri. È possibile che la sua voce sia sempre più solenne ogni volta che l'ascolto?

«Sono libero» gracchio, e con le ultime forze rimaste dentro di me, li raggiungo con le mie dita. Un bagliore colpisce la mia mano dolcemente e sento un canto fatto di milioni di voci celestiali. Sorrido. È magnifico.

«Lord Herz ti ha benedetto. Ora sei un'Anima Eccelsa. Arrivederci, fratello» mi saluta Christopher. Con la coda dell'occhio vedo il mio braccio dissolversi. La mia dimensione non esiste più e ogni sua traccia sta scomparendo.

"Sto morendo" non è giusta come frase per descrivere come mi sento, perché non fa male. Non mi sono mai sentito così bene e tranquillo in tutta la mia vita.

Forse è meglio dire "smetterò di esistere", anche se è la prima volta che riesco a sentire così bene tra le mie dita la consistenza del mio sangue.

Siamo tutti portati a pensare che il nulla, chiamatelo pure l'oblio, abbia un colore preciso, spesso è nero, molte altre volte è bianco.

E, mentre sto pensando a questo, insieme al mondo davanti ai miei occhi, divento parte del mio nulla oscuro.

Mi dissolvo per ricominciare.

Mi dissolvo nel nero.

«Ti ritroverò, Everly.»

EPILOGO

Io mi chiamo Everly Greystone, ho diciassette anni, sono nata durante la notte del 25 Dicembre del 2091 e sono la discendente del nipote del Generale James Greystone.

Per tutti gli schiavi io sono una semplice domestica, mentre per tutti i membri della G.W.G.O., e per mia sorella, io sono un'infiltrata. Chiamatemi pure spia, se vi aggrada di più.

Ed ecco come sono cresciuta: in mezzo alle menzogne, come una macchina da guerra, un robot senza pietà, una persona senza cuore.

Non sono cambiata molto, sono rimasta la stessa, eccetto per una piccola cosa, insignificante per molti, ma molto importante per me: ho odiato e amato il mio presunto nemico fino a creare con lui un legame assolutamente indissolubile e indelebile, e continuerò ad amarlo nonostante ogni piccolo secondo continui a dividerci.

Continuerò ad amarlo, sì, e nemmeno lo spazio e il tempo riusciranno a tenerci lontani per sempre. Perché è questo quello che succede, anche quando siamo noi due a volerci allontanare l'uno dall'altro: ci ritroviamo. Se non con il corpo, solo con lo sguardo. E se fossimo bendati e legati, inizieremmo a parlarci. Anche se fossimo muti, inizieremmo a pensare all'altro fino alla fine dei nostri giorni.

In questi mesi, ho odiato così tanto Maximilian che alla fine mi sono arresa e ho smesso di mentire a me stessa. Amarlo era, ed è ancora, l'unica soluzione.

«Everly ti prego, ritorna in te!»

Ores è dentro la Sala delle Simulazioni. Il mio corpo vuole distruggerlo. Vuole annientarlo. Ma io no, io non voglio. Dentro sto piangendo.

Pensavo di essere più forte, avevo la certezza di essere invincibile e invece, nonostante le mie abilità, sono solo una creatura mortale.

«Questo non è quello che vuoi!» sento Ores gridare ancora.

Quando riesco a distruggere la porta blindata, il mio padrino è davanti a me ed è in fin di vita. È completamente bendato sul viso, il collo è tumefatto, le braccia un campo minato di strisce rosse e ferite. I suoi occhi sono dorati.

È seduto nell'angolo più lontano dal pannello di controllo della Sala delle Simulazioni. È come se volesse tutta la mia attenzione su di lui.

Cerco di riprendere il possesso del mio corpo, ma non riesco.

Chiunque sia l'anima che mi controlla, è più forte di me. Lo sento ridere nella mia testa, compiaciuto delle mie azioni.

«Combatti, Everly! Non lasciare che vinca!» mi incita ancora Ores.

A passi lenti mi avvicino a lui e sento la mia mano robotica afferrare uno dei miei pugnali.

«Everly...»

L'altra mano forma una sfera di fuoco.

Cerco ancora di combattere contro la forza di chi mi sta manipolando. Odio essere sotto il controllo di qualcuno.

«Non è colpa tua, bambina mia...» sussurra Ores, abbassando lentamente le palpebre.

"Non arrenderti, ti prego, combattimi! Ores, uccidimi!"

«Ti perdono» sussurra mentre calo il pugnale su di lui e pianto la lama dentro la sua carne.

«No!» grido e mi risveglio al mio posto di lavoro. Mi guardo attorno, leggermente persa, prima di riconoscere il luogo e iniziare a calmarmi.

Mi sono addormentata davvero? Durante il mio turno al laboratorio?

Ma cosa diavolo ho appena sognato?

Dio mio, devo essere davvero stanchissima...

Ok, Everly, tranquilla. Tu sei Everly Gallagher, non hai ucciso tuo padre Ores, che è vivo, abita nel New Hampshire insieme a tua madre Evangeline che non è morta. Sei una semplice donna di ventiquattro anni che ha un lavoro fisso in un centro di ricerca. Non hai nessuna gemella, non sei una sottospecie di spia e non vivi in un mondo post apocalittico. Ora calmati.

Alzo la manica del mio camice bianco e guardo l'ora sul display del mio orologio da polso digitale. È mezzanotte, il mio collega dovrebbe arrivare adesso per darmi il cambio.

Mi alzo dalla scrivania e mi avvio verso il bagno. Mi chiudo dentro e cammino fino al lavandino. Apro il rubinetto e passo una mano bagnata sul viso per svegliarmi. Devo guidare fino a casa e non posso essere assonnata, rischio un incidente.

All'improvviso sento il cellulare nella mia tasca vibrare, segno che mi è arrivato un messaggio.

Lo afferro e sblocco velocemente lo schermo, poi leggo il messaggio da parte del mio collega.

12.05 pm. 23/12/2082
Da: Dymitri O'Neal
A: Everly Gallagher
Sto per arrivare, aspettami fuori!
-D

Rimetto il cellulare in tasca ed esco dal bagno. Mi avvicino alla scrivania per prendere la mia borsa e infilarmi dentro la giacca.

Viva il Vermont e il suo clima continentale. Davvero.

Mi precipito fuori ad aspettare Dymitri mentre prendo di nuovo il cellulare per chiamare i miei genitori.

Apro il portone dell'edificio ed esco senza guardare. Faccio un paio di passi in avanti, per andare al parcheggio, prima di scivolare indietro su una lastra di ghiaccio.

Mi preparo all'impatto serrando le palpebre, ma qualcuno mi sorregge.

«Ancora un millimetro, bimba senza equilibrio» sento il mio salvatore sussurrare.

Apro di scatto gli occhi e mi ritrovo davanti un uomo che non ho mai incontrato fino ad ora. Sono pietrificata, non riesco a muovermi sotto il suo sguardo.

Espiro lentamente, formando una piccola nuvola di vapore fuori dalle mie labbra, mentre guardo i suoi occhi dal colore dorato.

«E saresti svenuta, oppure morta, per un colpo dietro alla testa» continua a dire lui, quasi divertito. Mi sembra una sottospecie di déjà vu: il suo viso è così familiare ma sono sicura di non averlo mai incontrato... eppure...

«Grazie» gracchio dopo che mi aiuta rimettermi sui piedi.

«Di nulla, a quanto pare hai questo strano vizio» risponde prima di abbassarsi e raccogliere il mio cellulare, che ho lasciato cadere per lo spavento. Quando me lo passa, noto sul suo pollice il tatuaggio di una chiave antica con a fianco una "E" in corsivo.

Dove l'ho già visto non lo ricordo.

Riporto gli occhi sull'uomo davanti a me. Porta il cappuccio della sua felpa alzata sulla testa. È alto, molto più di me, deve aver superato un metro e novanta centimetri,

Aspetta: cosa significa "a quanto pare hai questo strano vizio"?

«Scusa ma ci conosciamo?» gli chiedo, prendendo più sicurezza.

Lui si abbassa il cappuccio e mi guarda con un mezzo sorriso. I suoi capelli bruni sono tutti scompigliati. Il suo viso è così dannatamente familiare: i suoi occhi così brillanti, i suoi lineamenti duri, le sue labbra...

Lo guardo portare la mano sulla mia guancia, e io non sono spaventata. Certo, sono stranita, lui è pur sempre uno sconosciuto, ma il suo tocco è così dannatamente familiare, e non mi fa sentire in pericolo.

«No» risponde lui, anche se pare forzato a dirlo. Le sue labbra si piegano in una linea sottile, le sue dita tremano leggermente. Si sta bloccando, sembra volermi dire altro.

All'improvviso sento il suono di un clacson, probabilmente è Dymitri. Giro il viso bruscamente per vedere i fari di una macchina illuminarmi e accecarmi per un secondo. Poi il mio collega scende dal veicolo e mi saluta.

Quando riporto lo sguardo davanti a me per rivedere l'uomo, quest'ultimo non c'è più. Mi giro da tutte le parti, ma di lui è rimasta solamente la sensazione della sua mano calda sul mio viso.

Poi un nome mi passa per la mente, come se il mio cervello me l'avesse fornito per chiamarlo, e glielo attribuisco. Maximilian.

FINE

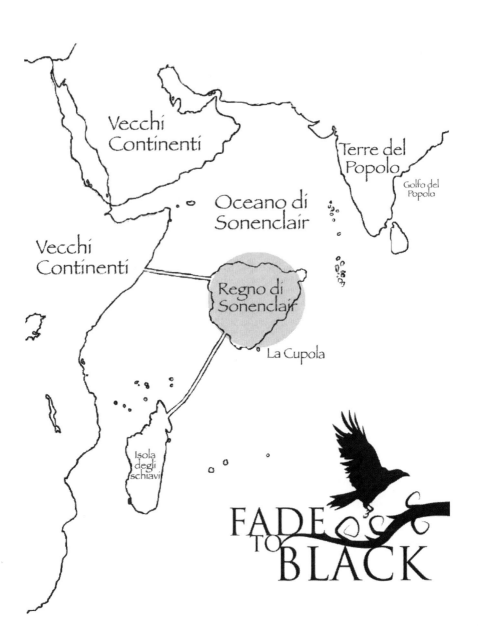

Vecchi
Continenti

Terre del
Popolo

Golfo del
Popolo

Oceano di
Sonenclair

Vecchi
Continenti

Regno di
Sonenclair

La Cupola

Isola
degli
schiavi

FADE
TO
BLACK

RINGRAZIAMENTI

Giunti ormai alla fine, ecco i miei ringraziamenti e sono i più sinceri possibili:

Grazie a mia madre. A lei devo tutto quello che sono. Grazie per tutti i consigli, le sgridate, l'amore e il supporto.

Grazie a chi mi è rimasto a fianco. Non so cosa abbia in serbo il futuro per noi, so solo che sarà grandioso!

Grazie a chi è passato e se n'è andato, perché ora sicuramente ci sentiamo meglio ad esserci persi.

Grazie a chi ha letto, corretto, e riletto questa mia piccola opera.

So che non è perfetta, ma spero comunque sia stata una valida compagnia.

Grazie a chi criticherà onestamente questo libro.

Grazie a te che hai letto fino a qui!

I giorni che ho passato insieme a questo romanzo saranno per sempre incatenati alla mia anima, ed è grazie soprattutto a voi, ai miei lettori.

Grazie dal profondo del mio cuore!

La vostra Jo

Printed in Great Britain
by Amazon

49105227R20208